当代陕西文学评论文丛 | 编委会

主　编　贾平凹　齐雅丽

副主编　韩霁虹　李国平　李　震

编　委　（按姓氏笔画排序）

　　　　　仵　埂　齐雅丽　李　震

　　　　　李国平　杨　辉　段建军

　　　　　贾平凹　韩霁虹

当代陕西文学评论文丛

接续中坚

诗意的发现与诗性的聚焦

冯希哲 著

陕西师范大学出版总社　西安

图书代号　WX24N2350

图书在版编目（CIP）数据

诗意的发现与诗性的聚焦 / 冯希哲著. -- 西安：陕西师范大学出版总社有限公司, 2025. 6. -- (当代陕西文学评论文丛 / 贾平凹, 齐雅丽主编). -- ISBN 978-7-5695-4802-0

Ⅰ. I206.7-53

中国国家版本馆CIP数据核字第20243WP752号

诗意的发现与诗性的聚焦
SHIYI DE FAXIAN YU SHIXING DE JUJIAO

冯希哲　著

出版统筹	刘东风　刘　定
策划编辑	马凤霞
责任编辑	陈君明
责任校对	张　姣
封面设计	周伟伟
出版发行	陕西师范大学出版总社
	（西安市长安南路199号　邮编 710062）
网　　址	http://www.snupg.com
印　　刷	中煤地西安地图制印有限公司
开　　本	720 mm×1020 mm　1/16
印　　张	16.25
插　　页	2
字　　数	230千
版　　次	2025年6月第1版
印　　次	2025年6月第1次印刷
书　　号	ISBN 978-7-5695-4802-0
定　　价	59.00元

读者购书、书店添货或发现印装质量问题，请与本公司营销部联系、调换。
电话：（029）85307864　85303629　　　传真：（029）85303879

文脉陕西，评论华章（序）

贾平凹

从延安文艺的烽火岁月，到新时代的文学繁荣，陕西文学以其独特的风格和深邃的内涵，赢得了国内外的广泛赞誉。在中国当代文学史上，陕西不仅拥有一支强大的文学创作队伍，同时也拥有一批占领各个历史阶段文学批评潮头的评论骨干。他们以敏锐的洞察力剖析文学现象，参与文学现场，解读作品内涵，为陕西文学的发展注入了源源不断的活力。在新时代文化浪潮中，文学评论作为党领导文学事业的重要途径和方式，作为文学繁荣发展的重要推动力和引导力，正凸显着越来越重要的作用。

为了贯彻落实习近平总书记关于文艺工作和文艺批评的重要论述，以及中宣部等五部门联合印发的《关于加强新时代文艺评论工作的指导意见》，进一步加强和改进陕西文学批评工作，打磨好批评这把利剑，把好文艺的方向盘，同时也为深入总结和发扬陕派文学批评的历史经验，全面呈现陕西当代评论家队伍及其丰硕成果，推动陕西文学批评再创佳绩，助力陕西乃至全国文学发展，陕西省作家协会精心策划并编辑出版了"当代陕西文学评论文丛"。

在选编过程中，丛书编委会始终遵循着精编细选的原则，力求每篇文章都能代表作者个人的最高水平，同时也能反映出陕西文学评论的独特风格和时代特征。所选文章以研究和评论承续延安文艺传统的陕西作家、作品为主，也不乏对中国文坛或域外文学研究的独到见解。丛书汇聚了三代文学批评家中三十位代表批评家的学术成果。他们或生于陕西，或长期在陕工作。他们以笔为剑，以墨为锋，用睿智深刻的见解，共同书写了陕西文学批评的辉煌华章。他们的评论文章，或激情洋溢，或理性严谨，或高屋建瓴，或细腻入微，共同构筑了这部丛书的独特魅力与丰富内涵。

丛书将陕西老中青三代评论家分为"笔耕拓土""接续中坚""后起新锐"三个系列。三代评论家有学术师承，亦有历史代际。每个系列都蕴含着不同的时代气息和文学精神："笔耕拓土"系列收录了陕西文学评论界先驱和奠基者的成果，他们如同手握犁铧的开垦者，为陕西文学评论的沃土播下了希望的种子；"接续中坚"系列展现了新一代批评家中坚力量的风采，他们的评论既有深厚的理论功底，又有敏锐的时代洞察力，为陕西文学评论的繁荣发展注入了新的活力；"后起新锐"系列则汇集了新一代批评家的文章，他们敢于创新，勇于探索，为陕西文学评论的未来开辟了广阔的空间。

"当代陕西文学评论文丛"的出版，不仅是对陕西文学批评历史的一次全面总结和回顾，更是对未来陕西文学发展的有力推动和期待。相信这部丛书的问世，将激发更多文学评论家的创作热情，使陕西文学创作与批评携手并进，比翼齐飞，为推动陕西文学批评事业的繁荣发展，为陕西乃至全国文学的发展贡献新的智慧和力量。

2024年11月8日

目　录

第一辑

002　诗意的发现与诗性的聚焦
　　　——我所体认的批评观念及写作态度
014　秦地作家：沉沦抑或蕴积
　　　——兼议新时期作家内在精神世界的建构
021　创作主体精神的自觉重建
　　　——当代作家"红学热"现象透析
031　路遥的艺术人生
049　别开生面　蕴丰意厚
　　　——评长篇小说《山匪》

第二辑

056　陈忠实的创作观念论要
068　陈忠实的批评观
077　从"三个学校"到"三种体验"
　　　——论陈忠实文学创作观念的转变

082　陈忠实的艺术生命观

089　作家的历史使命与写作立场
　　　——论陈忠实的写作

106　陈忠实的精品意识与创造精神

114　乡村历史叙事的一种独特视角
　　　——论《白鹿原》的权力书写

124　陈忠实的诗词观念与审美特质

第三辑

154　陈彦的艺术人生

167　传统叩询时代的诠释者与守护者
　　　——论陈彦艺术创作观念

184　论陈彦的戏剧创作

210　民族魂的民间世俗演绎
　　　——评陈彦话剧《长安第二碗》

215　悲悯情怀观照下的人物群像与精神守望
　　　——评陈彦的长篇力作《装台》

232　《主角》：双重文本的诗意建构与创制

250　后记

第一辑

诗意的发现与诗性的聚焦

——我所体认的批评观念及写作态度

西方现代批评学科的开拓者弗莱明确指出,批评家不仅拥有自身的"活动领域",而且"在该领域中享有自主权",因为"批评是按照一种特定的观念框架来论述文学的";"这种框架并非就等于文学自身的框架……但是批评也不是文学之外的某种东西",它是属于文学范畴的一种源于自有知识框架自主而系统的艺术鉴赏活动。[①]批评是自主的,其研究与讨论的对象是文学,而非历史的或哲学的,更非自然科学的,因此文学自身的复杂性和主观性必然造就了文学批评的主观性和复杂性,但并非无章可循,亦非随意可为之。

批评有着自身的知识谱系、学术伦理和人格尊严。虽然文学活动本身的因人而异、因时而异在"词语秩序"中千变万化、风姿绰约,并且不一而足,但文学作为"可能的词语秩序",却是一种批评取之无尽的源泉,足可供批评界不断去从事新的发现,"即使新的作品不再问世,情况也复如此"。与此同时,"试图从文学中寻找一种限制性的原则,借以阻碍批评的发展,便是一种错误了"。当然对于批评家而言,大可不必为"推测诗人有意识往诗篇中写进了什么"而大费周章,"只要把诗中那些东西

---

① 诺斯罗普·弗莱:《批评的解剖》,陈慧、袁宪军、吴伟仁译,百花文艺出版社,2006年,第8页。

准确地挖掘出来就够了"。[①]所以,对于批评而言,绝非"一整套操作系统"的"概念、判断与推理过程"[②],显然这不仅不符合批评的本来面目和历史事实,而且机械的教条足以对批评的独立性、科学性和艺术创造性造成人为的戕害和深度威胁。

真正的批评是不排斥间接经验和直接经验的。它本身是运用文学自身的知识谱系及基本范式对文学要素和文学活动所展开的一种以鉴赏为核心内容的艺术价值发现与评价过程。这样的过程是具体而富有针对性的综合分析与理性判断的认知性审美过程,是基于常识、规律、趣味、观念的"历史的""美学的"综合艺术价值发现中的一种再创造活动。它绝对不是一次简单的文学消费之旅,那是属于大众批评者的一贯偏好与风格,批评家所要做的则是以同属文学从业者的责任伦理和天职,去行使对文学理论和文学生产的一种真诚而智性的庄重致礼行为。

一

既然批评家从事的专业活动是独立自主的,文学艺术也是人"艺术地把握世界"的一种自主方式,那么批评家对文学艺术所展开的以价值发现为本心的批评实践活动,就难免要仰仗较之对象本身更为宏阔而丰赡的知识与精神资源。当然文学艺术的既有知识"库存"对于批评家来说是远远不够的。他们需要以自我的人生阅历为"锅底"将那些知识的、理论的"库存"予以"融化"和"炼化",以形成个体独立的文学观念和批评观念。

没有观念的批评是缺乏灵魂的盲从。其结果势必是对人文知识谱系未经"炼化"而实施了一种单向的机械行为,过程必然是应用机械原理的冰

[①] 诺斯罗普·弗莱:《批评的解剖》,陈慧、袁宪军、吴伟仁译,百花文艺出版社,2006年,第24页。
[②] 王一川主编:《文学批评教程》,高等教育出版社,2009年,第7页。

冷模具，生搬硬套那些生动的人文创造性成果。如此而来，批评结论难以让人信服姑且不论，单就"生吞活吃"的"吃香"足可贻笑大方。作家的创作需要观念，批评家更需要理论和观念支撑。这些观念是一种源于观照人自身知识谱系的理念综合体。

观照人自身的人文知识谱系虽然不具备唯一的真理性存在，但这并不意味着它缺乏生命运行的恒常现实及其存在的价值本身，而文学恰恰处在这一人文学科的"中间地段"，其一侧为"历史"，另一侧则是"哲学"。文学自身并非"自成体系的知识结构"，批评家只好从"史学家的观念框架中寻取事件"，又从"哲学家的观念框架中借用理念"。[①]故此，文学批评虽然缺少了对与错的真理性判断合法性，却从来不乏发现文学本在"诗意"理想的可能性与合理性。由此出发，没有绝对标准的批评自身就被赋予了发现"诗意"合理性存在的合法职分。它只能以文学的中心而中心，但又不仅仅局限于文学自身，更多需要借助历史的、哲学的、社会的、政治的、文化的，乃至于自然科学以滋养和壮实自身，进而以形成内生的文学批评传统为批评之我道。无论怎样，着力去发现文学的"诗意"美及其生命价值、尊严、姿态，始终是批评责无旁贷的历史使命与固有责任、目的所在。

文学批评的传统，是一种基于文学传统观念的历史实践沉淀并指向未来的自有精神结构，其基础资源是业已形成且经受"历史的""美学的"长期检验的合情、合理的知识范式和价值取向。

"诗，可以兴，可以观，可以群，可以怨。迩之事父，远之事君。多识于鸟兽草木之名"可谓最早的中国传统批评话语，其所强调的道德内涵和"文以载道"的价值取向，自然催生了以"道统"与"文统"高度合一为精神内质的文学创造风格与批评话语原则，同时也孕育了以"善美"为核心价值理念的道德理想化文论精神资源与批评传统。与西方的话语姿态

[①] 诺斯罗普·弗莱：《批评的解剖》，陈慧、袁宪军、吴伟仁译，百花文艺出版社，2006年，第16—17页。

截然不同的是，中国观念的批评实践不仅向来呈现出沉浸于精神羽毛的一贯根深蒂固性，而且强烈的教化色彩始终是作为至高无上的神圣而存在，由此在文学"乏真理的真空地带"一直扮演着无限性集体精神拯救者的自我形象。

传统可能是我们进入理性时代的一种精神包袱，但绝对不是单一的沉重负担。它通常体现为一种难得的思想资源，是一种民族自我选择并体认的合宜观念，抛弃或断裂这一源于故乡的脐带，不只会面临种种焦苦而痛楚的纠结不堪，还会因遗失文化的根性和集体的文化记忆，而使文学自身陷入空前孤独的悬空，进而在自掘坟墓之中唯有坐以待毙。传统不仅不可弃之不理，还应在新的知识资源、理论资源和时代文明精神的耦合协同中，来力促其"炼化"和"涅槃"，使之焕发新的活力。就此而言，传统又何尝不是我们走向明天、行走世界的精神资源和动力来源。

无论就传统而言，还是现代化的历程来说，较之于自然科学和技术科学，文学都备受模糊的不确定性质疑。自然的规律发现和技术科学的发明，都可通过实验手段和事实验证其确切的真理性，但负载有主观认知和情感介入的人文学科则不具备这一验证真理的有效策略与手段。事实上，人类并不能仅仅靠物质来存活，还需要在具体的生命过程中借助"诗意的栖居"，促使生命和生活飞扬起来，即便"向死而生"，也定不负今生。而这一人类共同祈愿无疑是建立在人文知识的谱系及其社会实践当中，人"既是历史的剧作者，又是历史的剧中人"。

传统的精神资源是渗透在古典美学体系中的观念深层。中国美学的"神、气、味"的整体感知与宏观把握优长，事实证明，至今契合着文学及其批评的整体性原则，依然具有永恒的生命活力。文学艺术具有民族性。它是民族的肥沃土壤滋养着的文学艺术，并亘古相传，无论形式和价值取向，在历史进程中又被如何潜移默化，其精神的内核和公众的审美观念却始终很难撼动，而且无论你怎么竭尽所能，也无论采用何种手段与方法，它就在那里，你不情愿它也总在那里，并以其独有的形态而存在着。

中国传统审美观念中的"神"大体有两个义项：一个是精神或生命的整体无限性；另一个则是难以言状的精微与精妙所在。诸如庄子所谓"用志不分，乃凝于神"（《庄子·达生》），"以神遇而不以目视，官知止而神欲行"（《庄子·养生主》），即为其具体体现。至陆机之"志往神留"和刘勰所谓"神思"说，乃至"神乎其神""有如神助""出神入化""神来之笔"之类的批评语汇常用无不表明了一种观念："神来、气来、情来"（殷璠《河岳英灵集叙》）。显然，"神"为主导，无"神"便无"气"和"情"来之可能。宋代批评家严羽论诗则以"神"为最高境界："诗之极致有一，曰入神。诗而入神，至矣！尽矣！蔑以加矣！惟李杜得之，他人得之盖寡也。"（《沧浪诗话·诗辨》）由此可见，"神"确与黑格尔所言之"理念"有着某种冥冥之中的精神契合，至于究竟何为？只可意会却难以言传。

与"神"相仿的观念形态谓之"气"。孟子的"养气"说倡导"浩然之气"，曹丕的"文气说"则力主"文以气为主"，钟嵘则言"气之动物，物之感人"和"仗气爱奇"，而刘勰则以"才气之大略"来推崇才思之卓尔不凡，最著者当数韩愈的"文气论"：

  气，水也；言，浮物也。水大而物之浮者大小毕浮。气之与言犹是也，气盛则言之短长与声之高下者皆宜。（韩愈《答李翊书》）

在传统文论话语中，"气"无处不在，从作家的修养，到才思以至成文，乃至批评的宏观把握——"气"无所不至。显然"气"是一个集成性的观念形态，它无形而有形地建构着属于文学的"诗意"，又驱使批评去发现"诗意"中"气"之形、之韵、之美，及其美不胜收与妙不可言。

再一个即为"味"。"味"即中国传统文论中之辨味。"味"体现的是它本身所代表的一种精微的、高级的鉴赏感受，尽管难以言喻却总能在触类旁通间让人心领神会，有如"拈花微笑"之妙。司空图在《与李生论诗书》中就有言：

  文之难而诗尤难。古今之喻多矣，愚以为辨于味而后可以言诗也。江岭之南，凡足资于适口者，若醯非不酸也，止于酸而已；若醝非不咸也，止于咸而已。华之人以充饥而遽辍者，知其咸酸之外，醇美者有所乏耳。彼江岭之人，习之而不辨也宜哉。诗贯六义，则讽谕抑扬，渟蓄渊雅，皆在其中矣。……盖绝句之作，本于诣极。此外千变万状，不知所以神而自神也。岂容易哉？足下之诗，时辈固有难色。倘复以全美为上，即知味外之旨矣。①

显然，"味"饱含了对文学审美的判断和接受之中诸多的辨味、回味、品味、深味等感知，而且指向"审美判断的性质、延续和重复过程"②。"神""气""味"三者并非孤立出现于创作与批评过程中，而是以彼此交融的难分你我在共情共生中存在，并共同指向特定的确切而恰如其分的审美判断，又以准确发现隐藏于文本之中的"诗意"及其生成特征为本旨。

如果单一将传统作为批评观念的整体建构，又会使古典文论话语宏观把握中的辟里入微和条分缕析的能力不足之弊端得以放大，由此可能会使批评家的言说随时陷入难以尽意的尴尬境地。实践中，我们极有必要以注重细节分析和逻辑推断的西方文论话语资源，作为对中国传统经验阙如的有机补充，以便形成充分、全面、科学合理的自我观念结构，让整体性把握与细节性逻辑分析紧密结合在文学艺术的批评实践当中，力求心服口服的批评效果出现。

二

但文学并非单纯的一门研究性学科，与自然一样，它是人类不可或

---

① 董诰等编：《全唐文》卷八〇七，中华书局，1983年，第845—846页。
② 杨星映、肖锋、邓心强：《中国古代文论元范畴论析——气、象、味的生成与泛化》，上海古籍出版社，2015年，第385页。

缺的精神羽毛和精神食粮,也是供人们穷究其理的一个研究对象。"正如我们所见到的,由于文学是用词语构成的,所以使得人们总是把文学与其他也用语言表述意思的学科混淆起来。"①而且,作为整体性的文学"必定源自人类心灵深处某种不可言状的神秘区域的充沛活力"的具体特点只能成为以发现"诗意"为己任的文学批评的研究对象,而不单单是一种普通意义的鉴赏过程和文学消费过程,这也就引致了如史学之于行动、哲学之于智慧的批评。批评之于艺术——批评本身也是一种艺术,是对文学艺术的研究性质艺术。况且,批评是"具有一定程度的独立性"的艺术,是一种"思想和知识的结构,这种结构本身有权利存在,而且不依附于它所讨论的艺术"②而存在。由此看来,我们有必要对批评主体的责任、鉴赏力、道德伦理等等结构的诗性质素予以厘清。

批评首先涉及价值判断问题。价值判断的责任迫使批评家要调用自己的观念和知识理论"库存"去集中精力观照,也就是聚焦文学艺术本身,去敏锐发现和洞观文本之"诗意"及其价值本体,而非文学艺术中间或所涉及的非自身的额外成分。艺术的批评性质就自然对批评过程赋予了诗性的思维与气质,因为批评作为一种研究文学的艺术,它必然存在除文学作为研究对象以外的观念结构、价值尺度,以及由此必然的鉴赏能力和批评态度问题。而这些恰恰是诗性的哲思,而非纯理性的逻辑分析与推断。对诗的研究采用非诗的知识谱系和理论方法,无异于牛头不对马嘴,虽然诗中不乏真知灼见的哲理性思想火花,甚至是一种彻头彻尾的理念,但它终究是以"诗意"的"诗味"形式而存在,并非哲学本原的抽象探讨。因此,"文学批评的中心存在着不可言传的感受,从而使批评永远成为一种艺术,这时批评家应该认识到,批评从这种艺术中产生,却不能建立在它的上面"。"尽管批评家的艺术鉴赏力在正常情况下是向更加宽容大度发

---

① 诺斯罗普·弗莱:《批评的解剖》,陈慧、袁宪军、吴伟仁译,百花文艺出版社,2006年,第16页。
② 同上,第6页。

展,但批评依然是知识,这是一回事;而对作品的评价受鉴赏力的制约,又是一回事。试图将直接的文学感受纳入批评的结构,只会产生使艺术鉴赏史偏离正道的现象。"①由此可见,批评只是一个针对文学艺术对象的研究过程,有诗性气质的批评家才是决定批评自身能否全面把握文学生产的品质,以及其内在价值的可靠因素和主体力量。

艺术的批评需要的价值判断标准应体现为"真善美"的人类共同的审美追求。因为人类所创造的"文化的最高价值就在于实现真、善、美高度统一的自由境界"。如果仅从文学艺术来看,那就是因为"关于文学的价值,向来较为普遍的是以真、善、美来界定的"②。再具体到中国的文化场域中,"善美"观念无疑主宰了文学艺术的价值理想诗性过程。这一理想尺度就对批评家的操守和能力提出了至为重要的三条原则:以"善美"的守望来拒绝"丑陋"的"假大空"和"低俗、庸俗、媚俗"的"假美化",我们不妨简称为"善美原则";以良知的公允来摒弃"偏私"与"狭隘",不至于使人们恒常观念中所唾弃的"丑"一经批评的确认环节摇身而变为之"美",姑且称之为"公允原则";以见微知著的洞察力来鉴别高尚与平庸、经典与平俗,坚守批评自身的人格尊严不受伤害,我们可称之为"尊严原则"。"善美原则"实质是文学批评的道德理想原则,主要体现在文学艺术"大美"的恒常观念;"公允原则"则是基于社会伦理的普遍性秩序而言的批评道义操守,它既是批评从业者最为基本的职业守则,多体现为整个社会的普遍良心与公心;而"尊严原则"则是一种针对批评家鉴赏力而言的专业能力素质要求,也是作为批评最为根本的内涵存在。

价值判断本身具有二重性:个体性和社会性。因为"文学研究的相

---

① 诺斯罗普·弗莱:《批评的解剖》,陈慧、袁宪军、吴伟仁译,百花文艺出版社,2006年,第39页。
② 陈筠泉、刘奔主编:《哲学与文化》,中国社会科学出版社,1996年,第64页。

对性和主观性太大,无法得出始终如一的道理"[1]。文学价值观念作为一种观念形态的东西,是文学活动及其价值在主体大脑中的主观反映,由此而呈现出千人千面的多样性与复杂性,进入批评过程则表现为明显的个体性和社会性。"文学评价的二重性一方面来源于评价主体自身的二重性,一方面又来源于文学文本潜价值的二重性,在文本的'有意义的结构'之中,实际上已经潜在地包含了两种价值可能性:一种诉诸接受个体审美和精神自由需求,获得实现后便成为文学个体价值;一种诉诸社会意识和社会秩序,获得实现之后,便成为文学的社会价值。文本结构中价值潜能的二重性只能是创作主体自身的二重性在作品中的外化形式。这种二重性其实在文学价值实现的整个过程中,都存在着。价值潜能的二重性直接表现为评价的二重性,而评价的二重性也必然导致价值效应的二重性。评价的二重性也罢,价值效应的二重性也罢,都是人的存在的二重性的反映。"[2]不仅文学创作具有二重性,文学文本同样具有二重性,当然批评本身也脱离不了二重性。批评家所要在乎的是如何让自己的个性站在社会性的基础之上,使诗性得以高扬的同时,让二重性和谐共生于更为丰赡的诗意新发现价值过程之中。

批评家还要面对价值判断过程的二重性:相对性和绝对性。通常而言,只有文学生产的成品具有绝对性判断的可能,当然对于那些经典化早已完成的文学经典,其葆有绝对性价值判断的一贯性、连续性,也是批评过程特殊情况时有发生的一种偶然中的必然。但是随着时代迁移,历史语境和价值观念的蜕变,极有可能在传统经典被颠覆的过程中,相对性取代了绝对性,从而还原了文学艺术批评的恒常状态——相对性观念。批评家也并非为经典的诞生而存活。他们更多,或者大多需要面对的是普通的文本,甚或差强人意的文本新面孔,这是极为常见的,而且是通常的普遍现

---

[1] 诺斯罗普·弗莱:《批评的解剖》,陈慧、袁宪军、吴伟仁译,百花文艺出版社,2006年,第21页。
[2] 李春青:《文学价值学引论》,云南人民出版社,1994年,第101页。

象。虽然经典性的文本足以作为批评家理想追求的"磨刀石",但如此的机会并不常见。批评家需要在日常生活中甘做作家们的"磨刀石",以度人度己。

"个人怎样表现自己的生命,他们自己就是怎样。"[①]"作品就是作家的传记。"[②] 批评家从事着怎样的诗意发现过程,又是如何追求着批评的理想人格,一切都作为批评家的生动镜像而存在,从而折射出批评家自身文化人格之高下。艺术的性质早就量身定做了批评无疑是批评家命中的"试金石"和"磨刀石"这一本分。

三

"文学批评的目的,不在于立法,亦即文学应该是如何写,而在说明,亦即文章为什么那样写了。它从已有的成就中归纳出道理来,指出这样的写法,是怎样来的,和前人既以此成功,后人当不妨借鉴。因此,我反对胡适先生评论《醒世姻缘》的办法。他认为假使把因果报应的观念去掉,而仅以写实的笔法,把合于现实道理的情节写出来,《醒世姻缘》将会是一本更好的小说。那样一来,《醒世姻缘》或者可以是一本更好的小说,但却不是我们所知道的《醒世姻缘》了。"[③]"评价问题对文学评论来说,是一个相当原则的问题。无视这一问题,文学研究中的任何一个派别都难以行得通。对评价的理解涉及评论的最基本和最深刻的原理,它决定着评论的地位、职能和任务。"[④]"批评就是判断,即使不作出判断,

---

[①] 中共中央马克思恩格斯列宁斯大林著作编译局编译:《马克思恩格斯选集》第1卷,人民出版社,2012年,第147页。
[②] 陈忠实:《陈忠实文集》第10卷,人民文学出版社,2015年,第313页。
[③] 侯健:《〈三宝太监西洋记通俗演义〉——原型批评方法的实验》,见叶舒宪选编《神话—原型批评》,陕西师范大学出版社,1987年,第441—442页。
[④] 麦克林堡:《文学评价》,见中国社会科学院情报研究所、《国外社会科学著作提要》编辑部编辑《国外社会科学著作提要》第4辑,中国社会科学出版社,1981年。

起码也是在锻炼自己的判断力。每一个读者都是潜在的批评家。当作者重读自己的作品时，他自己也成了批评家。"①"如今所要求于批评的是，不要陶醉于局部，应该对艺术作品整体进行评价，剖开作品的思想，指出这个思想和它的表现处于怎样的关系，形式的美在什么程序上体现了思想的真实性，思想的真实性又在什么程度上助长了形式的美。"②无论对批评持有如何的立场、观点、期待、方法论，都难以改变一个事实："文学批评的对象是一种艺术，批评本身显然也是一种艺术。"而且，"艺术企图摆脱批评，其结局却是发人深省的"。③

　　蒂博代将文学批评区分为自发的批评、职业的批评和大师的批评三个类型。④所谓自发的批评意指"有教养的"公众的批评，主要反映的是公众的接受趣味及其判断；而大师的批评则是作家自我的批评；职业的批评即为我们正在讨论的专业批评。就专业批评之外的另两个批评而言，在结合有理有据的考辨、系统性和开阔性的批评充分性上显然话语权不具备专业批评的"权威色彩"，但这并不是说他们一无是处，就通常的接受效用而言，反倒因为专业批评的严重缺席和话语隔阂导致了他们更具有公众层面的亲和力和感召力，也就是说，专业批评是处于失语状态的。这不能不令人深思。是批评家"平庸无能""枯燥乏味"，还是"厌恶真正具有创作能力的人们"的偏见作祟？⑤从我们所处的批评生态而言，显然原先社会的专业批评已退居弱势，"学院派批评"蔚然成为批评现场的熟常面孔，无论是"在学院"还是"在社会"，曾经的教育驯化俨然固化为一种

---

① 米盖尔·杜夫海纳：《美学与哲学》，孙非译，中国社会科学出版社，1985年，第137页。
② 别林斯基：《别林斯基论文学》，别列金娜选辑，梁真译，新文艺出版社，1958年，第263页。
③ 诺思罗普·弗莱：《批评的解剖》，陈慧、袁宪军、吴伟仁译，百花文艺出版社，2006年，第4页。
④ 蒂博代：《六说文学批评》，赵坚译，生活·读书·新知三联书店，2002年，第46页。
⑤ 诺思罗普·弗莱：《批评的解剖》，陈慧、袁宪军、吴伟仁译，百花文艺出版社，2006年，第4页。

僵化的批评格局。我们姑且称之为"学院批评风"。

专业批评的缺席和大众的不认可，固然因素很多，并非表面的风格那么简单，究其主观原因，主要矛盾还在于批评家自身。似乎"学院批评风"无意识间淡忘了批评是艺术的批评和批评的艺术特质，也由此导致了对哲学和历史学的一种侵权。艺术的批评所要求的批评的艺术性不只是诗性思维的逻辑推断，其成功与否还取决于两个带有威胁性的因素：批评的姿态和批评的话语方式。

如果视批评是面向大众以"诗意"发现后的自我言说，自当与大众建构平等的对话平台以坦诚交流，如此而来，"枯燥乏味"和"隔阂冷漠"就不复存在。如若只是将自己的鉴赏力作为供小圈子自我把玩的"鼻烟壶"则另当别论。显然这一切都取决于批评姿态，取决于批评家对批评功用和尊严的自我体认。"学院批评风"还存在"话语方式"的乏诗性弊端。它时常表现为以抽象的概念和抽象的逻辑思维阉割甚或取代批评的艺术本质，反而让人产生是哲学家或历史学家所为的身份错觉，也就造就了"空洞教条""生搬硬套"的僵化模式，陷艺术的批评因诗性聚焦的丧失而滑入悲哀的尴尬境地，随即批评的无意义便应此而生。

真正的批评家所要做的不仅要有感而发，去"说话"，而且要敢于说"真话"，说有温度、有格局、有原则、有风度的"真话"，更要讲求"诗性"的言语方式。唯有如此，我们方能将聚焦艺术的新发现予以艺术的表达，并以此来体现批评作为艺术批评的天职与历史责任。

2022年11月

秦地作家：沉沦抑或蕴积

——兼议新时期作家内在精神世界的建构

当代文学发展史上，陕西有两代作家在现实主义旗帜下凭借其丰硕的写作成就创造出秦地作家的不凡辉煌：柳青的《创业史》是十七年文学的重要收获，而陈忠实的《白鹿原》则是新时期文学的重大收获。以柳青、杜鹏程、王汶石等领衔的第一代陕西作家群，在上世纪五六十年代就以《创业史》《保卫延安》《风雪之夜》等经典文本在中国当代文学史树起骄人的丰碑，奠定了陕西当代文学肇始的"史诗"品格，直接影响到了后来陕西绝大多数作家的创作实践和人格与文格。上世纪末期的八九十年代，路遥、陈忠实、贾平凹领军的第二代秦地作家群形成并秉承第一代作家的现实主义风格，以《人生》效应发力，先后用《平凡的世界》《白鹿原》《废都》等精品，在文坛掀起"风搅雪"，两度登上了中国文学最高荣誉——茅盾文学奖的领奖台，延续昔日辉煌之时实现了创作实践的新突破。世界上最优秀的作家往往都是现实主义的。陕西的两代作家，在创作实践中不断为现实主义的精神与创作方法注入新的阐释，从《创业史》到《平凡的世界》，再到陈忠实《白鹿原》，都可以看到现实主义精神与创作风格在时代发展与文化变迁中，有了更深更高更广更多的超越，无论思想的穿透力还是成熟的艺术智慧，都成为陕西作家宝贵的经验性收获。就在大家给予文坛陕军更多期待，东西南北其他地域作家百舸争流的当口，陕西文坛倒呈现出一片相对的宁静和平和，即便有红柯等所谓的第三代接班人可聊以自安，且时有火花迸发偶起波澜，可是从创作成果或底气来看，难以领略青年作家阵容强劲的姿态和可让人少安毋躁之实力，至今活跃于当下文坛前沿且实力厚实的陕军主将大多超过或临近花甲之年，昔日绝对话语权渐趋弱化，在文坛顶端出现了与全国文学重镇不相匹配令人焦虑的缺席现象。[①]人们不免对秦地作家发问：沉沦抑或蕴积？本文拟就这一问题从作家自身建设维度审视予以谫议，期待思考不仅之于陕西，整个西部，乃至于全国文坛所患浮躁病症的调理有所裨益。

就特质而言，文学创作具有艺术创造共性的同时更多体现为作家劳动的个体性。作家的禀性、情趣、艺术感受和对生活乃至于生命的独特体验与感悟自然有了不同。一方水土养一方人，秦地滋养成长的作家个体间气质存在差异风格自然有别，而天生的责任意识与忧患意识，厚道纯朴的品格，拙实浑厚而不乏灵性等内在同质深层结构却呈现出共性。秦地文化深层结构造就了秦地作家的精神世界，而新时期以来逐步演变的文化多元化与商品经济也难免对固有的拙朴观念带来利益刺激，潜在影响到作家的人生观、价值观、名利观。尤其是陕西经济的相对落后与文化积淀的博厚守成交互碰撞，使陕西作家处在一个嬗变阵痛的精神指向抉择状态，崇高的文学理想受到挑战，平静的心境变得浮躁，言语诉说感染了更多的庸俗与污点，一时间文本呈现出数量可观、精品寥寥，产量不少、良莠不齐，豪言不少、品格不高的错位。社会终究是个试金石，作家就是靠精品说话，一切都可以透过作品这个载体折射出作家（群）精神世界的沉浮与变迁，足以把作家的精神世界毫不留情地搬到五光十色的舞台展演。因之，窃以为创作主体的精神世界拷问是我们阐解当下陕西文坛不振的症结所在，也

---

① 有人谓之"断层现象"或陕西作家群的"失语"，笔者不能苟同。其一，"断层"是基于无而言，陕西作家代代承继，队伍越来越庞大，风格更趋多元化，确也不实；其二，"失语"是基于话语权而言，陕西作家创作实践未曾中断，贾平凹、叶广芩、红柯、冷梦等还不断获得鲁迅文学奖等全国大奖，未失去话语权，并不符实情，只是与其他地域的创作热闹景况，与此前陕西作家巅峰比较而言，在文坛前沿与顶端层面出现了绝对话语权弱化。

是当代作家需要自行追本究源的，也只有深入精神世界层面去反思去解剖才能实现矫正与警示的目的。

秦地作家拥有其他地域作家羡慕的历史文化资源和热情的读者群。他们生存的这块土地，既有中国传统文化积淀深厚的关中，又有介于异域文化交汇地带的陕北陕南，传统与现代、乡土与都市、本土与异域、文化的守成与物质的落后等多质多层文化结构的交汇、融通、碰撞与并存给精神创造提供了营养价值丰厚的文化与生活土壤。把这些丰厚的历史人文生活资源以艺术的手段创造出经受得住时间考量的精品来，从前两代作家取得的成就和当下的焦虑浮躁不难悟察出一个道理，那就是作家的精神结构和对文学的虔诚与良心决定了创作成就之品格。

作家的精神结构包含主体的思想境界、价值体系、情感世界和审美世界，前二者居主导地位。精神结构又体现为思想、信念、价值观、生活观、艺术观和审美情趣等方面。思想境界和价值体系是写作爱好者、作家、大师的根本基因，它决定了作家及其作品的制高点和穿透力，决定了作家与作品的人格与文格。在二者的潜在作用下，作家的情感体验与生活体验乃至于生命体验，都通过审美世界生动而具体地体现出来。情感体验不够深切，自然就会背离生活的真实，就不会以积极的姿态去审视生活。而审美情趣不高，就必然会出现庸俗偏向，就有可能把写作变成纯粹的个人宣泄，或者失责失德之文学复制生产，无法以虔诚的心态和无尽的道德伦理站在时代制高点上创造出符合时代要求的精品来。以上种种除了于己浪得虚名而外无非把自己变成了精神生产的商人，去追求金钱利益的满足。马克思早已预言："作家当然必须挣钱才能生活，写作，但是他决不应该为了挣钱而生活，写作。"并进一步说："作家绝不把自己的作品看作手段。作品就是目的本身；无论对作家或其他人来说，作品根本不是手段，所以在必要时作家可以为了作品的生存而牺牲自己个人的生存。"[①]

---

① 中共中央马克思恩格斯列宁斯大林著作编译局编译：《马克思恩格斯全集》第1卷，人民出版社，1956年，第87页。

马克思切中肯綮地指出作家如果把作品当作手段，那么文学的神圣必然被亵渎，真诚的读者不仅不会得到认知上的启迪与美的享受，还被愚弄和伤害，写作变成了精神污染的生产过程。任何一个像柳青一样有良知的作家断断不会如是做。

柳青不光是陕西作家的精神导师，也应该是所有作家的榜样。他的精神世界始终是与时代、与人民、与土地息息相通的，并且直接影响了陕西后来的绝大多数作家及其创作。他已为秦地作家的精神导师。那么，柳青带给我们何种精神资源？"最要紧的是真实的感情，即作家对祖国、对人民、对土地的真情实感。"在他的作品中我们"能够感受到社会变迁的深层历史原因，也能够从美学的高度看到他的作品的价值，更能够从其作品中强烈地感悟到一种属于我们民族的人文精神"[1]。他以赤诚的心抒写渭河平原的蒲公英，用自己的可贵良知描绘乡村的时代变迁，创造出时代典型——梁生宝，使《创业史》成为十七年文学的重要收获。被誉为"小柳青"的陈忠实把柳青的精神资源与艺术技巧经过整合与扬弃，拿起深邃广博的思想透视镜，介入民族灵魂的深处，以深刻的情感体验、生活体验和生命体验厚积薄发捧出了一部"民族秘史"——《白鹿原》，创造出文化人格的白嘉轩的艺术典型，成为新时期文学最重要的收获。他们都是在一种极为艰苦的条件下坚守了对文学的虔诚，这与当下文坛出现的浮躁情绪、精神空间的不够宽容与失衡大相径庭。

承继陕西文学和作家的优秀精神传统可贵，首先与时俱进的精神世界的扩容与更新不可忽视，因为作家精神世界的扩容与更新必然影响到对历史现实的思想穿透力，对生活开掘的深度，对艺术技巧表现力的提高，对作家独立人格的建构。陕籍评论家李建军曾直言不讳："陕西作家接受完全、系统教育的比例较低，因此显得学养差、知识构成不健全，这影响了他们在思想上的成熟和深刻，使不少作家不能以更高远的视界来审视世

---

[1] 雷涛：《柳青：宝贵的精神资源》，载《陕西文学界》2006年第2期。

界、观照生活。"① 这些都不同程度地影响到了创作主体的视界,影响到作品的境界。文学艺术"既认识世界,又唤回良知,还使人们的心灵接近,也赋予无可比拟的享受……"② 文学的认知功能、教化功能、审美功能和娱乐功能随着时代的发展会激发读者作为接受主体的自觉意识,文学创作应是一个不断自我否定自我扬弃自我剥离的演化进步历程,创作主体必然要适应这种变化使自己的精神世界得到及时的扩容与更新。作家精神世界的扩容与更新,首先要在生活认识的广度和深度上深刻把握现实人生,把握时代脉搏。应该说陕军新的一代在学养上、知识结构上比前两代整体要改善许多,但是却存在生活体验的广度和深度上因为文明的进步、生活节奏的加快带来的生活其中实则不谙世界的负效应,应酬多了自然思考与洞察生活的精力就少了,浮在表象的惰性趋强了,那么体验生活的自主意识就弱化了,这必然影响到作家对社会生活的独到体验和深层观照,导致了作品题材提炼与艺术锤炼等多维度的缺憾或者硬伤,进而损伤了文本的内涵与格调。一些作家还奉行写自己熟悉的生活,这样的意识支配必然无形中把自己拘囿于狭小的空间,吸收不到新鲜的空气,挡住了眼光,遮蔽了宇宙的无穷美,视野局限直接作用到认识的广度与深度,唯有摒弃名利和舒适的诱惑,怀揣坚定而崇高的文学信念,把自己融入广阔的生活,用虔诚的心去把握时代的音律,才能使自己获得深刻的情感体验和生活体验,才能使自己的精神结构得到优化。陈忠实谈到自己的体验时说:"无论是社会生活体验,无论是作家个人的生活体验,或者两部分都融合在一块了,同时既是作家个人的生活体验,又是作家对社会生活的体验,在这个层面上,我觉得更应该深入一步,从生活体验的层面进入生命体验的层面。进入生命层面的这种体验,在我看来,它就更带有某种深刻性,也可

---

① 李建军:《时代及其文学的敌人》,中国工人出版社,2004年,第355页。
② 列·斯托洛维奇:《审美价值的本质》,凌继尧译,中国社会科学出版社,1984年,第14页。

能更富于哲理层面上的一些东西。"[1]如果没有广阔扎实的生活体验,就很难上升到生命体验的高度。

其次要善于学习以充实自己。创作本身是一种精神创造,无论发现生活美,还是开掘与表现生活美,在知识经济时代不拥有广博的知识结构,对表象的认识将会徘徊在表层而缺乏穿透力,艺术感知会停留在固有的框框中难以得到拓展,表现或者再现生活的艺术手段就比较贫乏,自觉不自觉地对新的文学表现方法表现出不屑一顾或僵化固执的自以为是。当前作家的学习多停留在实用层面,既缺乏积极的储备使之内化为自身的精神结构的先觉意识,又不能自觉地深入其中使知识的本身转化为思想表达和艺术表现的自我超越,难免把学习变成了一个实用的过程,而不是一个内化的更新过程。贾平凹的才情自有其天生的成分,但是没有儒释道和各种社会的科学的文学的知识的后天滋补,难以成就今天的收获。陈忠实创作《白鹿原》之前早就开始内容庞杂的阅读,如饥似渴地阅读了历史的、心理学的、中西文学经典与理论经典,使之对日后的写作有很大的启迪。这不仅于陕西作家的佼佼者如是,全国作家如是,即便古今中外文学大家莫不如是。还应当察觉到,后继作家接受系统的现代教育促使了学养的改善,但是对民族优秀文化精髓的承继和理解,对古典文学丰富营养的汲取与消化明显淡薄甚或无知,深层瓦解了内在的文化底蕴,这不能不说是中国当代作家的悲哀,更是当代文学的悲哀。

作家还要有自觉的反思意识,重建自己的独立人格。作家的反思应当建立在三个层面:对读者的拷问、对评论的接受和自身的否定。作家书写的接受对象就是读者,没有读者的介入,文本的审美接受过程就无法完成,而读者的拷问应该成为作家反思的一个起点。评论家的批评更多是学理性建构的剖析,比读者的反馈更富科学价值和指导价值。作家对待褒奖应理性,对待苛评只要言之成理自当接受,不应丧失自我意识,缺乏理

---

[1] 李遇春、陈忠实:《走向生命体验的艺术探索——陈忠实访谈录》,载《小说评论》2003年第5期。

智。而最关键的是自我否定，没有彻底的否定会故步自封，难有超越，自我否定首要的是建构作家超拔的独立人格，以清醒的甚或残酷的自我意识通过创作实践的不断扬弃实现否定基础上的新我之建构。陈忠实《白鹿原》的成功就是自我不断否定之后的一个收获。这不妨从他走上文学之路开始到最近的《原下的日子》追寻，会发现这个过程不是一帆风顺的，而是一个痛苦的艰辛的需要勇气与智慧的蜕变、剥离的重建的历程。一旦完成否定之后的重建，就会有质的飞跃。大凡有成就的作家莫不如是，这也正是当下的青年作家最缺乏的勇气。

洞察陕西文坛当下写作的症候之后，我们不应抱有太多的悲观，因为秦地文化的博深与文学精神的延续使我们有理由相信未来是美好的，"文学依然神圣"正牵引着陕军更强大的阵容在嬗变中探索实践。近年活跃的红柯，就努力用自己的才情及其对文学的虔诚，和那富有生命韵律的异域世界拓展了陕西作家的传统乡土与战争题材范围，给秦地注入了异质的同时，带来了活力与希望；冯积岐、王观胜等对现世人生世界的真诚观照，真情抒写，真实表现让我们看到了前两代作家身上那孜孜以求的精神，看到了希冀的曙光。无论从群体整齐程度及其对文学精神的追求，还是从近年多次获得鲁迅文学奖等全国大奖的频率来看，无论从题材范围扩大方法的自主探索，还是从作家群主导精神境界的传承来看，尽管当下的秦地作家同全国文坛同样呈现浮躁等症状，新的正在形成的第三代作家群尚不具备绝对一流的竞争的充盈实力，但是精神结构的变迁和创作实践的绵延探索必将带来蕴积完成后的爆发。只要学习鲁迅敢于自己榨出隐藏的"小"来，不妨停下笔来矫正和充实精神世界，走出窗子的空间沉入广阔的生活去发现美去凝聚美去创造美，我们定会说沉沦只是蕴积中的表征。

原载《文艺报》2007年1月20日

创作主体精神的自觉重建

——当代作家"红学热"现象透析

著名作家刘心武在央视《百家讲坛》开坛，从新探佚和经典文本再创造之维畅谈其"红学"新见解，以轰动性连锁效应完成了其"秦学"的社会性构建与大众传播，也掀起了一场谁也难以料及的空前的"红学热"。这场波及面广、争鸣焦点多、讨论问题深、延续余波长的"红学热"，由于有以学理性建构见长的蔡义江、胡文彬、张庆善、周思源等红学专家的论辩，加之文化界与新闻媒介的推波助澜，还有普通读者如饥似渴、如梦方醒般的"阅红谈红"热场，一时间仁智互见，莫衷一是，热闹异常，实乃《红楼梦》面世以来难得之盛景，导引出新时期以来作为创作主体的作家对古典文学与传统文化自觉的再体验与再审视趋向，在纷繁而活跃的当下文坛拉出了一道颇吸引眼球又触人深思的风景线。这道风景线的亮点是刘心武的"秦学"新解，但更应关注的是王蒙、刘心武、李国文、谌容、王安忆、二月河、克非等著名作家以不同言语方式，不约而同对《红楼梦》进行的多视角的观照。表象出现固然存在偶然性，然而最根本的还是隐蔽于现象背后的内在必然性的主导性因素。可以说，这个不寻常的文学文化现象与近些年持续升温的传统文化热和作家主体精神的觉醒直接关联，昭示了当代作家意欲以对传统文化经典和古典文学经典的认知与解析为途径来汲取并补充自身养分的自觉，和追求创作主体学者化之倾向，更体现出作家要实现自身精神世界的重建诉求。

一、当代作家解构《红楼梦》的价值梳理

在这场热潮中，新时期不少在创作上取得不凡成就的著名作家，把在长期的创作实践中积累起来的个人艺术经验运用到对《红楼梦》的阐释与解构上，形成了观照视角不同的两个层面：以刘心武为代表的新索隐"秦学"和以王蒙为代表的审美视界的红学。

刘心武对《红楼梦》的见解集中体现在他的所谓"秦学"（包括《刘心武揭秘〈红楼梦〉》《红楼望月》等著述）和《秦可卿之死》《贾元春之死》等小说中。从方法论之维看，刘心武实际走的是一种新索隐考证的路子。他之所以能够找到其理论的生发点，原因主要有三个方面：首先，《红楼梦》本身就是小说，是虚构的精神创造，由于象征、暗示等多种艺术表现手法的综合运用，无形中给读者留下了丰富的想象、参与再创造和多维阐释的巨大空间。其次，《红楼梦》后四十回的不明遗失和有关秦可卿之叙事的隐晦，导致了故事情节发展中的不少疑点和空白，成了续补或者再创造的端口。再次，《红楼梦》是个文化信息量和文学艺术价值极高的经典文本，其无穷的魅力和深厚的意蕴仿佛是个巨大的艺术磁场，为读者提供了庞大的深刻的审美对象。正如王蒙所言："《红楼梦》提供的信息实在是太多了，因此《红楼梦》本身就可以像生活一样成为某些作家进行再创作的素材，尽管成功的是这样少，但是这种诱惑是永远不能消失的。"[①]《红楼梦》成为"一个说不完的题目。又是一个说不清的题目"[②]。从学术层面审视刘心武的"秦学"自然必须实事求是，尊重学术规范。由于表象的自圆其说使不曾细究未谙文本的读者产生对"秦学"的全盘接受，实则这是一场学术狂欢[③]，是对《红楼梦》的误读，也因此对

---

① 王蒙：《王蒙活说〈红楼梦〉》，作家出版社，2005年，第224页。
② 张国风：《越是伟大的作品越需要虚构》，载《红楼梦学刊》2006年第2期。
③ 胡明：《红学的颜色革命与学术狂欢》，载《红楼梦学刊》2006年第2期。

读者产生了误导。原因很简单：对中国文学经典《红楼梦》的学科建构，必须坚持"立论要有根据，论证要合乎逻辑，不能爱怎么想就怎么想，想怎么说就怎么说"。既然是学术研究就必须遵循求实的科学精神，"具体到文学研究、红学研究，那就要从文学现象和文学作品的实际出发，尊重文本，阐发文本本身所包含的意蕴和价值，而不是在文本之外主观臆想，随心所欲地改变甚至是歪曲文本"①。索隐派在红学发展中的确有一定贡献，但其整体方法本身是对文学文本的误读，这早已为学术界所广泛认同。其道理恰如把《班主任》中谢慧敏的艺术形象等同于现实生活中的某某，而谢慧敏的故事就是现实生活的某件事情之翻版一样经不起推敲。这回归到了文学的一个基本常识——艺术创造与现实生活的关系问题。最浅显的道理就是，艺术来源于生活，但并不等于是生活本身原始性的写实。作为小说文体其主导特征就是虚构，因而刘心武的所谓"秦学"实在是对学术规范和文学本质的淡漠和歪曲，无论其效应如何，最终表面的自圆其说掩盖不了内在方法论上的根本性错误。②但是刘心武在央视宣讲其"秦学"，应该说在传播《红楼梦》，用接受主体的主观意识参与到经典名著再创造的精神和姿态是积极的，此举也是作家自觉追求学者化的一个主动而大胆的尝试。以王蒙为代表的大多作家对《红楼梦》的阐释基本是从自己独特的创作经验和艺术经验出发，围绕审美学、文化学、文学、写作学等方面，立足于比较深入、具体而客观的角度解读与评价文本，其学术价值因为作家创作经验和艺术经验的直接介入，与红学家的阐释相比较，要更为具体更为生动也更为详尽，尽管理论体系不是很严密，但终究有深入的认识和独到的学术见解，体现出作家追求学者化的不凡姿态。其中影响较大、最富有学术价值的论著当数王蒙的《红楼启示录》和《王蒙活说〈红楼梦〉》。王蒙从文本的主题思想、艺术表达、叙事策略、人物典型、文化意蕴等多层面进行了证据翔实、见解深刻而富有启发性的学术探

---

① 周先慎：《学术规范与学术品格》，载《红楼梦学刊》2006年第2期。
② 袁世硕：《剖析〈刘心武揭秘《红楼梦》〉》，载《红楼梦学刊》2006年第2期。

讨，使人有醍醐灌顶般的启示和收获，也为红学的深入研究与视界更新产生了积极的作用。

二、传统文化热之于作家精神世界的复苏

当代作家"红学热"既是新时期值得探究的一种文学现象，更是一种文化现象。它首先表现为以语言符号进行"自由的精神生产"的作家对传统文化的观照，以及以此来增强自身民族文化修养，在重温精神家园的同时积极探求作家文化人格的建构。

反观中外文化史可以发现，林林总总的历史现象深处总隐蔽着一个跳跃而清晰的主体精神自觉回归线索——每当社会经济发展繁荣昌盛抑或动荡不安之时，文化意义的人（人文知识分子体现更为强烈）便会将审视的目光聚焦到传统文化的复归。在一定意义上这是对当下生存境遇，尤其是对生存与生命质量发自主体的拷问，是对文化反思之后所选择的精神重建之路。在这个觅找精神家园的心路历程上，可以发现其主要因素在于人们意识到，只有在文化世界中才能实现"既认识世界，又唤回良知，还使人们心灵接近"[①]的价值意义与终极理想。如果说动荡时代呼唤文化精神回归是主体精神的自主祈求比较容易理解的话，那么社会经济繁昌时代何以出现"文化热""国学热"？其深层原因是时代经济的繁荣会衍生出与主体精神理想反差较大的文化精神迷失或沉沦，触发了人们对当下世界生存境遇的拷问，以回顾性的复兴传统文化精神作为方向坐标，寻求精神向度之必然。自20世纪八九十年代至今持续高温的"传统文化热"就是在中西文化碰撞、人生观多元化、价值判断标准紊乱、审美情趣异化情势下产生的。这个传统文化复归潮又必然导引出文化精神表达生动形象，蕴含丰富博厚的古典文学经典的复读热——古典文学经典被重新解读和重构。由于

---

① 列·斯托洛维奇：《审美价值的本质》，凌继尧译，中国社会科学出版社，1984年，第14页。

"《红楼梦》是一部文化的书。它似乎已经把汉语汉字汉文学的可能性用尽了,把我们的文化写完了","又是一个智力与情感、推理与感性、焦躁与安宁的交换交叉作用场",自然就成了这个传统文化热中的焦点。[①]

作家对《红楼梦》的观照不仅仅因为它是一个经典文学文本,更主要的是它作为一个"中国封建社会百科全书"的文学文本何以能将高度的思想性、艺术策略、无尽的艺术魅力、丰厚的文化底蕴近乎完美地融为一体,且数百年来广泛流传长久不衰?这些富有极大示范价值的艺术世界自然会让作家产生浓厚的兴趣。如果作品的思想价值和艺术价值难以完美地结合在一起,如果文本蕴含不是一个博大精深的富矿,那同样从事文学创作的作家很有可能不会瞄准《红楼梦》,而会选择其他的经典作为解剖试验、借鉴的审视对象了。鲁迅先生曾说《红楼梦》出世以后"把传统的思想和写法都打破了",充分肯定了作品本身所包含的思想意蕴及其广度深度和丰富的艺术价值。优秀的文学作品在时空的界面上总是凭借其文化蕴含的丰富与深刻程度成为能保持其旺盛生命力的内因。曹雪芹在《红楼梦》里,既写了制度文化、礼仪文化、茶文化、医药文化、戏曲文化等各种样态,更以高明精细娴熟的叙事策略探讨了儒、释、道的哲学于人生社会的本来价值意义。王蒙直言:"我爱读《红楼梦》。《红楼梦》是一本最经得住读,经得住分析,经得起折腾的书。"并且还说:"《红楼梦》是经验的结晶。人生经验,社会经验,感情经验,政治经验,艺术经验,无所不备。《红楼梦》就是人生。《红楼梦》帮助你体验人生。读一本《红楼梦》,等于活了一次,至少是活了20年。"[②]作家以自己独特的艺术敏锐视角体察到《红楼梦》经久不衰的魅力与价值,和文本所蕴含的广博的文化世界。这些经过审美过程进而演化为作家体验民族历史文化的巨大磁场。新时期以来逐步演变的文化多元化与商品经济对当代作家固有的文化深层结构产生强烈的刺激,对作家的精神世界产生极大的诱惑,不同程

---

① 王蒙:《王蒙活说〈红楼梦〉》,作家出版社,2005年,第242页。
② 同上,第240页。

度地影响到作家的名利观、价值观、人生观。尤其是经济意识的增强与传统文化守成之间的交互碰撞，使作家处在了一个嬗变阵痛的精神指向抉择状态。崇高的文学理想受到挑战，平静的心境变得浮躁，言语诉说沾染了更多的庸俗与污点。当下写作所呈现的愈写愈距离读者遥远的悲哀，成为隐藏在作家心中持久的痛。要消弭这种心痛，作家清醒地意识到首先需汲取民族文化、古典文化的营养和精华，因为成长于民族文化的特定环境，自身就遗传了文化基因，谙熟文化经典是强化文化基因生命力的一个基本条件，这对于文学创造而言至关重要。金庸就以自己创作的成功给其他作家提供了借鉴和反思对象。"金庸小说把武功变成了体现文化理想的符号，把儒、释、道乃至于诸子百家学说中的合理成分相互融通并形象地显现出来，从文化、哲学和人的生命的高度构建起了一个完整的道德文化体系，并以潜移默化的方式融入现代人的生活。"[1]由此来看，金庸的成功实践并非简单迎合读者情趣，而是对民族文化艺术整合所焕发的同质接受与认可共振。民族文化滋养的当代作家，只有具备浓厚的民族文化修养，并将其体现在文学创作中，才能增加文本的文化底蕴，才能拓展自己的认知视野，才能站在学者的高度审视历史与现实宇宙世界，最终实现作家自身素质的飞跃。基于此认识，当代作家关注民族文化经典，是文化精神承继的需要，也是当代作家文化精神回归的必然，更是作家独立文化人格建构之使然。其实现最为省力的途径就是向"中国封建社会百科全书"式的文学经典《红楼梦》请教，只不过他们由于学养较高，没有从基本的阅读熏陶起步，而是直接走到了文本解构的层面。对《红楼梦》的重新解构无非是想从这个文本的窗口体察传统文化的大精髓，把握浮躁的文化环境所需要的药引子，以审美体验或者文学再创造的方式解民族文化之梦，也解作家文化理想之梦，以找回现实本真的自我。因此，当代作家的"红学热"不光是追求学者化的文化宣言，更是在彷徨、迷茫、无奈之下企图通

---

[1] 冷成金：《金庸小说与传统文化》，载《光明日报》2001年4月18日。

过古典文化经典的解构提升自身民族文化修养，实现自我精神世界复苏的聚焦体现，并带有群体性的自觉性。

三、当代作家主体精神的重建前奏

文化的反思促发了作家文化人格的建构自觉，激发了长期以来处于困惑迷失状态的精神世界复苏。同时，它使作家充分意识到精神世界不重建就难以突出精神与文化之重围，就难以走出创作实践与接受的尴尬，所以倾心显学"红学"的多维阐释与解构是当代作家主体精神世界重建的一种独特的诉求方式。

作家劳动个体性十分明显，不同的人会存在不同的精神结构，也会产生个性化的艺术体验、审美体验、生活体验，但是隐藏作家体内的精神世界，最终都会通过文学现象和文学作品反射出作家的精神结构。作家的精神结构包含主体的思想境界、价值体系、情感世界和审美世界，具体体现为思想、信念、价值观、生活观、艺术观和审美情趣等方面。思想境界和价值体系是写作爱好者、作家、大师的根本基因，它决定了作家及其作品的制高点和穿透力，决定了作家与作品的人格与文格。《红楼梦》问世以来，大凡有所成就的作家、文学家基本都受到过《红楼梦》的影响，而且有些可以说影响至深。比如林语堂、张爱玲、钱锺书等，他们无不从古典文学经典中汲取了丰富的营养，充实了自身的精神世界，构建起独立人格。也正是那些《红楼梦》之类的古典经典经常触发与牵引了作家体内的艺术神经，使艺术表现在起于熏养模仿进而不断实现剥离超越自我的轨迹上，逐步脱胎为个性显明的特色，把文学文本作为了作家表达思想文化认知的媒介与镜像。

当代文学创作虽然取得了丰硕的收获，但是浅薄、颠簸与低迷折射出创作主体精神世界的贫乏也是不争的事实。"十七年"时期，文化宽容有限，作家的自主意识多被动地顺应时代反映时代，自主意识被遏制在一定范围，限制了主体精神与意识的自由，轨道般的顺直延伸最终造成作家独立人格的缺失。在《创业史》《红日》《红岩》《红旗谱》（"三红一创"）等经典文本中，基本呈现出人物形象气质雷同、教化成分浓重、艺术创新乏力的症候，文本时空穿透力局限在历史时代而难以实现超越。新时期文学肇始的"伤痕文学""改革文学"到"寻根文学"，是自"五四新文化运动"以来，自主意识再一次走向文化精神的回归与反思。其时精神重建尽管还不够深入，但终究喊出了长期压抑之下的自觉呐喊。随着改革开放的逐步深入，在国家获得长足发展，人民得到更多实惠的同时，西方多元意识形态侵入，新的文化理念在潜移默化中使传统的朴素的人生观、价值观以及审美取向等在多层面多角度受到感染，民族文化精神陷入比近代还要严重的精神迷失困惑，写作也因之逐步呈现出边缘化趋向。作家的道路似乎越走越窄，而"另类写作""身体写作"等非主流文学表达方法的实践使主流作家和主流精神陷入一片精神失落与彷徨中。精神迷失的痛楚之余必然会带来新的精神抉择，带来主体精神的自发拷问、反省，最终发出精神重建的诉求。此气候下，向古典经典求教就适逢其会地成了作家的首选，作为显学的"红学"也就理所当然成为聚焦点。

实际上，作家的"红学热"不仅仅是创作主体对民族文化经典的学习、借鉴、观照的浅层面。这个层面的实践当然可以充盈民族文化修养，反照自己的浅薄和贫乏，从而给自己的精神世界注入强心剂。但更深层的，我们要看到，这场热潮是来自作家群体主体精神重建的诉求与主动实践。这个精神重建的诉求主要通过三个途径来实践：一是在对《红楼梦》的审美体验过程中，有意识地从文学本质及其文学创作的题材、结构、主题、表现技艺等全方位反思中汲取经验；二是通过对《红楼梦》解构体悟超越自我剥离故我的规律性，把经典文本和传统文化精髓内化为自身素养，进而从精神层面实现脱胎换骨；三是企图以学理性的建构彰显对经典文本的新说，从而把较为单纯的个体创作建立在学术性的基石上，锻造一个底蕴丰厚的"新我"。精神重建的起始源于对生活开掘和艺术创造乏力乏术的自主性反思，而反思结果是找寻到可以充实精神世界的精神家园——《红楼梦》。《红楼梦》不仅仅把文化、文学（包括技巧）全面而集中地提供给当代作家作为范本去解剖与学习，更主要的是从中悟察自身缺陷之时使自我艺术创造打开了更为高阔的视界。就此意义而言，《红楼梦》以精神导师的角色成了当代作家的精神家园，而作家在"红学"深层探究语境中廓清了精神迷失的方向，回归到文学本来意义的创作之律。

　　精神重建可以通过意识固化的过程彻底改变作家的精神结构，唤回主体精神的自省，促使作家的情感体验、生活体验、生命体验、艺术体验走向理性走向深刻。如果创作主体的审美情趣低迷，在文学创作实践中就会出现故步自封和作茧自缚的倾向，就有可能把写作变成纯粹的个人宣泄，或者失责失德之文学复制生产，就难以以虔诚的心态和无尽的道德伦理站在时代制高点上创造出符合时代要求的精品来；如果创作主体境界不高，就会把文学创作变成一种谋取虚名和利益的手段，把自己对文化的反思促发了作家文化人格的建构自觉，变成精神生产的商人。马克思指出："作家当然必须挣钱才能生活，写作，但是他决不应该为了挣钱而生活，写作。"并进一步说："作家绝不把自己的作品看作手段。作品就是目的本身；无论对作家或其他人来说，作品根本不是手段，所以在必要时作家可以为了作品的生存而牺牲自己个人的生存。"[1]马克思切入肯綮地指出了作家精神世界建设对精神生产的至关重要性，同时也传递了深深的担忧。如果把作品当作手段，那么文学的神圣必然被亵渎，真诚的读者不仅不会得到认知的启迪与美的享受，还被愚弄和伤害，写作在此情境下变成了精神污染的生产过程。上述现象与认识应当是处于文坛顶层的作家的焦虑所在，如何将文学的认知功能、教化功能、审美功能和娱乐功能有机融合，把对文化认知和《红楼梦》审视后所汲取的营养内化为精神世界的主导，唤回接受主体的自觉意识。经过不断自我否定自我扬弃自我剥离的演化进

---

[1] 中共中央马克思恩格斯列宁斯大林著作编译局编译：《马克思恩格斯全集》第1卷，人民出版社，1956年，第87页。

步历程,使精神世界得到扩容与更新,以彰显主体意识,张扬文化精神,最终实现自我否定基础上的超越。作家"红学"热的真正本源,方为作家重新扬帆起航之前奏。

原载《西安工业大学学报》2006年第6期

路遥的艺术人生

伟大艺术家的生命长度并非会伴随肉体生命终结而休止,相反,他们创造的艺术品会在持续被阅读和被阐释中不断扩充艺术家生命的长度和厚度,以至无限,进而短暂的肉体生灭转化为艺术精神的永恒,在人类航路中树起一座灯塔,一座丰碑,召唤使命,温暖世界,就此而言,他们的生命本身其实即为艺术的人生本体。

路遥就是以自己四十二年的有限生命长度,恰似一颗恒星,在当代文学浩瀚星河中长久地生发着无限的温暖,缀饰着苍茫的文海,延展着短暂却悠远的艺术人生。他那虔诚的文学精神、富有激情的大地情怀和对生活无限的崇敬与挚爱,以及在文学创作中的卓越成就,足以说明这位英年早逝的作家"无疑属于契诃夫所赞许的那种'优秀的作家'——这种作家知道自己往什么地方走,也引导读者往相同的方向去"[1]。生命的脚步尽管停滞在当更有所为的英年,但他用短暂生命和炽烈情感所构筑的文学艺术世界,不仅留给当代文坛一份难得的精神遗产,还使用生命写作的宝贵精神焕发出无限的感召力。

---

[1] 李建军:《真正的文学与优秀的作家——论几种文学偏见以及路遥的经验》,见李建军、邢小利编选《路遥评论集》,人民文学出版社,2007年,代序第12页。

一、大地之子短暂而璀璨的艺术人生

路遥是用自己含泪的短暂人生，书写了一段生长于贫瘠土地的大地之子璀璨的艺术人生，精神的路遥永远镌刻在一个时代的阅读记忆里。

路遥，1949年12月2日[①]出生于陕北清涧县王家堡村的一户贫苦农民家庭。这个原名叫王卫国的孩子自出生时起，便在陕北的沟沟卯卯、山山川川之间开始了自己辛酸的童年。路遥七岁那年，生父王玉宽实在难以承受生活的压力，最终在初冬的一个清晨，将他过继给了远在延川县郭家沟村的伯父王玉德和伯母李桂英。与生父分别的那刻，他看着父亲佝偻的背影渐渐远去，偷偷躲在树后一任泪水从幼小的脸上流淌，滴落在稚嫩的心田上，品尝着被遗弃的痛楚。他曾对此刻骨铭心的记忆如此描述："我特别伤心，觉得父亲把我出卖了……但我咬着牙忍住了。因为，我想到我已到了上学的年龄，而回家后，父亲没法供我上学。尽管泪水唰唰地流下来，但我咬着牙，没跟父亲走。"[②]从榆林清涧到延安延川，他和父亲是靠沿街乞讨才到的伯父家，这在路遥幼小的心里留下了深刻的记忆，自卑与孤独由此深隐缠绕在心里，后来他说故乡"曾是我的伤心落泪之地"。而心性要强的路遥，童年由不幸所酿造的自卑与孤独也成为他精神世界中最为复杂的矛盾，影响了他一生的文学创作。出于对未来人生的谋划，路遥跟随伯父伯母在延川一直生活到十七岁。

应该说，在伯父伯母身边长大的路遥还是比较幸运的，因为他们从来没有放弃过对路遥人生的塑造，他也因此没有因为家贫而丧失难得的求学机会。1963年路遥考入延安延川中学，开始了自己的中学生涯。1966年中学即将毕业的时候"文化大革命"爆发了。1966—1970年，路遥同那个时代大多数知识青年一样，以空前的政治热情投入"文化大革命"的政治运

[①] 以厚夫《路遥传》（人民文学出版社2015年版）为据，参阅该传第15页。
[②] 路遥：《路遥文集》第2卷，陕西人民出版社，1993年，第450—451页。

动中，贴大字报、写批判文章，乐此不疲地活跃于延川的政治舞台，也经历了人生中的大起大落。他十八岁的时候就成了延川县新生的革命委员会副主任，随后又"由巅峰跌入了深谷"，身份恢复为返乡青年，"怅然若失的王卫国，回到了养育他的郭家沟，迫于生计，他吆起牛，耕开了地，穿上一件亮红亮红的绒衣，扶着步犁，单调地来回于对面山上"①。从县革委会副主任跌落到返乡青年的巨大落差带给路遥的是人生中巨大的政治失意感。对这段狂躁的经历，路遥在小说《惊心动魄的一幕》中曾正面描述过，但他不情愿提及，也鲜见各类记述，而路遥本人深受"文化大革命"的影响却是深远的——"命运的跌宕起伏，个人前途的失意渺茫，增加了路遥内心更深的孤独，也使他内心生活更为丰富，在心灵生活中伸展个性的欲望更强烈"②。他的政治情结始终没有湮灭。

政治舞台的痛楚迷茫退却后，路遥痛苦思索个人的命运及出路，无意间在文学的舞台上找到了自己可以操控而且能施展才华的天地。1970年他偶然写了一首诗，引起了他人的注意，于是乎，在政治上的失落感让路遥阴差阳错地点燃了文学的希望之火。出于对生存环境改变的内在驱动力，他在自觉思索前途命运和人生价值的同时，自觉地开始了自己的文学之路。上世纪70年代初，路遥痴迷于创作，知名度也越来越高，《老汉走着就想跑》《塞上柳》《进了刘家峡》等诗歌和发表在了刚刚复刊的《陕西文艺》上的第一篇小说《优胜红旗》，引起了省内外评论界的关注，并给予了较高评价。1973年9月路遥幸运地成为延安大学中文系的一名工农兵学员，开始了他通往成功之路最重要的三年大学时光。1976年从延安大学毕业后，他被分配到《延河》做编辑，为1982年成为专业作家打下了坚实的基础。

从上世纪80年代开始，路遥的文学才华得到充分的展示。1981年短篇小说《风雪腊梅》获得《鸭绿江》作品奖；《惊心动魄的一幕》获得了首届全国优秀中篇小说奖、1979—1981年度《当代》文学荣誉奖、1981年

---

① 刘仲平编：《路遥纪念文集》，内部资料，第182页。
② 王西平、李星、李国平：《路遥评传》，太白文艺出版社，1997年，第30—31页。

《文艺报》中篇小说奖二等奖。中篇小说《在困难的日子里》获得1982年《当代》文学中长篇小说奖。随着创作经验的日趋丰富，路遥的艺术感觉也日臻见高。1982年创作完成的中篇小说《人生》标志着路遥文学创作走向成熟，一时间好评如潮。《人生》先后荣获了1983年第二届全国优秀中篇小说奖、1984年陕西省首届文艺创作"开拓奖"一等奖等。1984年由小说改编的电影《人生》荣获第八届大众电影百花奖最佳故事片奖，引发了空前的"路遥热"。然而，路遥并没有在《人生》辉煌后停滞不前，他义无反顾地投身到文学创作的洪流中。他说："我渴望重新投入一种沉重。只有在无比沉重的劳动中，人才会活得更为充实，这是我的基本人生观点。"又说："换一个角度看，尽管我接连两届获全国优秀中篇小说奖，《人生》小说和电影都产生了广泛影响，但实际上并没有什么。作家的劳动绝不仅是为了取悦于当代，更重要的是给历史一个深厚的交代。"劳动，这是作家路遥义无反顾的选择。1985年，路遥遥望自己四十岁的门槛时曾感慨道：我曾经有过一个念头，这一生如果要写一本自己感到规模最大的书，或者干一生中最重要的一件事，那一定是在四十岁之前。正是如此，路遥再一次沉醉于文学的殿堂，使心灵洗礼后的文学才情得到总爆发。近乎疯狂的写作欲望，最终让他在三年的时间内完成了长篇小说《平凡的世界》。当路遥落下最后一笔，他的笔似乎还在惯性地飞驰，心在不住地颤动，丢出圆珠笔的那一刻，路遥对着镜子看着似被文学折磨得憔悴不堪的面容泪流满面。他哭了，似乎一位母亲历经磨难终于孕育出骨血般激动，索性疯着跑了出去。这就是一位用灵魂写作的作家，一位本着自己灵魂书写的优秀作家。1991年《平凡的世界》荣获第三届茅盾文学奖，成为路遥文学生涯的最高荣誉。但是，长期忘我写作的辛劳和家族基因的缘故，路遥因肝硬化病倒了，这个时间是1992年8月6日。即便如此，路遥还是在病痛折磨中完成了六万多字的创作随笔《早晨从中午开始》，这也成为路遥文学生涯的绝响。1992年11月17日早晨8点20分，路遥在西安西京医院病逝，享年四十二岁。

二、路遥的艺术人生脉搏

路遥四十二年人生中，从1972年处女作——小说《优胜红旗》正式发表到1992年辞世，其间的二十年归属于文学创作，可以说文学构成了他生命的主题。路遥一生的创作大致可以分为四个阶段：初涉文坛期（1972—1977年）；探索彷徨期（1978—1981年），相继发表了十篇短篇小说；步入辉煌期（1982—1984年），主要成就体现在创作了几部中篇小说上，1982年发表的《人生》为其创作走向成熟的重要标志；再攀高峰期（1985—1992年），主要创作成就包括长篇小说《平凡的世界》和创作随笔《早晨从中午开始》。长篇小说《平凡的世界》的写作标志着路遥小说创作观念、技巧的又一次成熟。

（一）初涉文坛期

1968—1970年，在"文化大革命"中从延川县革命委员会的副主任跌落回一个返乡青年，巨大的反差在路遥刚刚起步的人生旅程中无疑是一个难以愈合的伤口。此时，一个农村后生找寻一条属于自己人生发展的新路无疑成为疗救心灵伤痛最好的方法。路遥是功利的，这一点对于研究路遥的人来说是不能否认也无法回避的事实。政治带来的失败感很快就被路遥在文学上的天赋与秉性一扫而尽。路遥的文学创作始于他和曹谷溪、陶正等志同道合者创办的文学刊物《山花》。《人民日报》1973年11月30日刊发的《重视群众文艺创作，牢固占领农村思想文化阵地》一文中，对路遥的文学创作进行介绍："刘家圪崂大队回乡知识青年王路遥，在农业学大寨的群众运动中，亲眼看到广大贫下中农发扬自力更生、艰苦奋斗的革命精神，劈山修渠，改山造田，深受鼓舞和感动，他一边积极参加集体生产劳动，一边利用业余时间搞创作，在一年多的时间里，就写出了50多篇文艺作品，热情地歌颂了人民群众的革命精神和为社会主义革命和社会主义建设多做贡献的精神风貌，他写的诗歌《老汉走着就想跑》《塞上柳》《进了刘家峡》以及小说《优胜红旗》等，已在地方报纸和陕西省文艺刊物上发表。"这一切都在表明，路遥已经自觉地开始文学创作，而且在文学创作上崭露头角。这一时期路遥的代表作品是1973年发表于《陕西文艺》第1期的短篇小说《优胜红旗》。在这篇小说中，路遥通过农业学大寨修理梯田过程中小青年急功近利，只想多快好省地争取到优胜红旗而放松了对梯田质量的把控，老红军与党支部书记及时发现了这样的问题，纠正了小青年的错误才未能酿成危险的故事，充分暴露了在急功近利的形态下开展政治中心工作有极大危险性。通过老红军的言传身教，教育以小青年为代表的农村青年，应端正思想，更好地为农业学大寨等中心政治工作服务。1976年《陕西文艺》发表了路遥第二篇短篇小说《父子俩》，这篇小说的创作技巧有了十足进展。小说通过儿子巡夜查出老子偷买化肥的一件小事，惟妙惟肖地展现了父子二人迥然有异的个性特征。路遥初涉文坛期的主要作品主要是围绕社会政治现实来写作，存在图解政治意图的历史烙印，其主题多为通过说服、教育等手段揭露农村广大群众思想上的激进和落后等问题，歌颂和褒扬了坚持原则立场、坚持为社会主义建设服务的良好精神风貌。

（二）探索彷徨期

路遥文学创作的第二个阶段——探索彷徨期的创作成果主要体现为《匆匆过客》《卖猪》《一生中最高兴的一天》《姐姐》《青松与小红花》《夏》《生活咏叹调》《风雪腊梅》《月夜静悄悄》《痛苦》等十篇短篇小说。

《匆匆过客》讲述了一个盲人老汉想要买一张去桃县的803次列车车票所引发的道德博弈故事。整个故事一反路遥"文革"年月小说紧扣政治的模式，在道德与人性的言说下，以一个误会凸显出人世间温情脉脉、和谐静谧的时代气息。除此而外，这篇小说一反1977年社会现实中对待"时髦年轻人"的程式化写作，通过"时髦男青年"的举动和穿着打扮的巨大反差，反驳了社会民众对现代文明的新形式的误解和贬斥。《卖猪》以戏谑的笔调表达了一个时代悲剧的主题，让读者领略到在"文化大革命"这一特定的时代背景中，政治化手段对老百姓生活的"非常态"干预之滑稽可笑却又让人痛恨不已的无奈，揭示了极左路线带给人命运的影响，更为深刻地揭露了它对我们社会和农民个人所造成的精神心灵与信仰的内伤。六婶哭诉："铁栅栏呀！你是什么人制造的呢？你多么愚蠢！你多么残忍！你多么可耻！你把共产党和老百姓隔开了！你是魔鬼挥舞的两刃刀，一面对着共产党，一面对着老百姓……"这正是非人年月的一切反常行径对老百姓道德信仰底线的挑战与蔑视最好的体现。《一生中最高兴的一天》与《卖猪》所要表现的主题异曲同工。《一生中最高兴的一天》以儿子对父亲"一生中最高兴的一天"的提问和父亲的回答为主要内容，深刻地控诉了黑暗的政治年月对人精神心灵的戕害。通过剖析父亲在政治年月里精神心灵的扭曲，以冒充领导亲戚，坑害和自己一样贫穷的可怜农民的心灵变异，深刻揭示了老实农民如何在社会失去普遍公正的背景下，失去自我做人的原则标准的全过程，清晰地表达了对以父亲为代表的农村小农自私自利、贪图便宜思想的鄙视。

在路遥这一时期的短篇小说中，爱情题材是其短篇小说创作的重要组成部分，在《姐姐》《风雪腊梅》《痛苦》《夏》《月夜静悄悄》等小说中，路遥以一个青年人特有的敏锐、激情，真实而生动地描绘了黄土高原城乡交叉地带青年男女的爱情故事，通过城乡身份差异、男女主人公生活境遇的转变以及社会因素的影响等几个方面抒发了作者自己对爱情和人生独特的思考。对男女真挚爱情的渴望、对青年男女冲破世俗观念的期许、对青年男女在爱情生活中所表现出的道德失范的巨大失望，这一切都源自路遥两段辛酸而刻骨铭心的爱恋。

这一时期路遥的爱情小说的第一个特点是对农村青年女性执着追求爱情的歌颂与赞扬。如《姐姐》以一个少年的叙事视角叙述了农村姑娘小杏与下乡知青高立民的爱情悲剧,高度颂扬了农村女性小杏纯美的爱情理想和善良执着的人格品性,深刻揭露了中国传统爱情观念对城乡两地青年男女爱情悲剧所产生的直接影响。《风雪腊梅》用腊梅不畏强暴、不怕艰险的精神,刻画了农村女性冯玉琴在极度恶劣的环境中,面对巨大的婚姻诱惑与恋人的背叛时所表现出的坚韧不屈、正气凛然、执着追求幸福的精神品质,表现了城乡交叉地带的青年男女面对人生境遇的重要转变需要坚守还是失范的道德困惑。

路遥这一时期爱情小说的第二个特点是对城乡男青年在爱情生活的磨砺中或成长或沉沦的双重精神矛盾的表露。《月夜静悄悄》表现了农村男青年大牛在爱情失败后精神沉沦的全过程。与《月夜静悄悄》中大牛爱情失败后的沉沦不同,《痛苦》则通过高大年由于高考落榜、爱情遇挫后的个人奋斗经历,真实而生动地塑造了一位不畏挫折、甘于奉献、努力奋斗最终考取北京知名大学,实现自己人生转变的农村男青年的形象。而《夏》以插队知青杨启迪与苏莹曲折婉转的爱情故事为线索,反映了男主人公杨启迪面对突如其来的情感危机与自然灾难时精神最终成长、成熟的全过程。路遥通过对城乡男青年面对爱情生活的磨砺所表现出的两种截然相反的精神面貌,不断开掘着他爱情小说的思路和写作技巧,揭示着城乡交叉地带男女主人公面对爱情挫折所迸发出的坚强与彷徨。《青松与小红花》是路遥这一时期短篇小说的代表作品。这篇小说延续了《风雪腊梅》中以景物为中心意象反衬主人公精神品质的写作手法,营造出了一个难得的浪漫主义抒情氛围。作品没有平面化地塑写吴月琴这位多灾多难的坚毅女性,而是通过冯国斌这位与吴月琴在思想、性格上起初格格不入的农村政客的反省与感悟,最终走进了吴月琴的精神世界来实现对人物立体式塑造。

(三)步入辉煌期

路遥文学创作的第三个阶段成果,主要体现在1982—1984年陆续发表的《在困难的日子里》《黄叶在秋风中飘落》《我和五叔的六次相遇》

《你怎么也想不到》《人生》等中篇小说。

1980年，路遥几经周折的中篇小说《惊心动魄的一幕》在《当代》杂志第3期发表，并幸运地获得了首届全国优秀中篇小说奖。这部中篇小说塑造了一个原来犯过错误，在派性斗争中却敢于舍生取义的老干部马延雄的形象。他作为县委书记在"文革"年月被无情地卷入两个派系明争暗斗的殊死争夺中，一个共产党员坚定的革命信念与勇往直前向往光明的决心始终让他经受着非人的虐待与精神的戕害。马延雄的人生经历是那个时代很多人的缩影。马延雄的死是路遥一种无奈的选择。死亡与信念之间无法逾越现实这一条鸿沟，死亡者的肉体永远无法言说其精神上的失落与痛苦。路遥坚信：历史会给千千万万的如同马延雄一样的信念坚定者一个公正的回答，因此《惊心动魄的一幕》通过"文革"中特有的矛盾组合书写了一位信念坚定的共产党员痛苦矛盾的灵魂，真实地记录了派系分立等诸多现实。但是，这部小说在写法上却与当时"写真实"、批判为主的主导叙事风格格格不入，发表也曾经历了一波三折，发表后虽然获奖，得到的也仅仅是一些零零散散的评论。

随后路遥发表的第二部中篇小说《在困难的日子里》极富自传色彩。在这部作品中，路遥将自己儿时对饥饿的切身体验融入作品主人公马建强的成长经历中，从贫苦农家走出的马建强在困难的日子里忍受着饥饿带来的最为深入的切肤体验和因贫穷引致的他人的误解，然而他却没有放弃对知识的渴望，而是发奋要靠知识改变自己的命运。在这部作品中，路遥成功地塑造了一个自尊、自爱、自强、自信的农村穷孩子的形象，成功地再现了对饥饿的真实体验，最终赢得了1982年《当代》文学中长篇小说奖的荣誉。

然而，奠定路遥在中国当代文学史上知名作家身份的还是他发表在《收获》杂志1982年第3期的中篇小说《人生》。这部小说也是这个时期路遥文学创作步入辉煌的重要标志。《人生》的巨大成就主要来源于作品主人公高加林形象的塑造。小说以改革时期陕北高原的城乡生活为时空背景，以高中毕业生高加林回到土地又离开土地再回到土地这样的人生戏剧性变化过程为故事构架，以高加林同农村姑娘刘巧珍、城市姑娘黄亚萍之间的感情纠葛为主要矛盾，凝聚了丰富的人生内容和社会生活迁移的诸多信息，揭露出生活中存在的丑恶与庸俗，强烈地体现出变革时期的农村青年人在人生道路的选择中所面临的矛盾和痛苦。社会变革期间的城乡交叉地带，充满生气和机遇的城市生活对像高加林那样身处封闭而贫困的农村的知识青年构成了一种双重的刺激，不仅是物质更有精神上的。路遥思考并透视了这一现象，从而提出了农村知识青年在城市化浪潮汹涌而来的种种冲击下该如何选择的命题。高加林的故事显然体现出了这种艰难选择的悲剧性。一方面他留恋乡村的淳朴，更留恋与巧珍的感情；另一方面又厌倦农村传统落后的生活方式，向往城市文明，希望能在那里实现自己新的更大的人生价值。小说塑造了高加林这样一个处于人生岔道口的农村知识青年的典型形象，通过高加林对理想生活的向往、追求及失败的描写，揭示了深刻的人生哲理。主人公高加林是一个颇具新意和深度的人物形象，其性格中错综复杂地交织着自尊、自卑、自信等方面，有"无数互相交错的力量，有无数个力的四边形"在互相冲突，互相牵制。作品通过高加林的悲剧，以一个年轻人的视角切入社会，既敏锐地捕捉着嬗递着的时代脉搏，又把对社会变迁的观察融入个人人生选择中的矛盾和思考当中，在把矛盾和困惑交给读者的同时，也把启示给予了读者。路遥的中篇小说《人生》为路遥带来的是文学上的无尽辉煌。这部作品不仅获得了1983年第二届全国优秀中篇小说奖，迅速成为文学研究界和评论界研究的热点，而且根据小说所改编的戏剧、电影、广播剧等更为路遥的"《人生》热"起到了助推作用。文学界由此形成了研究路遥的一个高潮。评论界在高度评价高加林这样一位性格丰满的典型形象的同时，还审视到路遥作品中"深沉"与"宏大"两个小说创作的特点，并提出了将"城乡交叉地带"作为研究路遥《人生》及其作品的新思路和新视野。

路遥《人生》的发表所引起的巨大轰动和读者的争相阅读，带给路遥的是在文学创作上更多的信心与勇气，随即路遥先后又发表了《黄叶在秋风中飘落》《你怎么也想不到》《我和五叔的六次相遇》等中篇小说。

在《黄叶在秋风中飘落》中，路遥本着爱情生活中的道德评判标准对作品中卢若华、卢若琴、刘丽英、高广厚四人各不相同却又相互联系的人生境遇进行了命运结局的理论预设。在这部中篇小说中，路遥倾注了道德与人性相互博弈的主题思想，以此来呼唤道德与良知，展现以卢若琴为代表的纯真女性的人格力量。《我和五叔的六次相遇》通过打乱了顺序的"我"与农民政治家张志高的六次相遇，深刻揭示了农村经济体制变化对那些长期受到极左思潮影响的农村老政治家精神上的影响。在这部作品中，值得注意的是路遥始终保持着的两种看待问题的眼光与视角，从社会主义农村的发展来看，他肯定了农业生产责任制，承认这不是单干，而是实实在在地调动农民种粮积极性，更好地开展农村工作，更好地解决农民实际困难的重要途径；而另一种视角却看到了农村经济体制变化对农村一代掌权者的精神影响，作者以充满同情的笔触伸向了这代农村政治家的精神深处。作品通过农村政治家的无奈与彷徨集中反映了极左思潮对人精神上的压抑与戕害是复杂的、深重的。

（四）再攀高峰期

路遥文学创作的第四个阶段是1985—1992年。在这个阶段，路遥的文学创作在一步一个脚印的坚实基础上，又一次结出了辉煌的果实，他用自己生命般的写作，完成了百万言的鸿篇巨制——《平凡的世界》，并通过《早晨从中午开始——〈平凡的世界〉创作随笔》回顾了《平凡的世界》创作心路历程的一种近乎残酷的艰辛。这是路遥文学创作的最后一个阶段，也是他继中篇小说《人生》之后再攀的一座高峰。

《人生》发表之后带给路遥的不仅仅是成功的喜悦，还存在另一种质疑声。"当时，已经有一种论断，认为《人生》是我不可能再逾越的一个高度。我承认，对于一个人来说，一生中可能只会有一个最为辉煌的瞬间——那就是他事业的顶点……就我来说，我又很难承认《人生》就是我的一个再也跃不过的横杆。"①路遥是一个渴望沉重的作家，"我渴望重新投入一种沉重。只有在无比沉重的劳动中，人才会活得更为充实。这是我的基本人生观点"。就是这样一种对沉重的理解促使着他重新看待自己的文学之路。对《人生》以及曾经的辉煌，他清醒地认识到："换一个角度看，尽管我接连两届获全国优秀中篇小说奖，《人生》小说和电影都产生了广泛影响，但实际上并没有什么。作家的劳动绝不仅是为了取悦于当代，更重要的是给历史一个深厚的交代。……劳动，这是作家义无反顾的唯一选择。"②对于一个当代作家来说，长篇小说无疑是奠定作家文学地位的重要作品。写作《平凡的世界》之前，路遥也曾如此想："这一生如果要写一本自己感到规模最大的书，或者干一生中最重要的一件事，那一定是在四十岁之前。"③一切准备完成后，路遥开始了"三部，六卷，一百万字。作品的时间跨度从1975年初到1985年初，力求全景式反映中国近十年间城乡生活的巨大历史性变迁"④的《平凡的世界》创作。《平凡的世界》第一部首先在《花城》1986年第6期发表，单行本随后正式出版，迅即掀起了继《人生》之后关于路遥创作研究的又一个高潮。

《平凡的世界》以双水村里孙、田、金三家人的命运变迁为基本框架，以孙少平、孙少安等农村青年的人生奋斗历程为近景主线，以田福军在政治权力场上的奋斗历程为远景线索，勾勒出1975—1985年这十年间中国农村、城市发展的全景，动态地展现了农村青年为了实现自己的理想目标不懈努力、不屈奋斗的精神风貌，以"史诗化"的姿态对农村普通人物的心灵世界和精神矛盾给予了出色的描绘。它是一部展现中国农村青年奋斗的命运史、心灵史和性格史。这部作品主要塑造了孙少平、孙少安等一系列极富生命力的农村男青年形象。孙少安靠着自己的勤劳、忠厚、善

---

① 路遥：《路遥文集》第2卷，陕西人民出版社，1993年，第5—6页。
② 同上，第5—6页。
③ 同上，第5—6页。
④ 同上，第10页。

良、担当带领农村青年办砖厂，成了一个成功的农民企业家。而孙少平则靠着外部世界巨大吸引力的感召，离开乡土，走进煤矿，走进城市的角角落落，通过肉体与精神炼狱般的磨炼最终成长为一个顶天立地、正直善良的城市工人。除此以外，这部作品中还成功地塑造了一系列鲜活的人物形象——田晓霞、田润叶、郝红梅、孙兰香、王满银、李向前、田福军等。路遥的《平凡的世界》1991年荣获第三届茅盾文学奖，是路遥文学道路攀上高峰的重要标志。《平凡的世界》不仅引起学术界普遍关注，还深深影响了一代又一代读者，成为一代代读者心中永恒的经典。

《早晨从中午开始》则是路遥在病逝前治疗期间，以极其迫切的心情所完成的关于创作《平凡的世界》的心路历程的随笔，带有精神之旅的性质。在这部随笔中，他以宣言书式的笔触展示了创作《平凡的世界》的全过程，交代了其所要表现的精神内核的"超越"精神，以及对创作劳动义无反顾的热爱，对沉重深刻的理解，成为评论界深入研究路遥创作，更好领悟创作意图、感悟作家精神最真切的文本。

三、路遥艺术世界的精神脉源

纵观路遥一生的文学创作，其文学世界丰富而博大，彰显出一位作家精神世界的所有追求与梦想。他的创作充分地表现出传统的现实主义创作方法、宏大的深沉的"史诗性"追求、"城乡交叉地带"小说世界的构建、充满悲情而深沉的大地情怀等四个主要特征。

（一）传统的现实主义创作方法

在上世纪80年代的中国当代文坛上，路遥算是一个特例。当作家们纷纷打开自己的文学思维，拥抱西方文学理论，尤其是现代主义等等新方法的时候，路遥固守着传统现实主义的创作道路，并以无比的卓越才华验证了现实主义文学创作道路仍无比宽广。他曾这样看待现实主义的当代意义及其价值："在现有的历史范畴和以后相当长的时代里，现实主义仍然会有蓬勃的生命力。生活和艺术已证明并将继续证明这一点。""如果认真考虑一下，现实主义在我国当代文学中是不是已经发展到类似19世纪俄国和法国现实主义文学那样伟大的程度，以致我们必须重新寻找新的前进途径？实际上，现实主义文学在反映我国当代社会生活乃至我们不间断的五千年文明史方面，都还没有令人十分信服的表现。虽然现实主义一直号称是我们当代文学的主流，但和新近兴起的现代主义一样处于发展阶段，根本没有成熟到可以不再需要的地步。""现实主义在文学中的表现，绝不仅仅是一个创作方法问题，而主要应该是一种精神。从这样的高度纵观我们的当代文学，就不难看出，许多用所谓现实主义方法创作的作品，实际上和文学要求的现实主义精神大相径庭。"①

路遥始终坚持现实主义文学创作方法来真实地反映现实生活，使文学的现实性与社会生活的当代性紧密地联系起来。路遥的文学创作坚持文学服务于人生的原则，强调文学并非少数人的游戏，而是用文字充分客观显示现实发展道路的一种方式。文学所要表现的内容应当与现实的社会生活与人民的生活相一致。他因此将文学的现实性与当代性很好地融入自己的文学世界中。除了坚持现实主义创作方法的真实性原则外，他还坚持了现实主义的典型性原则，善于从现实出发来塑造典型的艺术形象。孙少安、孙少平式的农民之所以能成为一代读者心中喜欢的人物形象，就在于他坚持了农民形象塑造典型化，他笔下的人物勤劳、勇敢、善良、充满上进心和进取心等典型特征与读者心中的形象达成了一致，产生了共鸣。

路遥对现实主义创作方法进行了积极的探索实践，在遵循传统现实主义创作方法的基础上，更好地开掘出既适合自己的道路，也适合当代文学发展的新路，这主要表现在以下三个方面。首先体现在对传统典型观的突破上。中国当代文学中传统的典型观总是带有很强的主观性色彩，路遥

---

① 路遥：《路遥文集》第2卷，陕西人民出版社，1993年，第14页。

突破了这一点，使人物生活在现实世界里，呈现立体化生活化特征，避免了人物形象的平面化、直观化和模式化写作。其次体现在对生活的深入认识与挖掘上。他注重生活的真实性，并深入体验生活，力求熟悉生活，为写作《平凡的世界》，他无穷尽地奔波在榆林、延安的川川卯卯，乡村城镇、工矿企业、学校机关、集贸市场，国营、集体、个体，上至省委书记下至普通老百姓，只要能触及的，就竭力去接触。在写作孙少平去铜城煤矿当煤矿工人的段落时，路遥就来到铜川矿务局挂职锻炼，和工人们一起下矿井，钻坑道，采煤石，这样的切身生活经历让路遥笔下孙少平的煤矿生活变得丰富、生动。再次表现在主观心理与客观现实的描写相结合上。这一点使路遥克服了传统现实主义创作手法很少注重人物主观心理刻画的弊症，使人物的主观心理活动成为人物性格的重要组成部分，成为塑造人物形象复杂性与多重性的主要手法，从而将忠实于真实的生活逻辑和人物的心理逻辑两个环节智慧地融入作品中。

（二）宏大的深沉的"史诗性"追求

早在1983年，白烨率先注意到了路遥作品的结构特征，他认为路遥在创作中"不仅注意构筑大起大落而又环环相扣的外在情节，而且注意到铺设涟漪连绵的显现人物内心风暴的内在情节，并常常把二者交叉穿错起来，在波折迭出的矛盾冲突中层层展示人物的内心世界，明晰地揭示出促进人物行动的内在的外在的因素"，并指出路遥的文学创作是"执着而严肃的艺术追求"。①1985年，李星也在对路遥创作规律的研究中发现了路遥小说创作的主要审美特征："深沉、宏大正是路遥所具有的艺术气质，也是他在全部创作过程中所苦心孤诣追求的艺术目标。"②在路遥的《平凡的世界》写作前，史诗性的艺术追求就在路遥的中短篇小说中表现出如同

---

① 白烨：《执着而严肃的艺术追求》，载《人民日报》1983年5月10日。
② 李星：《深沉宏大的艺术世界——论路遥的审美追求》，载《当代作家评论》1985年第3期。

苏联文学中"小型史诗"的特点。他以清醒的创作姿态，通过文学创作过程中对政治历史事件本真的摹写，实现具有强烈史诗特质的时代气息的抒发，深入揭示了这一时期人们精神生活的巨大变化，客观地将个人命运的变迁融合在时代主题中。最能体现其史诗化创作风格和审美特质的是长篇小说《平凡的世界》。在路遥眼里，《平凡的世界》就是通过对孙少平、孙少安等一系列农村青年个人成长的奋斗历程，恢宏壮阔地史诗性表现当时中国社会、政治、生活方方面面的变化。作品所描绘的中国农民的生活及命运，无疑是一幅当代农村生活全景性的图画。《平凡的世界》的艺术构思和审美追求，虽然不能说已是一部史诗，却具有史诗的品格。

（三）"城乡交叉地带"小说世界的构建

在路遥的文学创作中，他始终围绕着一个关键词去塑写自己对人生、对生活矛盾与理想的体认，这个关键词就是"城乡交叉地带"。路遥最早谈到"交叉地带"是1981年10月在西安召开的关于农村题材小说创作座谈会上。他说："农村和城镇的'交叉地带'，色彩斑斓，矛盾冲突很有特色，很有意义，值得去表现，我的作品多是写这一地带的……种种的矛盾……更多的是一种复杂的相互折射。面对这种状态，不仅要认真熟悉和研究当前农村的具体生活现象，还要把这些生活放在一种更广阔的社会背景和长远的历史视野之内进行思考。"[①]路遥执着地坚守着对处在"城乡交叉地带"的男女青年人生道路与爱情道路选择的文学表现，以此来揭示城乡二元对立影响下青年思想观念与精神上的矛盾与重负。在他的笔下，小杏与高立民（《姐姐》）、高大年与小丽（《痛苦》）、冯玉琴与康庄（《风雪腊梅》）、高加林与刘巧珍、黄亚萍（《人生》）、孙少平与田晓霞、孙少安与田润叶（《平凡的世界》）之间的爱情纠葛正是这种"城乡交叉地带"男女主人公因为身份差异、境遇改变而导致的精神苦旅的重

---

① 晓蓉、李星：《深入农村、写变革中农民的面貌和心理——在西安召开的农村题材小说创作座谈会纪要》，载《文艺报》1981年第22期。

要表露，其中浸染着路遥对乡土义无反顾的眷恋之情。

（四）充满悲情而深沉的大地情怀

从路遥的文字里可以触摸到血液流淌过程的温度，感受到其艺术生命的博大、包容、刚毅，从而深受鼓舞。正如肖云儒所评说的："他（路遥）不仅写的是那个时代的变化，那个时代过去了，如果光写时代，社会，历史，现在就引不起共鸣，但是每一个年轻人都从路遥的作品中读到，所有年轻人的共同追求，就是追求实现自己的独立生命，每年都有在路遥的作品中找到精神寄托的孩子。"路遥用朴素现实主义书写了一个充满悲情而深沉的艺术世界，无论面对"城乡交叉"中的选择、迷茫、思索等的文化心理的多元冲突，还是眺望未来的孙少安面对现实不屈精神的平凡人生，饱受苦难的路遥并没有厌恶那个时代，没有抛弃大地，相反，在高加林、孙少安他们的平凡人生征程中，更多表达的是对土地来自骨髓的深爱与感恩，更多生发出的是悲情中浓烈的大地情怀。

结　　语

路遥既是一位具有开阔视野、宏大胸襟的优秀作家，又是一位具有强烈苦难意识和宗教情怀的思想者。他的文学创作与人格精神构成一脉相承的集合体。他恪守的是"生活的大树万古长青""文学是愚人的事业""像牛一样劳动，像土地一样奉献"的文学苦质精神，始终以虔诚的宗教情怀和悲壮、雄浑的美学品格，践行着对自己所生活的那片陕北高原的执着坚守。"路遥是一个把自己献给文学事业的苦行僧般的理想主义者，是一个具有诗性情调和英雄气质的现实主义者，是一个充满责任意识的'为人生'的人道主义者。"[1]他以坚毅的性格和超乎常人的意志力，

---

[1] 李建军：《真正的文学与优秀的作家——论几种文学偏见以及路遥的经验》，见李建军、刑小利编选《路遥评论集》，人民文学出版社，2007年，代序第5页。

靠着文学坚守者的姿态和文学殉难者的精神，通过对自己所挚爱的乡土饱含真诚的书写，在经典现实主义的立场上实践了自己短暂而辉煌的文学艺术人生，更用殉难式的艺术生命感动着一代又一代的读者。这或许就是对路遥精神之所以永恒最好的注解。

选自《路遥研究论集》，西北大学出版社，2016年

别开生面　蕴丰意厚

——评长篇小说《山匪》

可读耐读是《山匪》于人的第一直觉印象，掩卷而思，方悟得其出现是偶然又是个必然。说偶然是因为谁也不会料到，在近年较为沉寂的陕西文坛会杀出个别开生面的《山匪》，令人耳目为之一新，让我们重新产生了阅读的期望，激发起对陕西作家的更多期待。说必然是因为《山匪》所涵盖的思想文化之广度和深度，以及所追求的艺术技巧之贯通，足以表明作家的苦心经营，未有长期细致而艰苦之准备难有此作，何况作者是一直比较活跃的商洛作家群之中坚。

一方水土养一方人。商州虽不发达，客观说现在还比较落后，但山高而多，水清而秀，似世外桃源，倒滋养了商州人的灵性；西与长安一山之隔，东与鄂豫相接。此处地势险要，地理状况复杂，致使古来即为兵家必争之地，匪事也就频繁，因此增添了山人的见识，多了一些乱世的话题。历史上秦楚文化在此碰撞交融积淀，形成了有别于关中文化的特色鲜明之商州地域文化。如此自然环境与文化土壤，必然会孕育出以贾平凹为领军人物的商州作家群，个个灵气十足而不失厚重，勤奋多产也不乏精品，风脉相通而不缺个性，商州作家群曜目当代文坛。孙见喜作为商州作家群之主将，其《山匪》自然会让人关注。其新作《山匪》别开生面，蕴含丰富的认知价值、文化价值和审美价值，既标志着作家创作的成熟，实现了自己创作道路里程碑式的突破,也是陕西当代作家创作风格多元化的可喜成果,评价其为当代中国小说的重要收获一点都不为过。

就文本而言,《山匪》以传统的叙事方式讲述了一个神奇别致、曲折引人、悲怆匪夷的故事,也塑造了一组个性鲜明、不失典型意义的人物形象。

在我们这个多灾多难的国度,就人事而言无非是太平盛世和混战乱世两种社会形态的相互交替。太平盛世文化兴自然文学兴,史家之记载也就生动周详。而乱世,百姓苦不堪言,自然"民不聊生",但要说起具体的生存状况来,无论史家还是作家,留给后人多为概括化的表述,鲜活生动的实在太少,即便野史也同样如此。《三国演义》和《水浒传》写了乱世,但颂扬的是乱世之雄,百姓命运着笔潦潦,模糊不清。现代大家沈从文根植匪事连连之湘西,写了民生之难,却一片宁静和平和。当代文坛上,作家也注意到社会生活存在的非主流文化群落,陆续有以匪事为题材的作品出现,其中也不乏精彩之作,但要与《山匪》的信息量和含金量比,就显得单薄了些。因此,就题材说《山匪》占了先,有可读性;就故事情节本身而言,也很精彩,有较高的阅读价值。

《山匪》把时空置于民国十三年到二十一年的乱世商州,以陕鄂豫三省交界的东秦岭地区为舞台,以苦胆湾德高望重的乡绅孙老者这个特殊的家庭的命运变迁为线索,细致地描绘了百姓在乱世当中的恓惶,展示了乱世中的民生民情以及人性被撕裂毁灭的悲怆美。小说从孙老者娶了大儿媳十八娃——家里第一个女人,本为喜事却糊里糊涂引致两条人命之蹊跷起笔,近写南天罩、固士珍、唐靖儿、老连长、毛老道等当地帮匪间相互蚕食、鱼肉虐杀百姓,又叙写了河南军阀刘镇华围困西安、二虎守长安,以及蒋介石冯玉祥阎锡山等军阀间的混战,开阖纵横,给人以诗史的厚实感。作品生动而深刻地再现了乱世民生之苦之难,老百姓感念"如今是乱世,能活下来就是福"。人们不会也不敢在如此恶劣环境中梦想幸福,人"是石头缝里活命哩,躲过一天算一天……"苦胆湾的人天天品尝着苦胆,即便"数十年如一日积福行善",忍字当头的孙老者,最终也落了个"连连丧子不绝灾祸"，"四个儿子死了一双半，屋里丢下一窝子寡妇……"就是视为命根子寄托了全部期望的大孙子金虎，也被自己常年精心驯养善待的野物"葫芦豹"致死。在这个世道，陈八卦可以经天纬地，智算人生，却不得不整天疲于奔命；老连长拥有重兵，八面投机，作威一方，也不能不周旋于军阀和土匪之间，到头还是"被人剁了"，"到死没听完《女儿回十》"；固士珍结怨乡校，心狠手辣，草菅人命；"孝匪"唐靖儿行走都背负母亲神主牌位，却在攻城时表亲不认，杀人不眨眼；海鱼儿私情主妇，却恩将仇报残杀主人……这些故事生动悲壮，跌宕起伏，传奇色彩浓厚，令人读而难忘，叹嘘不已；小说情节此起彼伏，明暗相间，草蛇灰线、伏脉千里，引人入胜，真正把一个"全中国人都在枪子底下过活……""这年头枪一响死几十个人是眨眼的事"的乱世民情世相鲜活地展现出来，让人悲怆匪夷。

《山匪》有曲折引人的故事情节，但终究是小说。小说作为一种重要的叙事艺术形式，其成就之高低不仅要看叙述故事情节的能力和技巧，还要看人物形象塑造的成功与否。古今中外小说都将人物形象的塑造作为第一要素。巴金曾在首届茅盾文学奖颁奖大会致辞中说道："中外古今的名作，所以能流传悠久，就在于它的人物形象，以及对当时生活的深刻描写，具有引人入胜的魅力。"[1]即便是20世纪以来，传统小说文体不断边缘化，小说叙事功能在多元实践中被主观消解，小说写作中心由人物的行动逐步转向人物的心理、情绪和意识，但小说人物形象塑造依然是中心任务。法国新小说派的代表作家阿兰·罗布-格里耶在其作品《咖啡壶》中大胆创新，但是小说的中心还是地板上的那具尸体，由此他说："由于我们的小说中没有传统定义所说的那种'人物'，于是人们就仓促下结论说在我们的小说中根本看不到人。这是因为没有很好地阅读这些作品。书中的每一页、每一行、每一个字中都有人。"[2]《山匪》当中的主要人物大

---

[1] 巴金：《祝贺与希望》，载《文艺报》1983年第1期。
[2] 崔道怡、朱伟、王青风等编：《"冰山"理论：对话与潜对话——外国名作家论现代小说艺术》（下册），工人出版社，1987年，第521页。

体可以分作两类：一类匪，一类百姓。作者把人物放在文化背景和社会环境中，通过矛盾关系的发展变化，用行为、动作、思想、意识、心理、观念、语言等多种描写技法，多层面多维度地塑造人物：匪有多种匪，有标榜孝道的孝匪，也有满足私欲作恶一方的恶匪，还有良知未泯守护百姓的善匪，匪事匪相匪情组成了匪的人物群像。百姓则个个惊恐万分，朝不保夕，只能"推推就就，应应付付，委委屈屈过日子"。小说在塑造这些人物的同时，也塑造了一系列个性鲜明、活灵活现、内涵丰富的人物个体典型：手执水火棍，良善厚诚，德高望重的乡绅孙老者；喜用蒸馍蘸泼过油的蒜泥，说话如山谷滚木头，经纬天地，智算人生的陈八卦；作威一方，惯于投机，狡猾奸诈，淫乱欺弱的老连长；行走身负母亲神主牌位，落草为寇，杀人如麻的唐靖儿；心狠手辣，弑生如草的固士珍；忠义勇敢的孙文谦；貌美如花，孝顺钟情，为护家而献身的乱世弱女子十八娃……各色人等，姿态鲜活，跃然纸上，连缀成一条乱世人物画廊。

《山匪》还以阔朗而细腻的笔触描绘了一幅鲜活多姿的乱世商州《清明上河图》。

文学是文化的艺术符号，小说作为接受面最广泛、内涵最丰富、最擅长再现社会生活样态与图景的文学样式，不可能与文化脱节。丰富的社会文化生活为小说创作提供了最广阔、最丰厚、最生动的土壤，如何驾驭和加工这些鲜活的素材，使之有机融入叙事文本，增添作品的文化底蕴，增强小说的艺术表现力，是衡量作家把握生活和检验技巧的重要方面，也是关乎作品生命力的内在因素。《红楼梦》之所以能生出一门"红学"，长久不衰，根本的原因就在于它是一部"中国封建社会的百科全书"，把"汉语汉字汉文学的可能性用尽了，把我们的文化写完了"[1]。《山匪》虽不能与《红楼梦》相提并论，但是对文化摄入的宽厚是显然的。作品细致地叙写了具有浓郁地域特色的商州风情文化，有儒释道的精神文化，有

---

[1] 王蒙：《王蒙活说〈红楼梦〉》，作家出版社，2005年，第242页。

秦风楚韵，有人情世故，有民风民俗，把那个时代商州的地域文化各色形态融会在作品中，展现出民间文化强烈的张力和活力，完全可以作为风俗志来欣赏与品味。作品写了行政体制变迁，教育思想和教育制度，三教九流，尤其是民俗世相写得最为精彩，可圈可点，随意选取其中一段，便可作独章美文，让人咀嚼不尽。作品中演绎的民俗文化涉及了婚俗、丧俗、生俗、饮食、礼仪、孝道、歌谣、节气、俗语等，原汁原味，细腻鲜活；世相的人情冷暖，三教九流，能有尽有，生动形象，大大增添了作品的文化蕴含，增强了文本的可读性、真实感和亲和感。典型的如老贩挑祖传的桑木扁担，从选材解板到"压桥""定桥"和磨砺，每个环节都写得细致传神，堪称经典。龙驹寨码头的帮会行规，商贾物贸，千蹄有序，繁简有度，清新脱俗，俨然一幅绚丽多彩的风俗画。

从文本的深层意蕴而言，《山匪》以凝重浑实又谑趣的风格和作家真挚可贵的良知，昭示了对乱世百姓生存状态深沉的思考和强烈的忧患意识。

人类生存和进化的过程本身是一个自觉的文化创造过程。在这个过程中生存是一个必然的基本要求，所谓基本是指作为生命存在的可怜的最后意义状态。而人性是人类存活的精神觉醒意义，既是自然性要求，也是社会性要求。缺失了人性的合理性等于毁灭了人存在的价值。但是社会生活提供的生存价值实现环境总是与人的自觉要求呈现矛盾性，从而以悲剧的形态淋漓尽致地存在于人生活的当下世界。《山匪》充满了作者对乱世人们生存状态的深沉思考与生命体悟，对命运难料、枪子儿下度日的百姓给予了无限的同情，体现出作家强烈的生命忧患意识。苦胆湾的人"三天两头吹着唢呐埋人，村道上的纸钱扫都扫不完，哭丧棒用得多，村沿子上的柳树都成了光柱子"。战乱中，送葬似乎习以为常，只要活着就是福气，"老百姓是瓢水，想喝就喝想泼就泼"。海鱼儿刀杀二十三个乡亲的时候，"手中双刀像两道闪电，白光飞舞中，吱啦吱啦一声响，红血喷向白雪，人头滚满山坡"，这样轻松又有点谑趣的写法实则凝重揪心。向来认为吃亏是福的孙老者，上下州川德高望重的善者、忍者，疲于应付，最终家破人亡，自己和宝贝孙子也惨死在精心饲养的"葫芦豹"攻击之下；善于智算人生的陈八卦也无奈发出了"我连我都救不了"的感叹，可想而知其他百姓的生存就更为艰险；"一辈子只知道在庄稼地里下苦""一辈子在吃喝上只会推让的老实疙瘩"老三孙兴让也被逼无奈决定"我也上南山去当土匪呀"，加入了土匪的行列。这些把人的生存状态刻画得入木三分，令人刻骨难忘。作者还有意赋予了"葫芦豹"以富有哲理性的象征寓意，悟出了"野的终究是野的，爱怜不能治世，驯化难革物种"的道理，体现出作者独到的思辨与认知。当生存已经成为一种乞求和奢望的时候，人性就更难以合理存在。刘奴奴没有人格地卖笑求生，"老连长说十八娃就像谈论他家的一只晚盏或者一把扫帚"，人性被野蛮无情撕裂、损害和扼杀，留下的只能是最残忍的悲剧和无尽的悲楚，活着的所有价值在乱世当中都被毁灭。如此深沉的思考来自作家强烈的忧患意识和可贵的良知，这也应该是《山匪》给予我们更多故事和发人深思之外启迪的地方。

  当然，艺术品本无完美。《山匪》中有些少许的憾处。首先是十八娃形象的处理简单化了，不够丰满。实际上这个人物作品已提到"一个弱女子的命运就像风中的灯，忽悠忽悠着随时要灭，忽悠忽悠着却又亮了"，其表现的空间比较大，心理的刻画应该更丰富一些，形象应该更饱满些，但在处理过程中草率了些。其次，故事的叙述节奏一开始比较沉闷，有些伏笔拖得比较长，造成了阅读心理不够流畅，期待被消极延宕。再次，在第十一章三百八十一页出现了笔误，原文是"那三个寡妇也就坦然地活着"，应当是四个寡妇，似乎作者这个时候疏漏了程珍珠已经出现。

  但是，瑕不掩瑜，《山匪》到底还是一部颇有分量，值得品味的好作品，是新时期当代文坛小说创作的重要收获。

原载《小说评论》2006年第3期

第二辑

陈忠实的创作观念论要

不少研究者认为陕西当代文学作品是厚重有余而灵性不足。厚重姑且可以理解为作品所反映社会现实生活的广度与深度；灵性似可理解为基于现实或超越现实的一种洒脱、理想的诗意性奔放气质。这与陕西的历史文化积淀禀赋有关；与西安曾作为十三朝古都，深蕴等级严明的皇家文化有关；与陕西这个北方内陆省份有限的生存条件而不得不更加务实的生存环境有关。厚重感使得陕西作家产生了一种现象，那就是在创作初期常常反响平平，但又会因为一两部作品的成功，一跃而成为一个时代的重要作家，诸如柳青、杜鹏程、路遥、陈忠实等，他们都是给文坛奉献了一部优秀长篇之后而声名鹊起。

具体到陈忠实，他又留给我们哪些精神遗产？他的创作道路又能给后来者以怎样的启示？

作家的创作是一种私人劳动，是一种创造文学的活动。对于任何一个从事文学创造和阅读的人来说，文学是精神食粮，是天地间的空气，但具体到文学的价值，即文学的本体理性认知，却是一个简单而又复杂的命题。对于作家而言，每个人因生活阅历、写作动机、兴趣爱好和世界观的不同会有若干种答案，而且这些答案必定会受到时代环境的影响，但这个元命题是作家无法回避的，也是难以回避的，更是难以遮掩的问题，因为它涉及作家文学观念的生成。

文学的价值简而言之就是文学何为的问题。马克思主义观点认为：

"文学是人类艺术地掌握世界的一种方式，是显现在话语中的审美意识形态。"[1]陈忠实未接受过高等教育，但这并不影响他对文学的自发性认知，尤其是借助阅读感悟和对写作实践的总结，帮助自己形成了个人较为系统的文学观念。陈忠实早期的文学观念是从间接习得和文人传统常识的自然赓续中获得的，其习得途径有二：一个是通过课堂学习、作文训练，包括全民诗歌运动的时代语境熏陶；再一个就是对赵树理、刘绍棠等作家作品的兴趣式阅读，尤其是受柳青《稻田风波》的乡土写作影响，促成了他对文学的一往情深。兴趣无疑是最好的老师。无论是中学语文老师的鼓励与指导也罢，还是自觉揣摩文学写作的门道也好，显然都是自发性的感悟，难以形成系统的理性认知，直到正式开始文学创作之后，这样的情况才慢慢发生了改变。陈忠实的"文以载道""文章合为时而著"的写作观念则来自中国文学的传统理念。

古代的读书人在接受启蒙教育时就被灌输了"立德""立功""立言"的思想，后来就演化为一种文人传统。"诗言志""兴观群怨""文以载道"强化了文学的教化功能，文学的主体性和独立性便被融入社会价值主观认可当中。因此，历代统治者以文观世，"文变染乎世情，兴废系乎时序"（《文心雕龙·时序》），文人也就以"达则兼济天下，穷则独善其身"来立命。这种传统文化中的道义和责任对陈忠实来说是耳濡目染。从喜欢赵树理笔下农民的生动有趣，到对《创业史》的迷恋，刚起步的他懵懂中接受了从赵树理、柳青那里承继而来的朴素观念，只是当时并没有个人主见，只注重了追求文学形象的生动性和真实性，难以展开创造性写作。20世纪80年代文学争论此起彼伏，西方文艺思潮扑面而来，陈忠实阅读了大量优秀的中外文学经典，加之渐趋丰富的创作实践感悟，才逐步建立起他较为理性而成熟的文学见解和创作主张。其文学创作观念主要体现在以下几个方面。

---

[1] 冯希哲主编：《中国传统文化概要》第3版，中国人民大学出版社，2016年，第151页。

文学依然神圣。20世纪90年代，对文学主体的质疑声甚嚣尘上，"文学边缘化"的讨论喋喋不休，"文学死亡了"的话题更是推波助澜，各种对文学价值意义的怀疑与妄议充塞耳目。陈忠实对此表现得格外冷静，他在1992年反其道而行之，旗帜鲜明地表明个人的主张："我们满怀自信，真正意义上的文学依然神圣。"[1]这句话是针对作家讲的，也是一个真正作家的信心表达，只不过这里他强调了"真正意义上的文学"；换言之，披着文学外衣的非文学则未必，只有真正意义上的文学依然神圣。其中可以读出两层意思：一是本体意义上的文学是永恒弥新的，不可能消亡，它是人类不可或缺的精神存在方式，不仅是过去，或者今天，还是将来；二是应该死亡的是那些"非文学"和"伪文学"。这和米兰·昆德拉的见解异曲同工。米兰·昆德拉说："小说的死亡并不是一个异想天开的想法。它已经发生了，而且我们现在知道小说是怎样死亡的，它没有消失；它的历史停滞了；之后，只是重复，小说的重复制造着已失去小说精神的形式。所以这是一种隐蔽的死亡，不被人察觉，不让任何人震惊。"[2]陈忠实对自己的观点进一步阐释说："经济最发达的欧美国家和地区，并没有因为经济的发达而消亡文学，反而是当代世界文学中最具影响的作品正是由那里的作家创造出来的。中国的经济刚刚起飞，文学便掉价作家便遭冷落，实际是一种很不健康的社会心理。经济获得更大发展，国民素质获得进一步提高的中华民族，必将要创造一个文学艺术辉煌灿烂的新世界，任何市侩的短视的眼光和浅薄的议论都会过去。"[3]关于文学的本质究竟是什么，他结合自己的体会说："我所理解的文学的本质，是作家对社会对人生的独特体验，用一种新颖而恰切的表述形式展现出来。所谓独特体验，就是独有的体验，而且能引发较大层面读者的心灵呼应，发生对某个

---
[1] 陈忠实：《文学依然神圣》，见《陈忠实文集》第5卷，人民文学出版社，2015年，第422页。
[2] 米兰·昆德拉：《小说的艺术》，董强译，上海译文出版社，2011年，第19页。
[3] 陈忠实：《文学依然神圣》，见《陈忠实文集》第5卷，人民文学出版社，2015年，第421页。

特定时代的思考，也发生对人生人性的理解和思考。"①虽然陈忠实没能从哲学层面回答这个文学基本问题，也没有从文学内在特征来解释文学现象，但他从实践的角度总结和归纳了创作层面的文学内涵，那就是：作家将对社会和人生的独特体验通过新颖而恰切的表述形式与读者产生心灵呼应的载体就是文学。他从创作所引发的主体、内容、客体、接受、特征等要素共同参与文学创造活动的论述来说，囊括了文学的主体要素，也抓住了文学活动的基本特征，可以说是一种独特的解释。特别应注意的是他强调的独特体验，包括读者参与在内，无疑这是一种对文学接受者参与创作过程的现代性阐释。

对文学功能的认知。文学的功能主要体现在文学的认知功能、审美功能和娱乐功能等方面，随着社会经济的发展，文学逐步挣脱了工具属性，应该回归到其应有的常态。在文学边缘化争论中，陈忠实除了旗帜鲜明地表明了文学依然神圣的主张之外，还从理性和感性两个维度阐发了自己的主张。在陈忠实看来，任何一个国家、任何一个社会，文学都不应，也不会取代政治、经济、军事的位置。也就是说，在他看来，文学从来就没有居于社会的中心位置，始终在边缘，顶多是被当作工具。他说："一熟人和我见面就大发感慨，说把文学边缘化了，我就冷冷地给他泼点凉水，撂了一句：'文学本身就不应该处在中心位置。把文学处在中心位置，你吃啥，你穿啥？'"②陈忠实虽然是开玩笑的话语，却点出了其中的真理。文学本身的功能决定了其非中心的位置，至于说为何"文学边缘化"的哀叹一时风盛，本因在于缺乏理性的思考，也不乏媒体的置喙。"文学本身不存在边缘和不边缘的问题，任何一个时代，任何一个国家，文学都不可能成为这个社会的中心话题。实际上，文学始终都应当在边缘上。一个合理的社会结构，首先是政治，其次是工商业的发展。这些始终是一个国家最主要的东西，是一个国家占统治地位的，永远都不会转变的话题。文化

---

① 陈忠实、冯希哲、张琼编选：《陈忠实访谈录》，陕西人民出版社，2016年，第185页。
② 陈忠实：《接通地脉》，作家出版社，2012年，第240页。

欣赏都是附属于这个而存在的,是皮和毛。"① "皮毛论"是一个从农村的最基层走出来的作家对文艺价值的社会性思考,是他对自己从事的"文学事业"的自律性定位,与恩格斯的论断不谋而合。恩格斯在《在马克思墓前的讲话》中说:"人们首先必须吃、喝、住、穿,然后才能从事政治、科学、艺术、宗教等等;所以,直接的物质的生活资料的生产,因而一个民族或一个时代的一定的经济发展阶段,便构成基础,人们的国家制度、法的观点、艺术以至宗教观念,就是从这个基础上发展起来的"②。显然,陈忠实对文学功能的认知是确定而且理性的。

另一方面,他又用"文学是个魔鬼"这个感性表达方式,阐明了文学的不可或缺性。"我已经记不起多少回慨叹文学是个魔鬼的事了。在我自己的创作遭遇挫折或陷入苦闷被折磨得左右不是的时候,便发出这样的喟叹;在我接触文学的一些幸运儿和不幸者的时候,也是常常油然而生出这样的慨叹来。""之所以说它是魔鬼,还是它有情的原因呀。没有情就不会有魔鬼,魔鬼也常常是有魅力的呀。"③ "既有情又无情,既是天使又是魔鬼,这就是文学。"④由此可见,陈忠实是从自己的感受出发,借助形象的比喻说明了文学的魅力不可或缺性,虽然它不可能居于社会的主导位置,但是人的精神满足需要文学提供自身的价值。对于作家而言,创作处于低谷时,文学可能是个魔鬼;平顺时,它又可能摇身一变成了天使。也正因为如此,文学创作才成了作家特有的一种生活方式。

同时,陈忠实还把文学在社会中的功用归为事业。当思想环境和创作环境发生改变之后,他欣喜地说,把文学能当事业来做的时代来临了。之所以说文学是事业,并非和文学在边缘的观点相矛盾。文学的边缘是从社

---

① 陈忠实、冯希哲、张琼编选:《陈忠实访谈录》,陕西人民出版社,2016年,第136页。
② 恩格斯:《在马克思墓前的讲话》,见中共中央马克思恩格斯列宁斯大林著作编译局编译:《马克思恩格斯选集》第3卷,人民出版社,1995年,第776页。
③ 陈忠实:《在自我反省中寻求艺术突破——与武汉大学文学博士李遇春的对话》,见《陈忠实文集》第7卷,人民文学出版社,2015年,第431页。
④ 同上,第432页。

会层面确定了文学的相对位置，而这个位置取决于文学的本身功能；文学作为事业，陈忠实是针对极左时代的写作环境油然而生的感慨。在极左思潮笼罩的环境里，看书和写作都是受到严格限制的，作家无法进行自由表达，备受煎熬，所以他一度颓废消沉，甚至产生了放弃文学创作的想法。后来又因为《无畏》受到批判，给他造成了极大的挫败感，其中虽有作家思想不成熟的因素，未能穿透历史雾帐，但在特殊环境中，任何一个人都难以置身事外，这是受时代环境制约的。恰恰是这个偶然性事件，却给陈忠实造成了久久难以释怀的心理阴影，以至于使他对政治产生了莫名其妙的畏惧心理，直至适合文学写作的自由空气来临，他才坚定了自己的选择。之所以说文学可以作为事业，是陈忠实基于个人职业终生追求的理想定位，并非一时的兴趣使然，他的艺术人生也充分印证了这一点。

文学的接受体认。文学接受是文学活动的基本要素和环节，没有接受过程的创作毫无意义可言。读者的阅读是自由而独立的，成熟的读者不会受制于作家在作品中的主观预设，而会调用自己的库存去独立阅读，在满足期待视野的同时也可以丰富和优化自己的库存。读者的接受会出现三种可能：作家在作品中设置的意图与读者对抗，或无调用"库存"的意义，进而会失去接受过程的必要性；也有读者调用"库存"的阅读过程与作者产生了相应的"心灵呼应"，满足了期待视野，那么就使得文本的意义得以存在；还有一种可能，也是为数不多的，读者的阅读进程调用"库存"的时候，明显感觉到库存不足，这样读者的阅读意义可能"超越"文本本身，所溢出的接受便赋予了文本更丰富的含义，进而会助推文本的经典化进程。因之，对接受的重视程度既是作家文学素养的试金石，又是作家创作心态的凹凸镜；有勇气和自信的作家会真诚而坦率地面对读者的检阅，并将读者的反馈消化吸收后内化为个人的创作经验，这无疑最为明智的态度，因为作家任何主观强加的意志在读者的"自由"和"独立"接受面前都毫无用处。

接受过程也会告诉作家，一味"迎合"读者阅读兴趣，"退让"和

"妥协"是不明智的，是愚蠢的，作家应当把自己的独特体验以独特的个性化表达方式完美展示出来，以之来吸引读者的主动"参与"；否则，只能是"机关算尽太聪明，反算了卿卿性命！"，对文学本身也构成了伤害。

陈忠实把文学接受看得格外重要："作家不能不考虑读者在整个文学活动中的参与效果。"[①]其主要理念体现为以下几方面。

一是创作是作家与读者之间的一种交流方式。读者作为文学接受的主体是接受理论的全新视角，它强调期待视野和审美距离，强调读者接受的能动性。在陈忠实看来，作家的创作虽然是私人劳动，但是只有作家，显然作家发起的文学活动就难以完成；从文学活动而言，作家的创作并非单个人的劳动，需要借助负载作家生活体验的作品媒介与读者来完成一种沟通和交流。这样，作家的创作才有可能被认可；否则，给自己写作，或者与读者因为障碍无法展开对话交流，只能说明作家的体验不成功，写作的意义和作品价值会自行丧失。陈忠实坦言："读者愿意买我的书，既是我写作的初始目的，也是从事文学生涯几十年来不曾改变的目的，更是往后写作的终极目的。我对文学创作意义的种种演进着的理解中，只有目的这一点不曾动摇和变化，即：写作是一种交流方式，是作家把自己对历史对现实人生的种种体验诉诸文字，然后进入读者的视野，达到和完成一种交流。"[②]他还结合自己的感受强调："作家把自己对生活的体验诉诸文字，就是想与读者进行交流；喜欢阅读你的作品的读者越多，验证着作家体验的独特性，才能引发读者的心灵呼应。"[③]他显然是把来自读者的心灵呼应作为创作的一种境界来看待。

---

① 远村、陈忠实：《〈白鹿原〉获茅盾文学奖后答问录》，见李清霞编选《陈忠实研究资料》，山东文艺出版社，2006年，第43页。
② 陈忠实：《行走间的匆草一笔》，见《陈忠实文集》第9卷，人民文学出版社，2015年，第133页。
③ 陈忠实：《期待交流》，见《陈忠实文集》第10卷，人民文学出版社，2015年，第283页。

二是读者的阅读是对作品好坏的一种检验方式。陈忠实把来自读者阅读后的心灵呼应视为一种境界，也把读者阅读后的感受视为衡量作品水平、优劣和体验层次的一个尺度。他说："我们的作品不被读者欣赏，恐怕更不能完全责怪读者档次太低，而在于我们自我欣赏从而囿于死谷。必须解决可读性问题，只有使读者在对作品产生阅读兴趣并迫使他读完，其次才可能谈及接受的问题。"①他认为使读者能有兴趣、有耐心地阅读作品，才有文学接受发生的可能性，这就要求作家的创作，首先要解决好可读性的问题。在他看来，读者就是作家的土壤，作家不应动辄抱怨读者，作家要做的是如何让自己的体验更为完美深刻，来更好满足读者的阅读期待。"作家永远不要抱怨读者，作家只能努力加深对生活的体验，争取从生活体验进入一种更高层次的心灵体验，争取读者的最终认可和接受。作家其实就是活在读者这片土壤中的，读者不喜欢你的书，你所创造的价值就自然会被否定，尽管这是很残酷的。"②因此，在他的文学观念里，作品的价值和创作的意义都蕴含在与读者的相互沟通及反馈之中。"所以好的文学作品应该是：它不应给读者带去阅读的障碍，它应该与阅读它的每一位读者沟通。如果达不到这种沟通，只能说是作家的感受浅，或者说是艺术的表现能力差。"③

三是作家的创作要满足读者的期待视野，但应保持必要的审美距离。审美距离取决于作家体验和艺术表达的独特性。他说："读者的阅读欲望中一个很重要的原因，是想感知作家无论对历史、对现实生活的透视、理解和体验的独到之处，独到深刻的某一点，又有一个比较完美饱满的艺术形式表示出来，读者在阅读中能受到启示，自然就产生吸引阅读的魅力了，尤其是对

---

① 陈忠实：《寻找属于自己的句子——〈白鹿原〉创作手记》，上海文艺出版社，2009年，第193页。
② 陈忠实：《从生活体验到心灵体验——与〈人民日报〉记者高晓春的对话》，见《陈忠实文集》第6卷，人民文学出版社，2015年，第300页。
③ 同上，第299—300页。

现实生活。"①陈忠实的理解和感受是，作家纯粹满足读者的阅读期待也不见得就好，而作家把独到体验以完美饱满的形式呈现给读者，读者在阅读过程能有所启发和感悟，进而产生相互的心灵呼应才是好作家。

四是真实是对读者负责，是作家的基本操守。陈忠实认为作家必须尊重读者，尊重读者的首要一条就是体验和表达都要真实。在他看来写作虽然是作家的私人劳动，但是完成后的作品最终要交付读者阅读，接受读者的评头论足，这不是作家所能够主宰的。因此，写作的时候，作家既要对个人负责，更要对读者负责。简而言之，作家对读者的尊重就是对自己负责，这恰恰取决于体验和表达的真实性。"我作为一个读者的阅读经验是，能够吸引我读下去的首要一条就是真实；读来产生不了真实感觉的文字，我只好推开书本。"②

作家的生命价值。对读者的接受与反馈的高度关切，体现了陈忠实对文学意义的理解和创作价值的切身思考，而这恰恰构成了他文学人生行走姿态的源思想。陈忠实认为，尽管每个人都有自己对人生的意义的理解与追求，但对自己来说却很具体，"生命的意义就是写作"③，"作家生命的意义在于艺术创造"④，"创造着是幸福的"⑤。从一个人的物质需求角度而言，他认为物质基础能满足人的生存即可。但任何人都不应该是简单地活着，而应与国家民族同呼吸共命运，应对社会发展贡献点什么，这样才不枉负一生，人生才有意义；对于自己来说，最大的人生价值就是追求

---

① 陈忠实：《〈白鹿原〉之外——与〈关注〉记者白小龙、逸青的对话》，见《陈忠实文集》第9卷，人民文学出版社，2015年，第472页。
② 陈忠实：《关于真实及其他——和〈文汇报〉缪克构对话》，见《陈忠实文集》第9卷，人民文学出版社，2015年，第457页。
③ 陈忠实：《作家生命的意义在写作——答〈辽沈晚报〉陈妍妮问》，见《陈忠实文集》第10卷，人民文学出版社，2015年，第343页。
④ 陈忠实：《柳青的警示——在柳青墓前的祭词》，见《陈忠实文集》第6卷，人民文学出版社，2015年，第246页。
⑤ 陈忠实：《访泰日记》，见《陈忠实文集》第3卷，人民文学出版社，2015年，第493页。

文学理想，能当一个职业作家且能进行创造性的写作，这就是自己最大的幸福。他说："作家靠作品赢得读者，也体现自己的创造价值"[1]，"作家的职业本能是写作，作家的全部智慧都应用于写作，而不是其他……作家如果对自己负责的话，就应该把自己的文学智慧不断开发到最大的效益——就是力争写出最好的作品来。这是作家生命价值的全部意义所在"[2]。"我无梦想，我只有文学理想。我的理想从来都是文学创造。我不喜欢'梦想'这个词，因为它太虚幻。我想以自己的新的创作不断展示自己的独立体验，直到拿不起笔的那一天。"[3]

在陈忠实看来，作家的人生价值就体现在富有创造性的写作劳动当中，就体现在一生所选择并追求的文学事业当中，这种人生观的具体对象化必然会产生相应的价值观。因此，他觉得自己人生最快乐最幸福的事，就是把自己的独特体验付诸文字发表，然后与读者产生一种难得的"心灵呼应"。"我所理解的文学的本质，是作家对社会对人生的独特体验，用一种新颖而又恰切的表述形式展现出来。所谓独特体验，就是独有的体验，而且能引发较大层面读者的心灵呼应，发生对某个特定时代的思考，也发生对人生人性的理解和思考。"[4]即便创作过程再辛苦，他感受的依然是一种快乐。"写作的过程是艰辛的，却也是快乐的，往往会快乐到忘我的境地，快乐到感觉不到辛苦。"[5]这就是陈忠实的幸福观，以至于采访他的中国国际广播电台记者邱晓雨深有感触地说："这是我采访的作家

---

[1] 陈忠实：《人生九问》，见《陈忠实文集》第6卷，人民文学出版社，2015年，第322页。
[2] 陈忠实：《把智慧投入到写作中——与〈三秦都市报〉记者杜晓英的对话》，见《陈忠实文集》第7卷，人民文学出版社，2015年，第278页。
[3] 陈忠实：《人生九问》，见《陈忠实文集》第6卷，人民文学出版社，2015年，第322页。
[4] 陈忠实：《文学的心脏，不可或缺——与〈解放日报·周末刊〉高慎盈的对话》，见《陈忠实文集》第10卷，人民文学出版社，2015年，第412页。
[5] 陈忠实：《作家生命的意义在写作——答〈辽沈晚报〉陈妍妮问》，见《陈忠实文集》第10卷，人民文学出版社，2015年，第343—344页。

里，目前唯一一位说到第一眼看到自己发表的东西，会觉得幸福的人。我以前以为这个职业的人，都会因此幸福。但是确定地给我这个答复的人，只有陈忠实一个。"①

既然把创作作为自己生命意义的全部，陈忠实就有自己严格的创作原则和要求，以保证创作价值的最优化。他说："作家生命的意义就是创作，作品就是作家的传记。"②"创作唯一所可依赖的只有作家自己的生活体验、生命体验和艺术体验。"③当《白鹿原》获得读者的"心灵呼应"后，他说《白鹿原》"是我生命的提炼"④，并由衷地回味："回首往事我唯一值得告慰的就是：在我人生精力最好、思维最敏捷、最活跃的阶段，完成了一部思考我们民族近代以来历史和命运的作品。"⑤视创作为生命意义的陈忠实还认为，文学写作一定不能违背初心，要对人民群众有深厚的感情，要与他们同舟共济。"作家要写小说，要编剧本，要创作电影剧本，就得深入生活，了解生活，了解人；不应该是救世主式的对下层劳动者的怜悯，而应该是普通劳动者与普通劳动者的同舟共济。"⑥同时，作家要对文学始终持有纯洁而虔诚的态度："我的守则是不写不想写的文字，即就是不写没有真实体验的虚而又俗的文字。我依然神圣着自己

---

① 陈忠实：《自我定位，无异自作自受——和中国国际广播电台邱晓雨谈话》，见《陈忠实文集》第10卷，人民文学出版社，2015年，第370页。
② 陈忠实：《作家要有使命感——答裔兆宏问》，见《陈忠实文集》第10卷，人民文学出版社，2015年，第313页。
③ 陈忠实：《柳青的警示——在柳青墓前的祭词》，见《陈忠实文集》第6卷，人民文学出版社，2015年，第246页。
④ 陈忠实：《作家要有使命感——答裔兆宏问》，见《陈忠实文集》第10卷，人民文学出版社，2015年，第311页。
⑤ 陈忠实：《"文学是我人生中最重要的主题词"——与〈西安晚报〉记者蔡静、丑盾对话》，见《陈忠实文集》第7卷，人民文学出版社，2015年，第317页。
⑥ 陈忠实：《看〈望乡〉后想到的》，见《陈忠实文集》第1卷，人民文学出版社，2015年，第537页。

至今不能淡漠的文学！"①即便是出于人情关系迫于无奈，作家也要守住自己的职业良知和操守："另一种写作可称为遵命文学，是遵文学朋友之命为其著作写序，我比读文学名著还用心，感知他的思想和艺术魅力，溢美是溢他作品所独有的美，不是滥说好话。"②对此，铁凝评价道："卡夫卡说：'笔不是作家的工具，而是作家的器官。'这对陈忠实来说尤为贴切，写作就是他的生命，他把一切献给了他所挚爱、他所信仰的文学。"

选自《陈忠实创作论》，中国社会科学出版社，2024年

---

① 陈忠实：《有关体验及其他——和〈陕西日报〉张立的对话》，见《陈忠实文集》第10卷，人民文学出版社，2015年，第385页。
② 陈忠实：《有关我的创作——答〈黄河文学〉和歌问》，见《陈忠实文集》第10卷，人民文学出版社，2015年，第381页。

陈忠实的批评观

相比较于专职批评家而言，作家的文学批评因其独特的写作体悟、自我文学观念认知，尤其是对整体和细处的体验式把握，有独到的价值。或许这样的感知将创作和理论融合后，发现的不单单是文本的本来意义，更为可贵的是他们常常用创造性作为坐标审视出文本本身的可能与长短。无疑，它们在淡化理论扫描过程里更切近于文学真谛，尤其是批评的真正意义。富有价值的文学创作对于作家而言，有着融生活、艺术实践的探索感知升华后所形成的，属于自己的那个独到而真切的艺术评判与价值追求，这便是作家的艺术理念世界，是支撑和主导其创作的潜在亘深的文学观念，当观照他作或反观自身的省察辨识之时，便形成了作为作家的文学批评观念。

作家的文学批评观念以活态的方式运行于个体文学观念中，既受文学观念的掣肘，又作用于文学观念，为个体观念及其创作打开一扇扇窗户，树立一个个坐标。因此，更多的中外作家呈现给读者的不单单是炫彩夺目的经典文本，还以感知体验型的非职业批评来阐述对文学及其创作本身的理解和经验，并从此理解出发，去审视林林总总他者的文本，进而演化为集创作和批评于一身的"双栖"作家。诸如席勒的《论美书简》、雨果的《论拜伦》、博尔赫斯的《博尔赫斯和我》，还有茅盾、老舍、曹禺、沈从文、王蒙、王安忆等，他们遵循着艺术美的内在规律，又启发对生活与艺术的实践历程之感悟与经验总结，沉淀下区别于职业批评家的更富生动性、更具实践性和借鉴价值的文学观念，从而触发文学理论固有的圆融机制，丰润创作实践之大道、大理。

陈忠实之所以能从信奉柳青的"三个学校"（生活的学校、艺术的学校、政治的学校）中走出来，"寻找到属于自己的句子"，根本上就是遵循这样一个机理作用的结果。而他一系列的创作感受谈，对他者文本的批评理解，一起构建起他与作品同样丰富、真诚、博深、独到的艺术观念世界，可谓"杨柳两岸风香透"。

陈忠实的文学批评观包括了文学何为，艺术的生命价值，以文知人，批评形式等方面的内容，其本质体现为开放的现实主义立场，价值追求是精神与文本契合、艺术与生命的共生，且其观念形成是伴随20世纪80年代初和中期的两次"精神剥离"逐步成熟起来的，具有典型研究价值。

文学价值的不懈探寻

"文学究竟何为？"的命题本身是文学价值与创作目的的理解问题，更是个文学信念问题。文学信念不仅支配作家的艺术追求，也主导了作家的审美情趣，同样成为作家批评的判断基础。但是，并非每一个作家的文学观念都是从走上"文学是个魔鬼"之路时就奠定不变的，对"魔鬼"的理解常常在与实践交流过程中嬗变着，是在边实践边学习边摸索中逐步成熟起来的。而像陈忠实这样在十年时间使自己陈旧的文学观念脱胎换骨，跃升到文学常道的作家并非个案，而能通过自身"剥离"后的"寻找"创作心理过程，创作出当代现实主义经典文本的却凤毛麟角。

20世纪70年代末陈忠实第一次精神剥离，他剥掉的是沉潜于政治时代文学对政治图解的宿根，从而将自己从"本本"中解放出来，使平行于生活的心理活动支架提升到洞察生活的新高度。而20世纪80年代中期，准确说是在1985年创作《蓝袍先生》时，他开始转向对人的心理、人的命运，尤其是民族心理结构和民族大命运的历史性自觉思考与表达。"我此时甚至稍前对自己做过切实的也是基本的审视和定位,像我这样年龄档的人,精神和意识里业已形成了原有的'本本'发生冲撞就无法逃避。我有甚为充分的心理准备,还有一种更为严峻的心理预感,这就是决定我后半生生命质量的一个关键过程。我已经确定把文学创作当作事业来干,我的生命质量在于文学创作;如果不能完成对原有的'本本'的剥离,我的文学创作肯定找不到出路。"[①] "剥离这些大的命题上我原有的'本本',注入新的更富活力的新理念,在我更艰难更痛苦。"[②] 两次"转弯"式极其艰难而痛苦的精神剥离,陈忠实从信奉柳青的"三个学校"建构起属于自己的"三个体验"(生命的体验、生活的体验和艺术的体验),也把自己的生命质量与文学事业紧密地联系起来,为人生的文学信念自此奠基,书写姿态已由平行于生活高扬为俯瞰生活与历史。

为人生的文学有着丰富的内涵:文学创作不再单纯作为职业存在,而是与生命同息共依的生命过程,是作家"最后良知"的殉道精神与民族命运的相生契合,是智慧人生与民族心理结构交流表达的互文。作家已不再是个体存在。文学创作需要表现生活,而为人生的文学促使作家的笔触深入的不仅仅是生活本身,更应让民族命运和人的历史进入文学场域,创作过程本身演变为文学的力量表达。"作家希望创造出属于自己独有的艺术世界,艺术形态,但作品发表出来的结果是属于人民的、民族的。一个作家的文学理想不能不涉及为民族精神的更新和发展提供点什么。"[③] 文学创作的永恒命题已经不单单是写什么,怎么写,写得怎么样,而应将"为何写"作为第一问题才适当。

---

① 陈忠实:《寻找属于自己的句子——〈白鹿原〉创作手记》,上海文艺出版社,2009年,第104页。
② 同上,第103页。
③ 陈忠实:《原下的日子》,太白文艺出版社,2004年,第249页。

重视艺术表达的真实

陈忠实衡量文学价值的首要尺度是真实性。他始终将艺术文本与真实生活的距离作为衡量艺术价值的基本尺度，真实性不仅作为艺术创作成熟与否的检视法则，更是决定艺术品能否获得生命力的基本要素，因此，他对包括文学和美术的感受性批评首先从真实原则出发，谈作家的真实、文本的真实、效果的真实，把对真实性的遵循看作作家的根本道义与责任。陈忠实在评价孙见喜的《山匪》时就说这部作品"不仅把那一过程重现给今天和未来的读者，而且达到一个生活和艺术的真实，这是一个作家的成功，也是一个作家的责任和道义"[1]。

陈忠实批评所持真实性原则，首先要求作家对文学的态度，对创作本身，对读者态度要真，写作既要忠实于自己的体验，更要具有时代和历史的双重真实性。体验不应简单成为个人的真实感受与理解，而应是民族的和人的精神命运的真切轨迹。陈忠实将自己所倡导的作家要忠实于良知解释为："这个良知主要指我写作品的时候忠实于我真实感受到的、理解到的历史真实和生活真实。"[2]他还推崇："这种完全摆脱了功利目的纯粹的抒写，可以信赖为心声，没有娇气和矫情，没有虚浮和装腔，是一个人生活的和生命的体验的展示。"[3]针对文坛说空话、假话、套话的时弊，他以可靠性作为衡量作品的价值判断标准予以反驳："之所以引我发生情感和心理的陷入，首先是作品的可靠性。可靠性的最基本品格之一是真实。"[4]

陈忠实重视艺术表达的真实，但他更强调生活真实。他说："我之所

---

[1] 陈忠实：《一个历史过程中的中国乡村形态——读孙见喜〈山匪〉》，载《商洛学院学报》2006年第3期。
[2] 陈忠实：《我的老家就叫白鹿原》，载《辽宁日报》2002年1月18日。
[3] 陈忠实：《诗性的质地——李思强其人其诗》，载《西安教育学院学报》2002年第1期。
[4] 陈忠实：《征服人生》，载《中国新闻出版报》2002年12月11日。

以强调后者珍视后者，是有感于某些作品在艺术的名义下对生活所采取的随心所欲的姿态，把对生活的虚拟和虚假，振振有词地淹没或张扬在所谓艺术的天花乱坠里。"①他提倡作家尊重客观现实生活，文学应该具备现实眼光、人间情怀以及追寻真理的冷静与执着。他毫不留情地批评朋友雷电的《容颜在昨夜老去》细节的虚假："这是人物自然发生的心理和行为细节呢，还是作者给人物强加的叙述呢？这也涉及创作最基本的问题。准确是关键，准确才有力量，否则就造成没有是非标志的'没正经'。"他热情地肯定峻里小说中的人物形象的真实："我的阅读感觉，绝然不同于那些只会做令人发笑的蠢事和只能说令人发笑的二话的弱智的乡村干部形象，而是一个个活的人。""首先把农村人物作为社会的人去探究，当是文学观照社会人生最基本的态度和品格。"②在他的眼中，人物的真实性是文学内在价值标准，是文学生命力的可靠来源。

陈忠实始终坚持现实主义创作道路也来源于自己秉持的人们需要真实的文学，他不仅坚信文学现实主义道路广阔，大有作为，而且对流行的先锋文学等表现出内在的质疑。他认为那些怀疑现实主义的论调是需要慎思的；现实主义只是创作原则和追求，至于方法是可以探索和借鉴的。他深有感慨又不乏幽默讽喻地说："记得是在大会安排的发言中，我听到路遥以沉稳的声调阐述他的现实主义创作主张……敢于在现代派先锋派的热门话语氛围里亮出自己的旗帜，不信全世界只适宜养一种羊。我对他的发言中的这句比喻记忆不忘，更在于暗合着我的写作实际，我也是现实主义写作方法坚定的遵循者"③。他认为现实主义的"真实性"更多指向一种文学精神——文学敢于面对真实的现实，探摸人生的内在脉搏。"在欧文·斯通看来，杰克·伦敦一直把笔锋对准着社会和人生内在的本质的矛盾上，这就划开了巨人和矮子的根本区别。对那些矮子即无聊文人，斯通

---

① 陈忠实：《难得一种真实》，载《小说评论》2007年第2期。
② 陈忠实：《多重交叉的舞蹈》，载《西安教育学院学报》2004年第1期。
③ 陈忠实：《从感性体验出发的生命飞升旅程》，载《商洛学院学报》2011年第1期。

的讽刺更为辛辣,他们不具备人类的感情,不敢直面人生,他们也许无意也许无能关注生活变迁的巨大欢乐和巨大痛苦,而只是一味编撰那些诱惑和虚假的公式化传奇。只有巨人才敢同真正的文学交锋。文学的真正价值和作家的神圣使命就在这里——人生内在脉搏的探摸。"[1]无论文学思潮如何变迁,新的思潮浸淫到何种程度,陈忠实对现实主义精神的原则性立场未曾动摇过的根本原因,在于他始终把文学的真实性作为艺术的生命来看待。

以 文 知 人

职业批评家善于以学术概念的逻辑形态来介入审视文学现象,批评的逻辑性、知识性、系统性、批判性特点甚为突出。而作家则以自己的创作感悟为基点,注重"真知"性的个体感悟提炼,个体感知的敏感性便是自己创作的立场、原则和审美情趣,而"以文知人"则是常见的批评方式。这不仅仅表现在当代,更是中国古代文论的"以意逆志""文如其人"传统的延展与变革。陈忠实的批评常态便是如此。

"我作为一个读者阅读任何作品业已形成的习惯,是通过阅读作品来看取作家的创作意图的,而不是根据作家的创作意图来看作品的。"[2]陈忠实的"以文知人"与传统批评不同的在于以文之品格洞察和感知创作主体的人格,并非以作家的表述企图接近或者走进文本的同一,这样就避免了读者阅读的被束缚或先入为主的提前规约所导致的自由阅读的干扰,避免了批评的主观性,也道出了阅文不仅是获取知识和娱悦、审美的传统需求,也是"以文会友"的文人同阅,更能客观而全面地把握文本及其隐藏于后的作家人格,实现文格与人格的立体观照。"我曾经说过也写过我

---

[1] 陈忠实:《文论两题》,载《小说评论》1991年第3期。
[2] 陈忠实:《一个历史过程中的中国乡村形态——读孙见喜〈山匪〉》,载《商洛学院学报》2006年第3期。

的个人经验,即,想要了解一个作家,最直接最可靠的途径,就是阅读他的作品。"①陈忠实不仅如此说,也常常见诸批评实践。"我在小利的书稿阅读中,看见了一种境界,一种情怀,更透见一种令人肃然的人格精神。"②再如论王蓬:"我在这次通读王蓬作品的过程中豁然明朗,王蓬有一个人道人性的思想视镜,有一个博大深沉而又温柔敏感的人道人性的情怀。"③以文知人式批评有一个不言自明的前提,即"文如其人"的传统文论,其特点是把作家与文本的一致性当作同一性存在。"人"是具体存在,既可指作家的品格,又可指作家的个性气质,也可指作家的艺术风格,等等。陈忠实说:"遵文学朋友之命为其著作写序,我比读文学名著还用心,感知他的思想和艺术魅力……写序不仅让我看到作家朋友的情怀和追求,也让我更了解了这位作家立身的品行。"④显然,陈忠实的批评更注重从作品中感知更偏重道德品质的那一维。

陈忠实在创作感受谈和批评过程中惯常用到一个关键词"精神人格",这无形中告诉我们,在他的创作思想中认为作品的品格是作家的精神人格所决定。他说:"在我的理解,艺术家创作的发展越到后来,越想进入大的创作,在完成这个艺术突破过程中,这个精神人格越成为一个关键乃至致命的东西。精神人格在你的整个创作当中,影响的不在技术技巧层面,而是对艺术家感受社会理解社会感受人生理解人生的独特性发挥关键性影响,艺术品内质里的卓尔不群就因此而产生。"⑤显然,他评价作品注重的是作家道德精神的层面。在他看来,文学职业存在功利性无可非

---

① 陈忠实:《陷入的阅读及其他——〈骞国政文集〉阅读笔记》,载《延河》2008年第7期。
② 陈忠实:《解读一种人生姿态》,见《陈忠实文集》第7卷,广州出版社,2004年,第354页。
③ 陈忠实:《秦岭南边的世界》,见《陈忠实文集》第7卷,广州出版社,2004年,第438页。
④ 陈忠实、和歌:《伟大的风格隐藏在看不见的地方》,载《黄河文学》2011年第9期。
⑤ 陈忠实:《出神入化的艺境》,载《陕西日报》2007年12月7日。

议,但是作为事业追求的文学创作是高尚而不可亵渎的,是对精神心灵的塑造,"文学依然神圣"。陈忠实坚持这样的批评常态,极力在文本中触摸作家的真人格。这与其说是对文学认识反映论的信奉,不如说是对作家真诚表达,做人先于作文思想情感的真切厚望,是将文学视为作家自身人格的外化与确证理念的明证,恰切地实践了维特根斯坦的一句名言:"一个人所写的东西的伟大依赖于他所写的其他的东西和他所做的其他事情。"[1]面对文学环境不断遭受的名利浸染,陈忠实"以文知人"的批评旨趣无疑是对文学内在精神的召唤,是对正在流失的文学意义的挽救,是一种身体力行的追寻。

体验式批评

当陈忠实的生活体验和生命体验,进入"真实性"和"思想性"双合艺术表达时,批评阅读期待更看重的是能否引发他情感和心理的陷入。对有共知性的作品,他陷入其中深谙其味:"越读越觉得是一种完全无意识更不自觉的陷入,直至深陷到以为是自己昨天的生活故事。我想到我和老骞乡村生活经历和感受的相似,更感知到他今天描述出来的巨大强烈到不容任何置疑的真实的情景,让我发生阅读里的陷入。"[2]此时的批评由于加入了白我的体验和感受就有着更深的感受性。这种移情式的阅读注重的是体验和感受,以自己阅读的体验为依据,对作品进行分析与评论,形成理性判断,而不是从先验的空洞概念出发。体验式批评又称为"鉴赏式批评""感悟式批评"或"印象式批评"。这种批评方式为中国古代文论传统,只是在陈忠实这里批评元素和内涵完全不同,更能走进审美文本的山

---

[1] 路德维希·维特根斯坦:《文化和价值》,黄正东、唐少杰译,清华大学出版社,1987年,第94页。
[2] 陈忠实:《陷入的阅读及其他——〈骞国政文集〉阅读笔记》,载《延河》2008年第7期。

山水水，把握住内内外外，发生真切的体验式交流，文本成了触媒，文学的真切价值突显出来，读者阅读获得的享受和快感被赋予了充盈的魅力，文本得以尊重，创作得以尊重，作家得以被认知。他对此享受自陈道："遵文学朋友之命为其著作写序，我比读文学名著还用心，感知他的思想和艺术魅力，溢美是溢他作品所独有的美，不是滥说好话。"[1]陈忠实之所以运用中国传统体验式的批评方法，实质上是对文学批评特殊性的认识和尊重，也是对文学批评僵化面孔的一种人性化守成。

综观陈忠实的批评实践，如果把体验式批评看作批评的形姿而道行其间，以文知人则握其脉源，真实性则成其本真，为人生的文学则立本撮要，自成一体，置于当下文坛，于创作，于批评，皆善莫大焉！

原载《小说评论》2014年第5期

---

[1] 陈忠实、和歌：《伟大的风格隐藏在看不见的地方》，载《黄河文学》2011年第9期。

从"三个学校"到"三种体验"

——论陈忠实文学创作观念的转变

对陈忠实文学创作观念转变过程的考辨研究,无论对探明中国当代文学史的变迁轨迹,或是审视当代文学创作种种现象,还是发展文学理论,启迪当下与今后的创作实践,都具有重要的意义。陈忠实摒弃"三个学校"而建构起的"三种体验"的创作思想具有醍醐灌顶的价值,值得举一反三。

一

文学创作观念是作家在文学创作过程中通过实践探索和间接习得而建构起的对文学创作本身的基本理解、态度、见解和主张。文学创作观念一旦形成,会主导和支配个体对文学现象的观察、创作实践和审美趣味以及对读者的反馈。但是文学创作观念的形成并非瓜熟蒂落、一成不变,社会环境、时代氛围、文化思潮对作家形成的作用力虽然是外在的客观因素,但是这些触媒因作家内在精神与环境的交互引力,会提供思想观念发酵的温床,使作家内在精神结构在有呼应的情境下发生嬗变,萌生出新的意念主张甚而脱胎换骨。陈忠实早期与成熟期的文学创作以及一贯表达风格并未有实质性变化。他早期与生活平行甚至臣服于时代的乡村书写,虽然是那个时代作家普遍难以高歌独调的通病,艺术的平庸只是在不断抒写过程中，极力探寻应该属于个人的真文学道路，事实却残酷地表明这样的努力是那样艰难，难有品质上的好收成。但是当"三种体验"（生命体验、生活体验、艺术体验）的创作观念历经两次精神思想深层的痛苦"剥离"，取代了先前信奉的柳青的"三个学校"（生活的学校、艺术的学校、政治的学校）之后，他的文学世界便充满了思想的力量，神圣的文学行走在了历史和现实当中，作家以俯察的姿态观察人的生命轨迹和民族的命运，也终于以《白鹿原》这样当代文学之林中的参天大树既告别了过去的自己，摒弃了陈旧的"蓝袍"，也在完成文学人生奠基礼中给文学创作留下了另外一份宝贵的思想资源——"三种体验"的文学创作观念。因之，这样精神世界的大转折之彻底之伟大，不能不以"典型个案"做深入解剖，以启迪昭示后学者，也为文学理论的丰富增添营养。

二

20世纪80年代，陈忠实文学创作观念发生巨变：第一次发生在80年代初；第二次发生在80年代中期他写作《蓝袍先生》的过程中，此时，他开始思考民族命运和人的心理问题。两次精神剥离是对此前的传统文学观念彻底颠覆，包括突破了追随信奉的老师柳青的"三个学校"的主张，突破了柳青，也走出了"小柳青"时代，"寻找到了属于自己的句子"，从而创造出经典文本《白鹿原》。

20世纪80年代初的第一次精神剥离，是他看到《人民文学》1977年1月刊载的莫伸的《窗口》和11月刊载的刘心武的《班主任》之后，他意识到"创作可以当作一件事情来干了"，于是沉浸在图书馆大量阅读世界经典充电。这是自觉的起点，也是自我反思的开端与提升素养的预备。1980年4月"太白会议"上，评论家毫不留情地给陈忠实以往的创作"挑毛病"。促使他开始沉痛反思的是1982年他在督促落实中央一号文件"分田到户"政策间隙，联想到柳青笔下的"合作社"，时代竟然发生了如此大的巨变，陈忠实不得不思考自己以往坚守的"本本"，完成了第一次大转弯。他后来回忆说："我此时甚至稍前对自己做过切实的也是基本的审视和定位，像我这样年龄档的人，精神和意识里业已形成了原有的'本本'发生冲撞就无法逃避。我有甚为充分的心理准备，还有一种更为严峻的心理预感，这就是决定我后半生生命质量的一个关键过程。我已经确定把文学创作当作事业来干，我的生命质量在于文学创作；如果不能完成对原有的'本本'的剥离，我的文学创作肯定找不到出路。"①我们可以从他创作感受谈和创作变化中清晰地看到，同样是乡村题材，陈忠实已经逐步走出了政治图解的极左思潮的影响，走出了"本本"，站在了新起点。

陈忠实在1985年创作《蓝袍先生》时，开始转向对人的心理、人的命运，尤其是民族心理结构和民族大命运的历史性自觉思考与表达。这一次实现了自个儿精神心理的第二次剥离。第二次剥离则完全否定的是自己以往对生活对人对文学的粗浅表象理解，从而进入更为宏观更富有穿透力的历史文学场域，"寻找到属于自己的句子"，也因此自觉建构起自己的文学创作观——"三种体验"。陈忠实的文学创作观念，正是从政治图解背景下的生活体验，到真切感受生活琢磨生活的新生活体验，是文学归位，进入新的艺术体验的转变，也恰恰说明了他认识世界，观察历史，打开自己，突破自我的可贵精神历程。

三

那么，陈忠实经过两次脱胎换骨，寻找到了怎样属于自己的句子？

独特的生命体验。"生命体验首先也是以生活为基础的，生命体验不单是以普通的理性理论去解剖生活，而是以作家个人独立的关于历史、关于现实、关于人的生存的一种难以用理性言论做表述而只适宜诉诸形象

---

① 陈忠实：《寻找属于自己的句子——〈白鹿原〉创作手记》，上海文艺出版社，2009年，第104页。

079

的感受或者说体验。这种体验因作家的包括哲学思维个人气性等等方面因素而产生,所以永远不会重复也不会雷同。"[①]这是陈忠实在《文学无封闭》中对生命体验的表述。进入对人的生存状态的关注,探寻生命意识中深层的精神心理结构后,陈忠实的作品既具有批判力度,又有悲剧意识的自觉展示,更富有作家的深沉感受和道德立场,思想透视性明显强化。《白鹿原》作为生命体验的代表作品,成为文化批判现实主义经典文本奠基之作的同时,我们更能真切地看到其中的思想再不是解构极左思潮下的阶级斗争和政治、经济的单一视角表达,而且注重重建,从国民心理、民族精神、灵魂方面重构,写出了人格力量;包括此后的《日子》《一个人的生命体验》《李十三推磨》等,都是如此发人深思的作品。生命体验使陈忠实创作进入高峰体验,他将历史和肉体看作任一生命活动的过程去参与去拷问,彰显鲜活生命本体的本来价值。

深刻的生活体验。"思想的深度和力度,影响乃至决定着作家生活体验的质量和层次。尤其是从生活体验进入生命体验,非超常独到的思想而绝无可能。""真实的艺术效果来自真实的生活体验和升华到理性的生命体验。"[②]陈忠实所言生活体验在他看来是生命体验的一个必然过程,但这个过程已不同于精神剥离前的柳青"三个学校"的"生活的学校"。"生活的学校"要求作家去深入生活,而在现实性上,作家与他人一样本身就是生活的一个直接参与者,自己也有生活,因此深入生活本身不仅在指向上存在异议,更重要的是可能将作家置身在生命的外部去观察,而不是去直接感受和参与,这样难免将人简单化反映和表现,复杂性则在身边悄然溜走。陈忠实认为:"创作的唯一依据是生活,是从发展着运动着的生动活泼的现实生活中直接掘取原料。尊重生活,是严肃地研究生活的第一步。尊重生活,就可能打破自己主观认识上和个人感情上的局限和偏

[①] 陈忠实:《文学无封闭》,载《文学自由谈》1995年第2期。
[②] 陈忠实:《文学的力量——与〈陕西日报〉记者张立的对话》,见《陈忠实文集》第8卷,人民文学出版社,2015年,第413页。

见。那么，生活体验，就既有客观的社会生活，也有作家个人的生活经历，它们都是生活体验的东西，都是从体验生活中得来的。"①陈忠实对生活体验的真谛强调的是作家个体体验不仅要尊重生活，研究生活，更要使作家的思想情感深入生活去真切感受而不是停留于生活表面，要努力去开掘生活的本真层面及其意义，即便是历史生活。

开放的历史文化观。陈忠实曾言道："所有悲剧的发生都不是偶然的，都是这个民族从衰败走向复兴复壮过程的必然，这是一个生活演变的过程，也是历史演进的过程……我不过是竭尽截至1987年时的全部艺术体验和艺术能力来展示我上述的关于这个民族生存、历史和人的这种生命体验的。"②这样的文化"寻根"意识，在卡朋铁尔的"寻根"意识刺激下惊醒。县志中被遮蔽的活历史激荡起他书写民族秘史的情怀和冲动，最终呈现给我们的是，《白鹿原》及其以后的作品，把文化的寻根意识、历史的批判眼光完美地结合起来，穿透了陈旧的历史的书写套路，从道德、文化、人性、人的心理层面展示民族的精神史、心灵史、苦难史、命运史，以批判的眼光，冷静地、理性地去写那一段历史，沉淀与陶冶出有利于民族发展的精神人格力量。"至于历史，我们只能间接地去体验、感受了。把握历史，对于当代作家来说，关键在于要有一定的系统和历史知识，尽可能准确地把握住那个时代特定的社会环境和社会心理的真实。"③陈忠实在现代意识的统驭下，以开放的历史观检视曾经的历史可能，把历史的生命、人性放置在文化视角下，以现代意识为显微镜透析了包括仁义思想、宗教观念、人性文化、道德伦理文化等等之活态，探寻以人伦道德为主体的民族精神人格复苏之命题。

原载《陕西日报》2013年11月28日

---

① 陈忠实：《深入生活浅议》，见《陈忠实文集》第1卷，人民文学出版社，2015年，第544页。
② 陈忠实：《关于〈白鹿原〉与李星的对话》，见《陈忠实文集》第5卷，人民文学出版社，2015年，第359—360页。
③ 陈忠实：《从生活体验到心灵体验——与〈人民日报〉记者高晓春的对话》，见《陈忠实文集》第6卷，人民文学出版社，2015年，第299页。

陈忠实的艺术生命观

陈忠实曾强调："真实是我自写作以来从未偏离更未动摇过的艺术追求。在我的意识里愈来愈明晰的一点是，无论崇尚何种'主义'，采取何种写作方法，艺术效果至关重要的一项就是真实。道理无须阐释，只有真实的效果才能建立读者的基本信任。我作为一个读者的阅读经验是，能够吸引我读下去的首要一条就是真实；读来产生不了真实感觉的文字，我只好推开书本。在我的写作实践里，如果就真实性而言，细节的个性化和细节的真实性，是我一直专注不移的追求。"[①]真实性不仅是陈忠实文学创作追求与书写的基本原则，而且他还将真实性作为自己阅读乃至于批评的首要原则，并且将真实性的判断范畴延展到对历史生活、艺术的基础性把握，还延展到对包括了细节在内的整个艺术创作环节的整体把握。真实在他已内化为基本价值观，从而建构起属于自己的文学创作观中的艺术生命观。

一、主观体验的真实法度

陈忠实强调最可靠的生命体验及其表达本身是将真实性作为法度，要求创作之前对历史生活的把握要绝对具备真实性。从生活体验升华到生命体验，空前突出了创作主体对历史生活自由体验感知能动性之外，强调

[①] 陈忠实：《关于真实及其他——和〈文汇报〉缪克对话》，见《陈忠实文集》第9卷，人民文学出版社，2015年，第457页。

创作主体对生活不仅有理性的判断和感性的把握，还应包括主体对历史生活现场那些生动鲜活的可能性、偶然性、细枝末叶般的感受性，而且这样的体验要求以自由的精神契合方式，把主客体以追求鲜活的生命质感为目标，陷入式地发现和体味历史生活感受过程本身的生动性与真切性，不仅是停留在意识层面，还应深入潜意识的内在，使主客体的生命体验因交互作用而难以分离，从而步入精神自由之化境。生命体验与他剥离掉的"生活的学校"有着质的区别，前者注重生命全身心地进入生活现场去感受，使主客体发生交融，后者则是以深入生活的冷静姿态去观察生活去表现生活。同样，生命体验与生活体验侧重点也不同。生活体验更倾向于走向丰富多元的生活内部，而生命体验不仅要肉身进入和情感投射，更要在历史生活现场实现主体精神与客体全面互动，自由交流。陈忠实对生命体验的经验性感悟本身就是从真实性原则出发，对艺术创作生命基石的夯实。

追求这一境界历程中，陈忠实是以精神剥离的自我否定一步步脱胎换骨。从作品可以看出，1985年之前他的创作姿态与现实生活基本是同步的，呈现出平行式发展，具有较强的现实针对性，符合他对历史真实的追求。但也正因为如此，反映出他对这些生活中的矛盾没有足够深刻的认识，还停留在对生活的直接展现上，是生活本身"凝结"成了作品。这也是当时中国文学创作的通病。其主要原因是作家的创作观念未独立，深受社会意识形态的支配。改革开放在解放生产力的同时更解放了人的思想，"文学可以作为事业来干的时代来临了"。20世纪80年代初，陈忠实开始质疑一向信奉的老师柳青"三个学校"的主张，"当我比较自觉地回顾包括检讨以往写作的时候，首先想到必须摆脱柳青和王汶石"[①]。在实现第一次精神剥离后他回到现实主义道路，而随后创作《蓝袍先生》时，他突然意识到民族命运和人的命运，民族的心理结构和人性等等的大命题不应该被忽略。陈忠实自陈道："到了80年代中期，我自己觉得我已经开始从

---

① 陈忠实：《寻找属于自己的句子——〈白鹿原〉创作手记》，上海文艺出版社，2009年，第43—44页。

另一个视角去看生活，虽然看的也是当代生活，但视角已经不是一般的触及现实社会生活矛盾这些东西了。这主要是因为我这时接受了一种文化心理结构学说，并开始用这种视角来解析人物……这类作品主要从人物外化的性格进入了人物内在的文化心理结构，这样一个角度，我自己感觉是深了一层。我后来感觉到，你无论写人物的性格怎样生动，生活细节怎样鲜活、栩栩如生，但要写出人物的灵魂世界里的奥秘，写出那些微妙的东西、神秘的东西，你就必须进入人物的心理结构，而这个心理结构本身是由文化来支撑着的。"[1]经过这第二次精神剥离后，作家真正地深入人物的心理，深入民族文化的内部，激发起作家更深厚的情感，生命体验也让作家不再平行于生活，代之以广阔的视野去审视历史生活了，与历史交流互动，《白鹿原》和此后的《李十三推磨》等优秀作品才得以产生。很显然，陈忠实的创作成就既是作家精神向度勇于否定自我和精神剥离之必然，也是追求能穿透历史空间的以真实为内核的艺术生命力不断总结不断提升的精神张扬之必然。

二、从生活真实到艺术真实

艺术真实的基础是生活真实，作家的责任是将可靠真实的生活体验、生命以独特的艺术表达实现艺术真实与生活真实的切实吻合。陈忠实创作的真实性首先体现在他对生活真实把握的选择上。他的创作地域性很强，无论是十六岁发表的青涩处女作《钢、粮颂》，还是到成大器之《白鹿原》时代，包括至今的"后《白鹿原》"时期作品，都选择的是农村题材，空间区域则都是围绕着生他养他的关中渭河平原，即便是《四妹子》，也是将四妹子从文化异域的陕北嫁到关中来展开故事，这为艺术的真实表达提供了坚实的生活基础，更主要的是文化背景。他对农村生活十分熟悉，因为他在农村生

---

[1] 陈忠实：《在自我反省中寻求艺术突破——与武汉大学文学博士李遇春的对话》，见《陈忠实文集》第7卷，人民文学出版社，2015年，第385页。

活了四十多年，已经谙熟这块土地上的一切，包括农民的文化心理、习俗、意识、情感、历史、语言等，尤其是这方厚土上生息着的人之生存方式、生命体验、文化思想，他有着非同一般的体验。如果放置于其他的地域文化背景，固然可以想象，但是深刻的真实，尤其是细微处的躁动与交流一定会有隔阂。但是生活真实要通过独特的艺术方式表达出来，表达的真实虽然首要的在于体验历史生活的真实，但是艺术功力和创作经验，尤其是创作过程中主体与历史生活现场的生命体验实现交流互动的能力会决定艺术真实是否和生活真实，和生命体验相一致；否则真实性在生活和艺术中任一方面都会发生断裂，都会影响到艺术作品的生命力。

  陈忠实对艺术真实与生活真实不懈追求，任何缺乏一定生活根基的虚构都会让他忐忑不安，他始终追求以艺术的方式真实地反映客观世界。这种对客观世界真实性的追求在他的扛鼎之作《白鹿原》中表现得尤为突出。小说《白鹿原》描写的时间跨度涉及这块土地的半个世纪，清末到新中国成立前这段时间很多他没有亲身经历，经历的记忆也几乎没有，但是文化传承的脉流却自出生即深入血肉躯体的每个细胞。关于这段熟悉而陌生的历史如何在作品中真实而艺术地呈现，他选择了打通时空障碍，去历史现场进行生命体验与精神互动。他花去两年多时间，查阅了长安、咸宁、蓝田三个县的县志，了解那个时代的历史面貌，在此过程中却发现了各个地方的种种灾难的记录，发现了中国民俗历史上的第一份《乡约》、"白鹿"的传说、"贞妇烈女"卷等等历史上记载的真实事件，为了了解白鹿原上的革命过程，他还走访了当地的长者，向他们验证和请教。《乡约》是在查阅蓝田县志时发现的，是中国第一部用来教化和规范民众做人修养的家族式道德伦理纲纪，小说中白嘉轩形象的产生就与这部《乡约》有关。一方面，当白嘉轩作为中国第一个又是最后一个文化地主艺术形象出现在文学史上，也曾遭受，或者说至今还有不乏形象虚假的他议；另一方面，"我爷爷当时就是那样的"民间阅读对位又不在少数，印证着白嘉轩历史的真实性。虽然艺术的真实并非生活的真实，但是艺术真实却足以以假乱真，使读者发现人物形象就是自己身边的某一具体的人。考察对白嘉轩虚假性质疑者的论据，无非呈现出两个文化背景：一是地域文化不同。深入民间的"关学"思想在关中平原是不必言说的生活律法，而以文化地主身份精神统治白鹿村的白嘉轩遍布关中的村村落落，非"关学"思想根植地域就鲜有此类现象。二则固守阶级斗争之纲，认为白嘉轩的以德报怨，对长工的好处都是虚假的，地主的阶级性是深入骨髓的。这些论调姑且不说受极左思潮的影响如何的亘深，单是将人仅作为阶级对象本身就抹杀了人生活精神世界的个体性、复杂性和实在性，就缺乏对人的现实性基础上的真实判断，走入理念强加的错误。

田小娥的形象也是陈忠实在阅读"贞妇烈女"卷中形成的："田小娥的形象就是在这时候浮上我的心里。在彰显封建道德的无以数计的女性榜样的名册里，我首先感到的是最基本的作为女人本性所受到的摧残，便产生了一个纯粹出于人性本能的抗争者叛逆者的人物。"[①]白灵的形象来自白鹿原上的女性革命者张景文，陈忠实说："在我查阅的资料中没有发现，在民间传闻中也没有听到一句半句，我感觉到某种巨大的缺失和缺憾。这种心理是我构思这部长篇小说时越来越直接的一种感受，一个正在构思中的类型人物，要有一个真实的生活里的人物为依托，哪怕这个生活人物的事迹基本不用，或无用，但需要他或她的一句话，一句凝结着精神和心理气氛的话，或独禀的一种行为动作，我写这个人物就有把握了，可以由此生发开去，依我的意图编织他的人生的有幸和不幸的故事了。"[②]可见，作家对真实性的追求并不排斥虚构，但是需要一个真实的生活人物作为倚托，这样才能生发开去，编制故事。从这件小的事情可以看出作家对艺术真实和历史真实的双重追求，他的艺术真实建立在一定程度上的历史真实之上。陈忠实在"关中人物摹写"系列作品中，一直在结构着王鼎的故事，七年多过去了，探询查阅

---

① 陈忠实：《寻找属于自己的句子——〈白鹿原〉创作手记》，上海文艺出版社，2009年，第13页。
② 同上，第118页。

早已翔实,就是因为自己对王鼎上朝这个细节没有经验,也无法完成体验便一再延宕。由此观之,陈忠实的文学创作尤为注重与历史的关联,其小说内容与人物都建立在历史真实之上,即使艺术虚构,也需要一定的历史真实体验作支撑,仅对客观世界进行真实描摹,并不能带来艺术真实。

三、批评的真实性尺度

如果说真实性作为生命准则主导着陈忠实的创作向度的话,那么对他人创作和他者文本的批评参与,也是将真实作为首要的判断尺度,因为在他看来,真实性受到质疑的作品,经不起阅读,经不起历史考验,生命力也就极其脆弱。

陈忠实一如既往坚持将艺术文本与生活的真实作为衡量艺术价值的基本尺度,真实性不仅作为艺术创作成熟与否的检视法则,更是艺术品能否获得生命力的基本要素。因此,他对包括文学各样式的感受性批评首先从真实原则出发,谈作家的真实、文本的真实、效果的真实,把对真实性的遵循看作作家的根本道义与责任。他在评价孙见喜的《山匪》时说这部作品"不仅把那一过程重现给今天和未来的读者,而且达到一个生活和艺术的真实,这是一个作家的成功,也是一个作家的责任和道义"[①]。他认为作家创作,对读者态度要真,写作要忠实于自己的体验,要具有时代和历史的双重真实性,体验不应简单成为个人的真实感受与理解,而应是民族的和人的精神命运的真切轨迹。他在评价李思强的诗时肯定:"这种完全摆脱了功利目的纯粹的抒写,可以信赖为心声,没有娇气和矫情,没有虚浮和装腔,是一个人生活的和生命的体验的展示。"[②]针对文坛说空话、假话、套话的时弊,他以可靠性作为衡量作品的价值判断标准予以反驳:

[①] 陈忠实:《中国乡村形态的智慧表达——我读〈山匪〉》,见《陈忠实文集》第8卷,人民文学出版社,2015年,第367页。
[②] 陈忠实:《诗性的质地——李思强其人其诗》,载《西安教育学院学报》2002年第1期。

"之所以引我发生情感和心理的陷入,首先是作品的可靠性。可靠性的最基本品格之一是真实。"①陈忠实还重视艺术表达的真实,但更看重生活真实。他说:"我之所以强调后者(生活真实)珍视后者,是有感于某些作品在艺术的名义下对生活所采取的随心所欲的姿态,把对生活的虚拟和虚假,振振有词地淹没或张扬在所谓艺术的天花乱坠里。"②一旦逾越真实性的尺度,即便是朋友他也毫不留情地予以批评,他曾批评朋友雷电的《容颜在昨夜老去》细节的虚假,说:"这是人物自然发生的心理和行为细节呢,还是作者给人物强加的叙述呢?这也涉及创作最基本的问题。准确是关键,准确才有力量,否则就造成没有是非标志的'没正经'。"但对他峻里小说中的人物形象的真实赞赏不已,他评价说:"我的阅读感觉,绝然不同于那些只会做令人发笑的蠢事和只能说令人发笑的二话的弱智的乡村干部形象,而是一个个活的人。""首先把农村人物作为社会的人去探究,当是文学观照社会人生最基本的态度和品格。"③在他的眼中,人物的真实性是文学内在价值标准,是文学生命力的可靠来源。

真实性作为陈忠实的艺术生命观,渗透在他的生活体验、生命体验、艺术体验的全过程,渗透在阅读批评中,在自己的做人与做事中,恰如古人所言"文如其人""人如其文"。也正是对真实作为艺术生命的首要法则的理解、感悟、实践和无限的追求才成就了他以真实和真诚为特质,卓尔不凡的人格与文格。

原载《文化艺术报》2013年11月26日

---

① 陈忠实:《征服人生》,载《中国新闻出版报》2002年12月11日。
② 陈忠实:《难得一种真实》,见《陈忠实文集》第8卷,人民文学出版社,2015年,第402页。
③ 陈忠实:《多重交叉的舞蹈》,载《西安教育学院学报》2004年第1期。

作家的历史使命与写作立场

——论陈忠实的写作

使命是担负社会重大责任的意识、理念和行为的集合。作家的使命取决于作家从事的职业本身所担负的社会道义及其特殊性。作家创作的意义不是个体的自我宣泄或抒唱，也不是具体写作任务的完成，而是私人劳动的社会价值体现。以"不问收获，但问耕耘"为座右铭的陈忠实的使命意识贯穿了他写作的全过程，通过具体的创造过程全方位呈现出来。

一、一生的忧患与自觉的反省

熟悉陈忠实的人都有一个明显的感受：无论和他交流或者聊天（交流是有主题的沟通，不同于聊天的无主题畅谈），或者历时式阅读他的作品，都会感受到一种强烈的无时不在、无处可匿的忧患意识；他忧国之忧，忧民之忧，忧时之忧，更忧人之忧。这种忧患意识似乎与生而来，是人强烈的使命感使然，是一个作家社会责任感的自觉。

在陈忠实看来，忧患意识是一个作家的深层心理动机，会贯穿一生的创作。他说："忧患意识也在深层上影响作家内在诗意的表达方式。诗意从来不会在空壳一类文字上闪光。诗意来自文字出处的精神底蕴。"[1]创作之时,他习惯了替读者考虑,总担心写作不成功贻误他人。"我是一个农民的儿子。老一代乡村父老和新一代生活在乡村田野上的兄弟姊妹们,他们希望于我这样一个能写点乡村小故事的作者的是什么呢?我常常反问自问:我了解他们吗?我了解得准确吗?我写出来的东西有益于他们的事业吗?有益于他们的后代吗?而要做到这一点,切实感到手中这支笔的分量是不轻的。"[2]如果写作于国家、于民族、于人民有益,即便再痛苦再艰难自己都能忍受,都会感受到无穷的快乐和幸福。"我的体会是,在创作这项事业中,欢乐是短暂的,痛苦是永恒的。痛苦中有追求,有不满足现状,有新的渴盼,因此永远不会完结。痛苦没有了,希望也就没有了。"[3]"文学是个迷人的事业。入迷是抛开了一切利害得失的痴情。我迷恋文学几十年,历经九死而未悔。"[4]

这种强烈的忧患意识更多体现在他对艺术的不懈追求和不知疲倦的不满足当中。对既往的不满足和对现实状态的不满意必然会引发自我"回嚼",进而陷入苦闷,进而自我否定。在他看来一时间陷入苦闷不是一件坏事,反倒是一件令人欣喜的好事,因为它预示着自己要实现一种突破,要迎来一个新的创造。"苦闷是自我否定的过程。自我否定是一种内在的动力,是打破自己的思维定式的一种力量。对于一个作家来说,可怕的不是苦闷而是思维中呈现的太多的定式,思维定式妨碍吸收,排斥进取,不思追求,因而导致作家思想和艺术生命的老化。苦闷过程则是酝酿着打破

---

[1] 陈忠实:《你的发现,令我敬重》,见《陈忠实文集》第8卷,人民文学出版社,2015年,第264页。

[2] 陈忠实:《和生活的创造者一起前进》,见《陈忠实文集》第1卷,人民文学出版社,2015年,第539页。

[3] 陈忠实:《突破自己》,见《陈忠实文集》第2卷,人民文学出版社,2015年,第482—483页。

[4] 陈忠实:《创作感受谈》,见《陈忠实文集》第3卷,人民文学出版社,2015年,第479页。

已成的思维定式的聚蓄力量的过程,是进取的过程,是追求新的思想和艺术的过程,是创作生活富于活力的过程。苦闷的结果,必然是对于自己的艺术实践的又一次突破。因此而可以说——苦闷象征着新的创造。"[1]陈忠实对自己不满意,但并未停靠在苦闷的港湾徒自伤叹、怨天尤人,而是自觉刀锋内转,首先从自身已习焉不察的精神深处进行自我解剖、自我反省、自我审视。他说:"审视的归结无非是两点,舍弃和守护。舍弃肮脏,舍弃平庸,舍弃投机,舍弃虚妄;守护清纯,守护锐进,守护真诚,守护尊严。没有舍弃就难得守护。舍弃和守护的过程是灵魂搏击的过程。在生活出现某些复杂现象的时候,舍弃和守护的灵魂搏击就愈显得严峻,艺术家的良心、道德、人格、尊严存在着或被淤没或更强壮两种可能性。当然,首先是审视意识的苏醒。"[2]

自我审视的理性反省会催发新的选择,陈忠实把这个过程叫自我"剥离","剥刮腐肉"的剥离,即便是精神里既定的"本本",即便是精神导师也概莫能外。"我开始意识到这样致命的一点:一个在艺术上亦步亦趋地跟着别人走的人永远走不出自己的风姿,永远不能形成独立的艺术个性,永远走不出被崇拜者的巨大的阴影。譬如孩子学步,在自己没有能力独立行走的时候需要大人引导,而一旦自己能站起来的时候就必须甩开大人的手,一个长到十岁的正常的孩子还牵着大人的手走路是不可思议的。艺术创作更是这样,必须尽早挣开被崇拜者的那只无形的手,去走自己的路。"[3]所以,陈忠实的第一次"剥离"就是走出精神导师柳青的影子,摆脱柳青时代的"本本",以回归正常的文学观念,回归作家的独立人格。柳青是陕西当代文学的旗帜,以路遥、陈忠实和贾平凹为旗手的"文

---

[1] 陈忠实:《创作感受谈》,见《陈忠实文集》第3卷,人民文学出版社,2015年,第496页。
[2] 陈忠实:《生命的审视和哲思》,见《陈忠实文集》第7卷,人民文学出版社,2015年,第263页。
[3] 陈忠实:《关于〈白鹿原〉与李星的对话》,见《陈忠实文集》第5卷,人民文学出版社,2015年,第371页。

学陕军"第二代都把柳青视为精神偶像。柳青是一位杰出的作家,他有旷世才华和文学上的远大抱负,强烈的使命感使他放弃了在北京的优越生活而沉潜到陕西长安县(今西安市长安区)农村生活创作,他全身心深入生活,和农民建立起深厚的感情。柳青举家搬到长安县,十四年就住在由破庙改造成的陋室里,踏踏实实过着农民的日子,直接参与了农业合作化运动,走村串户,教育农民放弃单家独户的生产方式,把一家一户的土地挖掉界石和隔梁归垄合并,又把独槽单养的耕畜牛、骡牵到集体的大槽上去饲养,还在集市上把手缩进袖筒里和对方捏指头讲价交易,离开皇甫村时村里很多人都不知道他是一位大作家。柳青并不仅仅是对生活的简单体验,埋藏在行为下面的其实是他对日常生活的敬畏。这些都对陈忠实产生了影响,在他心里柳青的位置他人无法替代。"我从对《创业史》的喜欢到对柳青的真诚崇拜,除了《创业史》的无与伦比的艺术魅力,还有柳青独具个性的人格魅力之外,我后来意识到这本书和这个作家对我的生活判断都发生过最生动的影响,甚至毫不夸张地说是至关重要的影响。"[1]

当经过自我审视必须走出柳青影子的时候,他毅然决然选择了剥离。剥离之后必然是重生,是蝶变。他"寻找属于自己的句子"的过程,既是一个有良知作家的职业使命使然,又得益于个人对文学信念不懈追求的高度自觉。他说:"我这个人得益于我的好处就是自己拥有自我反省的能力。"[2]当然也有生命意识的紧迫感。"我在构思创作《白鹿原》的时候,有一种危机感、恐惧感、紧迫感,感觉五十岁是一个年龄大关,加之那些年不断有罗键夫等知识分子英年早逝的报道,我恐惧的是我的最重要的艺术感受艺术理想能否实现,最重要的创作能否完成。现在我心态很平和,主要是我那时候意识到的创作理想在我最为重要的年龄阶段已经完成。我

---

[1] 陈忠实:《寻找属于自己的句子——〈白鹿原〉创作手记》,上海文艺出版社,2009年,第92页。
[2] 陈忠实:《在自我反省中寻求艺术突破——与武汉大学文学博士李遇春的对话》,见《陈忠实文集》第7卷,人民文学出版社,2015年,第424页。

六十岁的生命和五十岁的生命是一样的,生活态度,创作态度没有消极。我说的平和不是悟道,不是耳顺,不是超然。对艺术新境界的追求,对生活意义的追寻,都应该渗透到生命里,该顺的顺,不该顺的不顺。"①

二、文学的虔诚与创作的忠实

陈忠实的使命感还体现在他对文学事业无比虔诚的态度上。他信奉柳青的两句名言,作家是"六十年一个单元""文学是愚人的事业"。因此,他时常警醒自己必须"扎扎实实,埋头苦干,不务虚名,更不能投机取巧,谁以为自己已经得到了'宝葫芦',洋洋自得,不可一世,那么文学生命就可能是短暂的"②。这样的虔诚和忠实的态度与他的品质有着对应关系。他说:"父亲自幼对我的教诲,比如说人要忠诚老实啦,人要本分啦、勤俭啦,就不再具有权威的力量。我尊重人的这些美德的规范,却更崇尚一种义无反顾的进取的精神,一种为事业、为理想而奋斗的坚忍不拔和无所畏惧的品质。"③就他个人的理解,"生命易老,文学不死。不死的文学自然是指文学原本意义上的文学"。相反,那些"假冒伪劣的所谓文学"不仅因没有价值会死,而且比生命死得还早还快,假大空的文学浪费了的不只是多少纸张的问题,更重要的是耗费了一批有才华的作家的生命。"生活在某个较长的阶段里不仅容忍而且鼓噪那些假冒伪劣的文学,但生活也会在某一个早晨突然做出严峻的面孔,把飘浮在秋阳里自鸣得意的飞蠓极轻易地扫荡了。文学原本意义上的作品才是顽强的,不死的。"④

---

① 陈忠实:《关于45年的答问》,见《陈忠实文集》第7卷,人民文学出版社,2015年,第326页。
② 陈忠实:《和生活的创造者一起前进》,见《陈忠实文集》第1卷,人民文学出版社,2015年,第540页。
③ 陈忠实:《忠诚的朋友》,见《陈忠实文集》第3卷,人民文学出版社,2015年,第476页。
④ 陈忠实:《生命易老,文学不死》,见《陈忠实文集》第6卷,人民文学出版社,2015年,第222—223页。

对文学的虔诚态度还体现在他对生活体验的独到见解当中。陈忠实认为，对从事文学创造的作家来说，不应只是一种态度，只是一种情感，而应体现在自己富有创造价值的创作当中，而创作源于生活，就应当从创作的起点——深入生活和生活体验中就忠实于"文学依然神圣的信念"。"深入生活，应该想方设法有一个具体的位置，争取卷进漩涡的中心，和生活的创造者一起生活，一起焦虑、苦恼，避免从上往下，从外往里地看生活。做生活的主人，不做旁观者。作家是社会的普通一员，有权利也有义务和人民的心息息相通，自觉抵制自己思想中某些不纯正的东西，才能感受时代和人民的脉搏，不断发出自己的歌唱。"[1]在他看来，之所以对生活体验要忠实，是因为"生活和文学的自然法则是容不得任何人投机的，投机了一时但不可能永久"[2]。他认为作家为了使生活体验、生命体验能够完美地促成艺术体验，创作出一部最优秀的作品，还应把自己的文学智慧发挥到极致。"作家的职业本能是写作，作家的全部智慧都应用于写作，而不是其他。人的智慧的发展是一个不断开发的过程，作家如果对自己负责的话，就应该把自己的文学智慧不断开发到最大的效益——就是力争写出最好的作品来。这是作家生命价值的全部意义所在。"[3]

就陈忠实来看，创作要自始至终忠实于创作的基本要求，必须做到每个阶段每个环节的忠实。"我的创作忠实于我每一个阶段的体验和感悟。我觉着当代生活最能激发我的心理感受，最能产生创作冲动和表现的欲望。"[4]作家要时刻牢记作为一个作家的使命。

---

[1] 陈忠实：《和生活的创造者一起前进》，见《陈忠实文集》第1卷，人民文学出版社，2015年，第545页。
[2] 陈忠实：《文学的心脏，不可或缺——与〈解放日报·周末刊〉高慎盈的对话》，见《陈忠实文集》第10卷，人民文学出版社，2015年，第410页。
[3] 陈忠实：《把智慧投入到写作中——与〈三秦都市报〉记者杜晓英的对话》，见《陈忠实文集》第7卷，人民文学出版社，2015年，第278页。
[4] 陈忠实：《关于45年的答问》，见《陈忠实文集》第7卷，人民文学出版社，2015年，第329页。

三、命运的思考与悲剧的指向

　　陈忠实从中篇小说《蓝袍先生》的写作当中产生了对民族命运的思考，他感觉中篇小说已无法承载这一思考。当徐慎行脱下了象征着封建桎梏的蓝袍换上象征着获得精神解放和新生的"列宁装"，再到被囚禁在极左的心理牢笼之中，他六十年三个关键期心理结构形态的颠覆及平衡过程所经历的欢乐与痛苦，正是那一代人共同经历的艰难心路历程。陈忠实回忆，当他拉开《蓝袍先生》的序幕之后，"我的笔刚刚触及他生存的古老的南原，尤其是当笔尖撞开徐家镂刻着'读耕传家'的青砖门楼下的两扇黑漆木门的时候，我的心里瞬间发生了一阵惊悚的战栗，那是一方幽深难透的宅第。也就在这一瞬，我的生活记忆的门板也同时打开，连自己都惊讶有这样丰厚的尚未触摸过的库存。徐家砖门楼里的宅院，和我陈旧而又生动的记忆若叠若离。我那时就顿生遗憾，构思里已成雏形的蓝袍先生，基本用不上这个宅第和我记忆仓库里的大多数存货，需得一部较大规模的小说充分展示这个青砖门楼里几代人的生活故事……长篇小说创作的欲念，竟然是在这种不经意的状态下发生了"[1]。自《蓝袍先生》创作开始，他把笔触从当下延伸到了近现代史，也从对现实人生的透视转移到了民族"文化心理结构"的展现，乃至于对整个民族命运的宏观思考，这一转变过程充分说明了他自我剥离后的精神自觉，也正是作家的使命感使然。

　　陈忠实说："作为一个有使命感、责任感的作家，如果要涉及民族命运，你要写这样的过程就不可能轻松。这是因为不是你要沉重，而是民族

---

[1] 陈忠实：《寻找属于自己的句子——〈白鹿原〉创作手记》，上海文艺出版社，2009年，第1页。

本身就沉痛、沉重，我起码是这样的感觉。"①由此可见，《白鹿原》的"秘史"写作对作家是一个肉身、思想和精神的多重挑战。这也就促使他不得不为《白鹿原》作更为充分更为深入的准备。于是，他通过大量阅读世界文学经典以更新文学观念；重读近现代史以走进民族历史命运现场；查阅咸宁、蓝田、长安县志以深入了解脚下的土地，通过这来感知民族的命运，以给世人和后来者更多的深刻启迪。"我愈加信服巴尔扎克的一句话：'既然小说被认为是一个民族的秘史，那么，要成为真正的小说家就必须对社会生活进行调查。'从这个意义上说，要了解一个民族，最好是阅读那个民族的优秀的文学作品。从这个意义上说，作家要获得创作的进展，首当依赖自己对这个民族的昨天和今天——历史和现实的广泛了解和理解的深刻程度。"②而且，这个对民族命运的思考带有强烈的疼痛感，也对他自己的文化历史观是一个重建。"中国文学中写出人物的文化心理结构，很重要的一点就是揭示出传统与现代的那种文化冲突。这种文化冲突造成了人物心理结构的、观念的改变，从而也就造成了原有的心理结构的平衡的被颠覆、被打破。一旦新的观念形成，就随之形成了一种新的心理结构、新的平衡。对于我们这个民族来说，既有传统的道德观、价值观，也包括一些地方地域形成的民间风俗观念，它们跟当代文明、新的观念之间形成的冲突应该是深层的。"③由此也就引发了他个人空前的悲剧意识。

悲剧意识是悲剧性现实的反映，也是对悲剧性现实的把握。恩格斯认为悲剧是"历史的必然要求和这个要求的实际上不可能实现之间的悲剧性的冲突"，鲁迅认为悲剧是"把世上最美好的东西撕碎了给人看"。无

---

① 陈忠实：《作家要有使命感——答裔兆宏问》，见《陈忠实文集》第10卷，人民文学出版社，2015年，第311—312页。
② 陈忠实：《中篇小说集〈四妹子〉后记》，见《陈忠实文集》第5卷，人民文学出版社，2015年，第312页。
③ 陈忠实：《在自我反省中寻求艺术突破——与武汉大学文学博士李遇春的对话》，见《陈忠实文集》第7卷，人民文学出版社，2015年，第385页。

论如何,"悲剧意识的形成需要一种理性的前提。只有理性才能使人驱散宗教的超然和麻痹,使人直面严酷的现实,使人深切地感受到现实的悲剧性"①。如何判断是否具有悲剧性,英国美学家斯马特认为:"如果苦难落在一个生性懦弱的人头上,他逆来顺受地接受了苦难,那就不是真正的悲剧。只有他表现出坚毅和斗争的时候,才有真正的悲剧,哪怕表现出的仅仅是片刻的活力、激情和灵感,使他能超越平时的自己。悲剧全在于对灾难的反抗。陷入命运罗网中的悲剧人物奋力挣扎,拼命想冲破越来越紧的罗网的包围而逃奔,即使他的努力不能成功,但心中却总有一种反抗。"②陈忠实此前的艺术表现中并没有明显的悲剧意识,自《白鹿原》始,其后的《一个人的生命体验》《娃的心娃的胆》《日子》《李十三推磨》等都渗透着浓厚的悲剧意识。我们姑且选择《白鹿原》的几个人物形象以作例释。

朱先生是陈忠实在《白鹿原》里倾注心血塑造的一个儒家文化传承圣人的化身,在作品中举足轻重。作品写朱先生葬仪的过程不惜笔墨,用了半个章节极为细致地叙述了各色人等的登场展现。而朱先生也预知生命即将终结,特意让朱白氏给自己洗头。作品如此写道:

> 朱白氏从台阶上的针线蒲篮里取来老花镜套到脸上,一只手按着丈夫的头,另一只手拨拉着头发,从前额搜寻到后脑勺,再从左耳根搜上头顶搜到右耳根。朱先生把额头抵搭在妻子的大腿面上,乖觉温顺地听任她的手指翻转他的脑袋拨拉他的发根,忽然回想起小时候母亲给他在头发里捉虱子的情景。母亲把他的头按压在大腿上,分开马鬃毛似的头发寻逮蠕蠕窜逃的虱子,嘴里不住地嘟囔着,啊呀呀,头发上的虮子跟稻穗子一样稠咧……朱先生的脸颊贴着妻子温热的大腿,忍不住说:"我想叫你一

---

① 张法:《中国文化与悲剧意识》,中国人民大学出版社,1989年,第7页。
② 斯马特:《悲剧》,转引自朱光潜《悲剧心理学——各种悲剧快感理论的批判研究》,张隆溪译,人民文学出版社,1983年,第206页。

声妈——"朱白氏惊讶地停住了双手："你老了，老糊涂了不是？"怀仁尴尬地垂下头，怀义红着脸扭过头去瞅着别处，大儿媳佯装喂奶按着孩子的头。朱先生扬起头诚恳地说："我心里孤清得受不了，就盼有个妈！"说罢竟然紧紧盯瞅着朱白氏的眼睛叫了一声："妈——"两行泪珠滚滚而下。朱白氏身子一颤，不再觉得难为情，真如慈母似的盯着有些可怜的丈夫，然后再把他的脑袋按压到弓曲着的大腿上，继续拨拉发根搜寻黑色的头发。朱先生安静下来了。两个儿子和儿媳准备躲开离去的时候，朱白氏拍了一下巴掌，惊奇地宣布道：

"只剩下半根黑的啦！上半截变白了，下半截还是黑的——你成了一只白毛鹿了……"

朱先生听见，扬起头来，没有说话，沉静片刻就把头低垂下去，抵近铜盆。朱白氏一手按头，一手撩水焖洗头发……剃完以后，朱先生站起来问："剃完了？"朱白氏欣慰地舒口气，在衣襟上擦拭着剃刀刃子说："你这头发白是全白了，可还是那么硬。"朱先生意味深长地说："剃完了我就该走了。"朱白氏并不理会也不在意："剃完了你不走还等着再剃一回吗？"朱先生已转身扯动脚步走了，回过头说："再剃一回……那肯定……等不及了！"

朱先生执意要喊夫人一声"妈"，因为自己心里"孤清得受不了"，就把他当时的悲情写得透彻入微。而叙写朱先生谢世的前后，从朱先生留遗嘱，到离开人世，再到祭奠移灵，到人们以不同方式的送别，虽是按照人物自有的行为方式展开，莫不是作者悲剧意识的艺术表现。还有白灵和田小娥的命运，白灵之死是党内极左思潮扩大化造成的，属于政治悲剧导致的命运悲剧，而田小娥被公公鹿三用梭镖刺死是文化冲突导致的命运悲剧。陈忠实说田小娥是"生的痛苦，活的痛苦，死的痛苦"，恰如其分。同时，《白鹿原》还笼罩着浓厚的悲剧氛围，是因为"广袤的乡土虽然还是一个不可漠视的巨大存在，但正在逐渐淡出历史，从人类活动的舞台中心退居边缘，因此，乡土的历史性状态本身就充满悲情色彩。乡土社会人生的悲剧性也是乡土小说悲情色彩的内在根源，这一方面显示为人与自然或社会之间的矛盾，一方面也显示为人在对抗自身的过程中精神所遭遇的苦难与磨砺"[1]。或许这就是许多读者感受到的《白鹿原》是农耕文明挽歌的真正原因所在。

《白鹿原》及其后的作品所呈现的强烈的悲剧意识在陈忠实以前的作品中是感受不到的。他用艺术思维把民族文化心理结构予以悲剧性展现，指向的是对民族命运的历史性思考，而悲剧意识会促使文化的成长和文明的进步，表明了作家文化人格的成熟和强烈的使命感。

四、艺术人格与文化人格

陈忠实的创作道路不是一条直线，也不是一条跌宕起伏不定的抛物线，更不是一个逐步缓慢下行的曲线，而是一个凭借不断自我否定获得动能螺旋上升的上行线。这一上行线的姿态便是陈忠实不断追求艺术人格和文化人格独立完善的精神风貌。畅广元在其《陈忠实文学评传》自序中指出："是中外文学史中的经典作品为他提供了全新的文学视野，是自觉剥离种种非文学因素的能动精神，强烈地促使他朝着文化视野下的'人的文学'观念转变。在这一过程中，他将人作为文化存在的状态，将其价值实现的方式及其实现的意义作为自己审美观照的重点，独立独自地深刻思考着民族命运的演变，并在此基础上展开他的文化批判思路。我认为，陈忠实这种文学观念的转变和文学道路的更新，既是其个人文学生命意义的升华，作为一种文化现象，也是我们民族文化精神更新的一个重要标志：民族振兴的政治立场与先进文化的知识分子立场尽可能地统一起来。"[2] 陈

---

[1] 丁帆：《中国乡土小说史》，北京大学出版社，2007年，第27—28页。
[2] 畅广元：《陈忠实文学评传》，陕西师范大学出版总社，2020年，第7页。

忠实的创作道路充分验证了这个判断。之所以能对自己进行"剥刮腐肉"式的决绝剥离，陈忠实虽然不是在自觉地进行主体的文化人格建构，但事实是如此促成了他艺术人格独立后的文化人格健全。他反对脱离实际的所谓空灵和超脱，主张文学必须有深切的时代关怀，倡导作家要沉入生活中去了解群众的疾苦，以切中社会的弊端，切中民族文化心理结构形态的命脉，进而用文化批判的姿态来观照人物命运和民族命运。他认为作家的情应产生于对祖国大地天空和海洋的一种爱，产生于对国家和民族的根深蒂固的爱，产生于对国家和民族的每一个灾难的刻骨铭心的痛和对每一项成就由衷的礼赞，产生于对这个民族的每一个优秀分子的崇敬，产生于对国家和民族明天发展前景的美好期待。"作家的灵魂世界是一片绿地，不受包括铜臭在内的污染，才能迎风起舞，才能感受阳光和风的抚育而情生万态。小说便是作家那种情的宣泄。"①他将自己的人格成长与民族文化成长紧密联系在一起，实现了作家艺术人格的文化确认。

文化人格是作家在特定的历史文化背景下，为实现主体职业理想和创造追求，历经较长时间磨砺，所凝结内化而成的反映人生欲求、文化内涵和审美风格的独特精神气质，是作家艺术人格的文化品质，充分体现在作家的道德品质（道德人格）、心理动机（心理人格）、审美追求（艺术人格）三个方面。

"所谓道德人格就是人们通过道德生活意识到自己的道德责任和道德义务，以及人生的价值的意义，从而自觉选择自己做人的范式，培育自己的道德品质，丰富和完善自己的内心世界，体现出人之区别于动物内在规定性。"②在陈忠实看来，作家的品质、情感指向、良知、精神活动共同影响自己的文学世界，而道德品质在创造性劳动中具有基础性能动作用。对于一个从事创作的人而言，做人是根本，文格即人格，人格生文格。在

---

① 陈忠实：《小说最是有情物》，见《陈忠实文集》第5卷，人民文学出版社，2015年，第404页。
② 魏英敏主编：《新伦理学教程》，北京大学出版社，1993年，第494页。

他看来,"决定一个作家气质的主要因素,我认为是作家个人的经历和他所经历过的全部生活。我个人的经历和我后来所从事的工作,给我心理上造成的直接的无法逆转的感受,是沉重。是的,我生活和工作的渭河平原的边沿地带的历史和现实,太沉重了,这种感情色彩不自觉地流露在文字之中了"[1]。在和网友的在线交流中,当网友问他到底忠实于灵魂、生活还是金钱时,他坦率回答是忠实于自己的良心。[2] 良心是道德人格的一个价值选择方式,这在一个物欲横流、欲壑难填的时代无疑是难得的良知守成,也正因为有这样的初心才有他的公共言说姿态。良知是历朝历代的中国传统知识分子的基本品格。历朝历代的文人知识分子书写的琳琅满目的作品里,负载的正是这种品格。良知作为一种心理形态和精神形态,是自在的存在,并非能靠强加外力来改变,它使精神的表现方式人格化,赋予了作家人格的独立价值和意义。

　　文化人格需要作家以品质作为基础,除了前述,陈忠实还通过对劳动诚实的强调来丰满自己的文化人格。"作家对诚实劳动的态度,在很大比重上定位着作家对待社会对待人生的态度;作家对待诚实劳动的态度,反过来又决定于作家对待人生和社会的态度;作家对待诚实劳动的态度,关键在于那份本真的崇敬,这是激情迸发的不可遏止的自然发生的现象:强装的激情总也除不去虚意和矫饰的空洞。"[3] 具体到他的创作中,就是对人类的关心,对民族的关切,对命运的敏感,即便是对最卑微的生命亦有关注。从文化层面来说,作家的悲悯情怀和悲剧意识,决定了作家的情感倾向,也代表了其艺术人格的内在价值指向与精神气质。文化人格在现实生活中会面临不同程度形形色色的挑战,其中最为直接的就是名利的责问。

---

[1] 陈忠实:《答读者问》,见《陈忠实文集》第3卷,人民文学出版社,2015年,第471页。

[2] 陈忠实:《网上夜话》,见《陈忠实文集》第6卷,人民文学出版社,2015年,第335页。

[3] 陈忠实:《激扬的膜拜》,见《陈忠实文集》第7卷,人民文学出版社,2015年,第320页。

陈忠实说："文坛本身就是一个名利场，任何一个身在其中的人，都不可能摆脱名和利的诱惑。这情形有如磁场，除非你脱离文坛，兴趣转移甚至改作他途。"他并不赞同古代文人"淡泊名利"的高谈阔论，而是站在人生存的现实角度我言故我行："我向来不说淡泊名利的话，我以为这样说法总带有某些勉强或做作，或者如身在磁场内还要摆脱磁场的辐射一样。不断地过分地表白自己的淡泊，反而使人容易产生虚伪的印象。"[①]"我有一个观点，作家不应该淡泊名利，而应该创造更大的利润和影响。但这有一个前提，是以正常的创作途径，而不应该用一些非文学手段来获得文学的名利。"[②]如此而来，使他的文化人格落实在大地之上。

陈忠实同时把作家的艺术人格和道德人格同一化，艺术人格道德化，道德人格艺术化，并视之为一种生命意义的存在方式，是作家人生修炼的终极目标。他认为作家应该"扎扎实实，埋头苦干，不务虚名，更不能投机取巧，谁以为自己已经得到了'宝葫芦'，洋洋自得，不可一世，那么文学生命就可能是短暂的"[③]。他反对写作技巧的说法，更反对投机取巧，在他看来这些不仅是无意义地耗费作家的生命和才华，更是对文学的亵渎。"作家唯一能够保护心灵洁净的便是人格修养。人格修养不是一个空泛的高调，对于作家的创造活动甚至可以说是致命的。市侩哲学、平庸观念、急功近利，首先伤害的是作家心灵中那个无形的感受生活感受艺术的感光板，这个感光板被金钱虚名被一切世俗的东西腐蚀而生锈，就在根本上窒息了一个作家的艺术生命。""爱护和保护自己的心灵，铸造自己强大的人格力量，才会对生活和历史保持一种灵敏的感受能力，才会永

[①] 陈忠实：《人生九问》，见《陈忠实文集》第6卷，人民文学出版社，2015年，第321页。

[②] 陈忠实：《和〈瞭望东方周刊〉记者的对话》，见《陈忠实文集》第8卷，人民文学出版社，2015年，第444页。

[③] 陈忠实：《和生活的创造者一起前进》，见《陈忠实文集》第1卷，人民文学出版社，2015年，第540页。

久不悔地保持对这个民族的深沉不渝的责任心。"①他对巴金充满敬仰之情,原因就在于巴金的道德人格、心理人格和艺术人格是统一的。"巴金的道德、良知和人格,堪为楷模,高山仰止。他在经历过十年'文革'灾难之后的反省精神,不仅是一个作家自我道德和人格的完善,更是为着一个民族和国家未来发展的刻不容缓的责任心。他的《真话集》《随想录》,又一次使谎言鬼话肆虐许久的中国人受到警示。巴老直言不讳地阐明文学创作的意义,'是为着扫除人们心灵里的垃圾'。这对目下的我们所置身的文坛,更具切实的意义,作家不仅不能给生活制造垃圾,而是要荡涤人们心灵里的污秽;作家要扫除别人心灵里的垃圾,首先得涤除自己灵魂世界里的不干净的东西。"②

陈忠实认为,凡是有成就的作家,人格都起着至关重要的作用。"对作家,尤其是已取得一定成就的作家而言,思想和人格在创作中异常重要。"③作家的境界、人格、情怀是相辅相成又相互制约的。"在作家总体的人生姿态里,境界、情怀、人格三者是怎样一种相辅相成又互相制动的关系,是一个很值得研究的话题。是情怀、境界奠基着作家的人格,还是人格决定着情怀和境界,恐怕很难条分缕析纲目排列。"④而且三者之间,他认为人格是基础,会制约境界与情怀。"人格对于作家是至关重大的。人格限定着境界和情怀。"⑤他解释说:"人与文,道德评判与美学评价的关系也许比较复杂,但从根本上说,作品的境界,还是决定于作者的人格。人格是一个作家搞文学的立足点,是给作品提供灵魂的东西。写

---

① 陈忠实:《关于陕西长篇小说创作的回顾与展望》,见《陈忠实文集》第6卷,人民文学出版社,2015年,第233—234页。
② 陈忠实:《业已铸就无限——悼念巴金》,见《陈忠实文集》第8卷,人民文学出版社,2015年,第343页。
③ 陈忠实:《"文学是我人生中最重要的主题词"——与〈西安晚报〉记者蔡静、丑盾对话》,见《陈忠实文集》第7卷,人民文学出版社,2015年,第316页。
④ 陈忠实:《解读一种人生姿态》,见《陈忠实文集》第7卷,人民文学出版社,2015年,第355—356页。
⑤ 同上,第356页。

东西写到最后，拼的就是人格。人格糟糕的人，可能在技巧上、才情上显得与众不同，引起别人的注意，但是光靠这些，弄不出大作品。"[1] 所以，他极力反对作家的投机心理和动机不纯的写作，认为这种心理和行为于人于己于文百害而无一利。"设想一个既想写作又要投机权力和物欲的作家，如若一次投机得手，似乎可以窃自得意，然而致命的损失同时也就发生了，必然是良心的毁丧，必然是人格的萎缩和软弱，必然是对历史和现实生活的感受的迟钝和乏力，必然是心灵绿地的污秽而失去敏感。"[2] 因此，陈忠实主张要追求境界，实现思想、人格的独立和统一。"强大的人格是作家独立思想形成的最具影响力的杠杆。……不可能指望一个丧失良心人格卑下投机政治的人，会对生活进行深沉的独立性的思考。"[3]作家创作的语言表达是其思想和人格是否统一的反映，难以被遮蔽。"语言说到底是思想的载体。语言蕴藏着作家的思想，其分量最终定砣在这里。通过语言，感受到作家的体验、作家的情怀、作家的境界、作家的人格。"[4]

陈忠实还认为文化人格是作家生命质量的精神凝结，应与民族共命运，与时代同步，为社会发展贡献自己的智慧和力量，这个自我追求的历程就是作家文化人格成长的过程。"生命是有质量的。生命本体都是平等的神圣的，然而生命的质量却有巨大差异……有理想有抱负的人，企图把自己有限的生命在这个世界上释放出最大的能量，为社会的进步和发展做出有益的贡献，这个生命的质量就得到升华了。从这个意义上讲，克服困难承受痛苦不仅是获取知识的过程，也是一个人获得行世的自信获得立于

---

[1] 李建军：《一个朴实的作家及其真实的思想——陈忠实印象记》，载《北京文学》2001年第12期。
[2] 陈忠实：《解读一种人生姿态》，见《陈忠实文集》第7卷，人民文学出版社，2015年，第356—357页。
[3] 同上，第357页。
[4] 同上，第358页。

天地的力量的过程，也是人格发展人格完善的过程。"①如上所述，陈忠实的文化人格不是与生俱来的，而是在对艺术理想追求的过程中，思想不断超越，艺术不断突破，最终通过观念和实践双重作用，实现自我道德人格、心理人格、审美人格聚合的境界修炼结果。

选自《陈忠实创作论》，中国社会科学出版社，2024年

---

① 陈忠实：《生命质量的升华》，见《陈忠实文集》第7卷，人民文学出版社，2015年，第297—298页。

陈忠实的精品意识与创造精神

精品意识是作家对文学及其创作活动虔诚态度的一种精神追求,它体现为作家的创作动机、审美情趣、价值指向和道德品质。陈忠实的精品意识既来自自己的做人原则,又来自自己对文学和作家使命的独特理解及表达。他理解,创作目的不应仅是获奖或成名,而是要致力于创作出一部真正让自己满意、读者满意,又能经得住历史检验的作品。陈忠实曾回忆20世纪80年代中期《人民文学》一位编辑从北京赶到西安又到他下乡的偏僻山村,要自己写一篇小说,哪怕一篇散文,在报刊上先亮一亮相,然而陈忠实拒绝了,他的回复是:"我现在不是亮不亮相的问题,趴不趴下也全在我自己。我不要亮相。我要以自己创作的进步告慰那些关心爱护着我的读者和编辑们。"[①]作家要对得起读者,不负自己,就应不断超越自我,坚守信念,创造出优秀作品来。他非常看重永无休止的求索,因为创作本身拒斥重复,最忌讳重复别人重复自己,要想不重复就必须创新,创新就意味着必须不断地求索。陈忠实以为寻找"属于自己的句子",应注意两点。一个是个人独特的体验和发现至关重要,因为这决定了作品要写什么,也是作家对生活独特发现而产生的欲展现而后快的创作要求。之所以强调独特性,是要求作家的体验和发现是别人未曾有或不曾发现的,也是自己未曾有或不曾发现的。另外一个就是艺术形式的创新。在他的理解

---

① 陈忠实:《敬上一杯酒》,见《陈忠实文集》第5卷,人民文学出版社,2015年,第160页。

中，艺术形式的创新或选择也必须独特，而且形式是由独特的体验内容所决定的，包括表达的语言。

　　陈忠实的创作道路可以说是精品意识不断创新发展的实践过程。1994年9月他在陕西"炎黄文学奖"颁奖致辞中强调"陕西作家不悔的操守和不懈的创造性劳动，构成了中国当代文学的一个重要的组成部分"，并鼓励作家"应该在较大的创作量的基础上，树立清醒的精品意识……"[1]在他看来精品意识是作家艺术生命的组成部分，作家的创作实际上给自己作传。"作家生命的意义就是创作，作品就是作家的传记"[2]，这句话朴素而简洁地概括了他对作家创作意义的根本理解。作家不认真去创作，无疑是在消耗自己的生命。"作家生命的意义在于艺术创造。而创作唯一所可依赖的只有作家自己的生活体验、生命体验和艺术体验。各个作家的那些体验的独特性，在胎衣里就注定了各自作品的基本形态。既如是，作家只能依赖自己的独特体验达到自己的文学的目的，以实现所憧憬着的艺术世界的崇高理想。企图以非文学的因素达到文学的目的，无论古今无论中外的文坛都没有永久得手的先例。"[3]

　　陈忠实认为作家要创作出优秀的作品，首先得注重学习，以汲取宝贵的养分。"物质的贫乏可怕，而精神的贫乏更可怕。人生的漫长道路上，一个又一个岔路口的选择，一道又一道险关泥沼的跨越，是书籍这个忠诚的朋友，帮我辨别真伪，给我奋斗的力量，而终于使我没有沉溺苟活，而且继续开阔着我的视野，加深着我对世界的理解，同时也加深着我对自身

---

[1] 陈忠实：《文学依然神圣》，见《陈忠实文集》第5卷，人民文学出版社，2015年，第422页。
[2] 陈忠实：《作家要有使命感——答裔兆宏问》，见《陈忠实文集》第10卷，人民文学出版社，2015年，第313页。
[3] 陈忠实：《柳青的警示——在柳青墓前的祭词》，见《陈忠实文集》第6卷，人民文学出版社，2015年，第246页。

的认识。"①提升自己创作能力的最佳方法是读书,他读了一个冬天又一个春天,即便文坛新刊新人新作辈出,他依然在冷静地读书。对于陈忠实来说,靠频繁发表文学作品让读者记住自己并不明智,关键是能否创作出优秀作品,而好的作品要能够经得起读者与时间的检验。同时,他还主张向生活学习:"新的生活,新的人物,常常使人有新鲜感,也有陌生感。我已切身感到需要进一步到生活中去学习,去感受,去结识新的人物,创造新的艺术形象,才不辜负时代对我们的期望。我以为,作家深入生活,认真地研究生活,在自己的生活领域里有了独自的发现,通过作品发出独特的声音,也许能逐渐根除文坛上频频而起的'一窝蜂''雷同化'的现象。"②在生活体验中他强调要全身心投入才可能有新的发现。"我们总是想不断地突破自己现有的创作水平,探索新的课题,而基本的一个功力,就是直接从生活中掘取素材的能力。直接掘取,意味着要直接进入生活,不仅是观察生活的旁观者,而且是要和人民一起进行新的生活的创造。"③

其次,陈忠实强调作家要有自己的文学追求。他认为一个作家的文学理想,应该是创造性的,要勇于创造出"思想内涵包括文学形式上的一种全新的形态",否则,这个作家"是立不住的"。作家希望创造出属于自己独有的艺术世界、艺术形态,但作品发表出来却是属于人民的、民族的,这就是作家价值的具体体现。陈忠实认为要实现自己的文学理想就必须有独特的体验,而且这种体验是个性化的,创作过程的艺术体验也是独特的、唯一的,"这才有可能形成作家独特的创作风格"。在他看来,最为关键的是作家本身不能削弱也不能淡忘自己对新的艺术形态的探索和追

---

① 陈忠实:《忠诚的朋友》,见《陈忠实文集》第3卷,人民文学出版社,2015年,第477页。
② 陈忠实:《深入生活浅议》,见《陈忠实文集》第1卷,人民文学出版社,2015年,第543页。
③ 陈忠实:《和生活的创造者一起前进》,见《陈忠实文集》第1卷,人民文学出版社,2015年,第539页。

求，不能满足于已经取得的由相当成熟的艺术实践经验支撑的创作成就，这才有可能不重复自己也不重复他人。

再次，作家要拨开迷障确立自己的思想，要不断磨砺自己的思想。"世界上伟大的作家都是思想家。因此，如果没有形成独立的思想，不具备那种能够穿透历史和现实的独立精神力量的话，那天才也就起不了作用。"[1]作家的思想形成与时代、个人思维、反省能力、环境有密切联系。他说："作家在认识世界揭示世界解剖世界，以求深刻地反映世界的时候，很需要思想做解剖刀；而这把解剖刀应该是双刃的，一面恰恰应该指向自己的内里；不断地审视、解剖自己的灵魂，才可能获得解剖世界解析历史解剖现实解剖别人的思想和力量，才是可靠的。"[2]作家面对感兴趣的生活，不论是现实的还是历史的，必须有能力穿透到一个新的层面上，这样才会有新的发现。"作家探索的勇气和艺术创造的新鲜感所形成的文学信念是无法比拟的，我感觉好像要实现一个重要的创造理想，但是，也有达不到目的的担心存在。一个作家关键的东西是自我把握，自我把脉太重要了，不能简单地不加分析地听任社会上一些人对你的'褒'和'贬'。如果久久得意于自己的一时表扬，目光也会短浅起来，无法把才智发挥到极致。重要的是使自己不断跨越已有的成就，对自己不断提出更高的新目标和新要求。"[3]因此，在他看来，作家要自觉反省，勇于自我否定，努力排除非文学的意识以接近本真的文学，进行真正意义上的艺术创作。"中国文学总体也进行着剥离，从非文学进入文学。我也在努力促

---

[1] 陈忠实：《在自我反省中寻求艺术突破——与武汉大学文学博士李遇春的对话》，见《陈忠实文集》第7卷，人民文学出版社，2015年，第433页。
[2] 陈忠实：《生命的审视和哲思》，见《陈忠实文集》第7卷，人民文学出版社，2015年，第263页。
[3] 陈忠实：《文学的信念与理想》，见《陈忠实文集》第7卷，人民文学出版社，2015年，第333页。

进自己完成新的剥离，达到新的从未有过的体验。"①即使自己是从模仿开始，即使有崇拜的对象，也必须保持头脑清醒，保持自己的独立人格，争取早日走出影子。"崇拜是一种学习，在获得了被崇拜者的精神和艺术精髓以后，就要尽快走出被崇拜者的阴影，摆脱被崇拜者的巨大吸盘，去走自己的路，去开拓只能属于自己的艺术天地，去实现自己的艺术理想。如果不是这样，而是长期蜷伏在被崇拜者的巨大艺术阴影底下，你所能做的便是对被崇拜者的艺术重复，不仅对自己来说有渎于创造的神圣含义，对文学界来说只会造成艺术创造的萎缩。"②

陈忠实的精品意识还体现在他所坚守的"一本书主义"。他说："'一本书主义'确是丁玲说的话。其实，作为以写作为生命、视文学为神圣的一代又一代作家，谁都在追求着创作一部恒久不泯的小说，且不敢提高到太高的'经典'的档位；哪位作家也不想自己耗时熬夜精心写作的作品无人问津以致湮灭。丁玲不过是把别的作家不好意思出口的话直白地倡扬出来了。"并且强调："'一本书主义'是作家的创作理想。为了这个理想，作家一部接着一部进行创作探索和艺术实践，这是普遍现象，也更符合创作这项少数人从事的较为特殊劳动的性质，即把对生活的体验和生命的体验表述出来，所谓不吐不快。"③

陈忠实的精品意识还体现在他的文学观念和实践创造中。在他看来，作家创造着的生活是幸福的，"创造着是幸福的"④。这种幸福感还是作

---

① 陈忠实：《心灵剥离》，见《陈忠实文集》第6卷，人民文学出版社，2015年，第302页。
② 陈忠实：《文学是一种沟通——与莫斯科大学留学生汪健的通信》，见《陈忠实文集》第5卷，人民文学出版社，2015年，第418—419页。
③ 陈忠实：《有关体验及其他——和〈陕西日报〉张立的对话》，见《陈忠实文集》第10卷，人民文学出版社，2015年，第387页。
④ 陈忠实：《创作感受谈》，见《陈忠实文集》第3卷，人民文学出版社，2015年，第493页。

家的一种独特体验，"幸福是有别于欢乐的一种独特的创作心境"[①]。而且，创造是作家生命意义的重要组成部分，"作家靠作品赢得读者，也体现自己的创造价值"[②]。为此，他将"寻找属于自己的句子"视为自己文学人生的终身追求，也就是李建军所说的经历蝶变：即从公式化创作到生活体验，从生活体验走向生命体验。第一个转变与时代有关，许多作家都做到了，后一个转变是陈忠实形成自身特色的关键，它显然受到时代的影响，却并非经历过这个时代的作家都能够顺应潮流而变。陈忠实作为陕西当代作家，他身上有着地域作家的共性——精品意识。陕西当代作家在创作时均有精品意识，暗中较劲，良性互动。这种意识从杜鹏程开始，他根据自己随军收集的素材，几易其稿，终于改出被冯雪峰称为"英雄史诗"的《保卫延安》。杜鹏程的成功刺激了柳青，他将杜鹏程成功的原因归结为熟悉生活和修改，于是下定决心在皇甫村深入生活，搞创作，且经过不断修改，《创业史》在中国青年出版社出版之后获得了评论界的好评，被称为"十七年"时期的文学经典作品。精品意识在20世纪80年代的作家身上也有体现。路遥的《人生》引起广泛关注后，当不少人认为这是他难以逾越的高度时，不甘平庸的他又开始向文学的又一高峰攀登，他决定在四十岁之前写一本自己感到规模最大的书，终于创作出了《平凡的世界》。路遥《人生》的成功刺激了陈忠实。为了创作《白鹿原》，陈忠实花了两年时间阅读各类书籍，阅读文学书籍是为了在艺术上打开自己，而非文学书籍则是在思想上打开自己。写完《白鹿原》，他意识到小说可能不被时代接受，但他并未妥协。陈忠实坦陈《白鹿原》的创作是难得的一次从生活体验上升到生命体验的艺术体验过程，当下一次生活体验的激情未引发新的生命体验时，并不能仓促动笔，否则，就是浪费作家的生命。

---

① 陈忠实：《创作感受谈》，见《陈忠实文集》第3卷，人民文学出版社，2015年，第491页。
② 陈忠实：《人生九问》，见《陈忠实文集》第6卷，人民文学出版社，2015年，第322页。

回看人生，陈忠实由衷地说："《白鹿原》凝结了很多我个人的生活经验，可以说，它是我生命的提炼。"①

陈忠实还强调作家要把文学作为一生的追求，扎牢人格根基，坚守不成熟不动笔的原则。道德品质在作家的精神世界里是树根，是墙基，树能长多高不取决于树冠的大小和树干的粗细，而取决于树根的深度和扎根面积。墙要垒得高而稳，必须把墙基打扎实。陈忠实说："人与文，道德评判与美学评价的关系也许比较复杂，但从根本上说，作品的境界，还是决定于作者的人格。人格是一个作家搞文学的立足点，是给作品提供灵魂的东西。写东西写到最后，拼的就是人格。人格糟糕的人，可能在技巧上、才情上显得与众不同，引起别人的注意，但是光靠这些，弄不出大作品。"②陈忠实坦言，作家要"把文学作为自己终生所要从事的事业，就应该是'六十年一个单元'"③。而作家创作不能草率，也不能炒作，更不能商业化，要努力让每一部作品令自己满意，令读者满意，因为这已经不是单纯地写作了，还是作家在写自传。陈忠实由此道出了他的创作观念和原则，他本人也如此践行，即便是任何一个细节不满意，也不可仓促动笔。他曾一直在"三秦人物摹写"中要写短篇小说《王鼎尸谏》，实地考察、走访、查资料准备了十年多，就因为缺乏对王鼎上朝细节的充分把握，一直到去世也未敢动笔。④

回顾陈忠实的写作姿态，简而言之就是一个迎合与反思的过程。早年越迎合，后来的反思也就越强烈。一个作家不管以怎样的方式与过去决

---

① 陈忠实：《作家要有使命感——答裔兆宏问》，见《陈忠实文集》第10卷，人民文学出版社，2015年，第311页。
② 李建军：《一个朴实的作家及其真实的思想——陈忠实印象记》，载《北京文学》2001年第12期。
③ 陈忠实：《我信服柳青三个学校的主张——〈信任〉获奖感言》，见《陈忠实文集》第1卷，人民文学出版社，2015年，第531—532页。
④ 陈忠实、冯希哲、张琼编选：《陈忠实访谈录》，陕西人民出版社，2016年，第372页。

裂，他身上总免不了留有过去的影子。陈忠实正因为有迎合与反思，他的创作才呈现出既疏离又契合，疏离中坚硬而粗犷、契合中柔软而细腻，从而促成了他艺术人生的独特魅力。

选自《陈忠实创作论》，中国社会科学出版社，2024年

乡村历史叙事的一种独特视角

——论《白鹿原》的权力书写

  权力包含冲突与合作两方面的内涵,但文学作品在叙述乡村权力时,通常突出权力双方的矛盾与冲突,这或许是因为权力合作的基础主要是社会契约,其强调理性与法律,而这正是现代社会的特性。社会学家对乡村权力有不同的论述,作家却始终在建构个人的乡村世界,只不过这个世界同样有着掌权者与无权者,在对这些人物的塑造中自然呈现出作者对乡村权力的思考。不少作者选择了底层视角,批判乡村权力的执行者,并由此进入对人性的批判。也有作者并未停留于此。乡村社会的每个个体都挣扎在权力场中,无论是掌权者还是无权者都有着对权力的崇拜心理,无权者一旦拥有权力也可能对他人实施暴力。既然人性有此弱点,单纯批判也就于事无补,在人性批判之外,一定还有值得探讨的空间。陈忠实小说中所建构的乡村权力就有着更为深刻的内容。

  陈忠实自幼生活在今西安灞桥区,他深感具有严格等级制度的帝王文化以及"关学"中"明礼教、敦风俗"的士人文化造就了一方地域的代代礼仪之民。"封建思想封建文化封建道德教化成为乡约族规家法民俗,渗透到每一个乡社每一个村庄每一个家族,渗透进一代又一代平民的血液,形成这一方地域上的人的特有文化心理结构。"[1]等级制度规定每个个体在权力场中的不同位置,礼仪教化又在约束个体各安其位。

费孝通认为我国传统乡村社会权力有四种类型:横暴权力、同意权力、长老权力、时势权力。对于一个作家来说,社会学家的理论观点可能不会成为他创作的素材,偏于感性的文学作家与偏于理性的社会学家,在面对社会这同一个对象时,多少会产生相似的感受。作家的创作毕竟以表达自我为主,对乡村社会权力的思考也就带上了个人的印迹。权力为一种控制的力量,在陈忠实的关中乡村世界中,教化权力的书写最有意义。

在以血缘关系为主的传统乡村,族长通过传统赋予的特殊地位实现对乡民的控制,长幼有序原则规定长辈对晚辈具有教化权力。在陈忠实的小说中,教化权力主要表现为族长对村民、长辈对晚辈进行的以儒家精神为核心的传统礼教的规训,如《白鹿原》中身为族长的白嘉轩在白鹿村修建祠堂、创办学校、制定乡约,教民以礼仪,使白鹿村成为"仁义村"。族长与长辈的教化权力是传统所赋予的,这是因为乡村社会文化较为稳定,长辈的经验足以让晚辈应对生活中出现的各类事情。"同一戏台上演着同一的戏,这个班子里演员所需要记得的,也只有一套戏文。他们个别的经验,就等于世代的经验。经验无须不断积累,只需老是保存。"[2]虽然教化行为本身对受教化者有益,但受教化者对这种先于自己而存在的文化会有不适感,教化过程中难免存在责难,如白嘉轩责备初婚后沉溺于性事的白孝文,《四妹子》中的公公训斥丈夫不管教媳妇四妹子。教化权力存在于宗族之间,违规者有时遭受的是严厉的体罚,《白鹿原》中几次写到违反礼教的村民遭受刺刷子抽打,如聚众赌博的白兴儿等、被视为乱淫的田小娥与白狗蛋、被田小娥勾引的白孝文。对这种传统所赋予的权力,无论是教化者还是受教化者都是认可的,即便如受到革命思想影响的鹿兆鹏面

---

[1] 陈忠实:《我说关中人——〈灞桥区民间文学集成〉序》,见《陈忠实文集》第5卷,人民文学出版社,2015年,第326页。
[2] 费孝通:《乡土中国 生育制度》,北京大学出版社,1998年,第21页。

对祖父的杖责，也只能无奈地承受。但20世纪上半叶的白鹿村并不封闭，外来的各种思想冲击白鹿原的传统观念，教化权力也开始丧失它的震慑力，权力拥有者有时显得力不从心。遭杖责的鹿兆鹏的执意"抗婚"；白孝文的继续堕落，身为长辈的鹿子霖与白嘉轩也只有放弃，听之任之；或者将孩子扫地出门，以维护家长的权威与面子。

白嘉轩是白鹿精神的继承者之一。"白嘉轩就是白鹿原。一个人撑着一道原。白鹿原就是白嘉轩。一道原具象为一个人。"①《白鹿原》中承担教化权力体现得最为复杂的是白嘉轩，他不仅作为一个父亲承担了教化孩子的权利，还有作为一个族长教化白鹿村村民的权力。作为家族的楷模，人格精神为了与族长身份匹配，白嘉轩处处身体力行，以身作则，恪守他一直信奉的儒家伦理道德和信条，顽强地捍卫着一个族长的权威和地位，以其独特的身份成为整个白鹿村的道德及行动楷模。作为族长，他的教化目的是让每一个白鹿村人成为合格的村民，所谓合格的村民，就是遵守乡村中的规范。作为父亲，他教化的对象是子女，体现为"严父"形象，当儿子白孝文与女儿白灵的行为并不符合传统行为规范时，他采取了强制措施。尤其是白孝文这个新族长与田小娥有了关系后，白嘉轩大义灭亲，当着全族人的面惩罚儿子，这种行为使全族人信服。小说在写白嘉轩时，写到了他的腰杆由直到弯。直和弯体现的不仅是外形，还有个人内在的精神修养。但有意思的是，白嘉轩的腰杆直与弯的变化与他的精神境界存在着矛盾。

白嘉轩腰杆的"直"是作品中反复出现的关键词，精心治族的白嘉轩腰杆的意象在文中出现过多次。小说关于白嘉轩腰杆又直又硬的描写，最早出现在黑娃与长工父亲鹿三的对话中。在小说开始时白嘉轩与众人无异，后来白嘉轩腰杆变直变弯都与一个重要的人物——黑娃有关。黑娃是一直被白嘉轩善待的长工鹿三的儿子，鹿三在本本分分践行自己长工的义

---

① 陈忠实：《寻找属于自己的句子——〈白鹿原〉创作手记》，上海文艺出版社，2009年，第89页。

务时，还希望自己退休后儿子黑娃能"子承父业"。可惜黑娃从来不那么认为。黑娃成年后，在一次鹿三与其对话中，鹿三希望黑娃继续去嘉轩叔家熬活时，黑娃说出了深藏在心中的顾虑，他嫌"嘉轩叔的腰挺得太硬太直"了。而在一次家被土匪抢劫之后，白嘉轩的腰杆被打弯了，从前又直又硬的腰变得佝偻起来："那挺直如椽的腰杆儿佝偻下去，从尾骨那儿折成一个九十度的弯角，屁股高高地撅了起来。"

　　腰杆的"直"是外形，作者如此设置显然是要通过白嘉轩这一独特的外形特征体现出他的性格特征。从继承到传承的信念中，白嘉轩秉持着儒家的仁义传统，坚信族长神圣的权威，希望白鹿村能在自己的治理中更加兴旺；而白鹿村的村民们自始至终也没有怀疑过白嘉轩的威信，于是教化权力的模式在白鹿村自然而然地生长着。虽然处在时代交替的特殊时期之中，白嘉轩仍以他又直又硬的腰杆逃离政治与时世的侵扰，挺起腰杆实践着属于他的人生哲学。白嘉轩的腰杆又直又硬都与其教化权力的形成息息相关，而教化权力则通过他对村民的管理体现出来，既仁厚又威严。待长工鹿三大方仁慈，他遵照父亲的做法，收麦子后让鹿三拿足自己的口粮，再帮着装麦子。他资助鹿三的儿子黑娃去学堂读书，并且让他的两个儿子与黑娃友好相处，体现出他作为主家的仁义和宽厚。他关心孤儿寡母，得知李寡妇卖地是为了还债以及生活，他不仅将地归还，还送了几石麦子和一些银钱。作为族长，他率领全村全力抵抗白狼的侵扰，成功修复围墙，不仅有效地阻止了白狼的威胁，也使得白嘉轩确切地验证了自己在白鹿村作为族长的权威和号召力，从此他更加自信。在久旱少雨的时节，他统领村民求雨拜神；当看到村民们被苛捐杂税打压，从不沾染政治的他，发动鸡毛传帖与官府据理抗争。

　　同时，他严格按照族规管理村民，始终关心着民生疾苦，用尽心思治理族群。当村民染上赌博的恶习，听话者鞭打跪祠堂，不改者实行"吃屎"这样极端惩罚。白嘉轩在执行族规时不仅"狠"而且一视同仁。当白孝文与小娥厮混的事情传到他耳朵里，他让族人将白孝文绑到了祠堂，跪于祖先牌位之下,让全村成年男性每人抽一鞭子,自己更是不解气得一直抽。

白嘉轩腰杆的"直"体现出白嘉轩作为族长的身份所应该具有的性格特点——永远不妥协。他那挺直的脊背是其作为家长,作为族长信度的量尺,是世代相传族约乡约的天然天平,在他的心中有其最为朴素的价值与理念。他的身上流着传统的儒教血液,他的行为都在践行着传统儒家"天行健,君子以自强不息"的顽强精神,更是传统教化权力的典型代表。白嘉轩作为封建家长、族长,一直努力履行着属于自己的责任和义务,一生奉行仁义慎独,永远不妥协,永远保持着旺盛的生命力。同时对白鹿村的治理,家庭的治理苛刻顽固,没有多少道理可以讨价还价。乡约、族规、家法是千百年传下来不可改变的法律法规,可是白嘉轩的腰杆真的就能一直"直"下去吗?教化权力真的能够在社会转型时期起到无可替代的镇静作用吗?答案不言而喻。白嘉轩又直又硬的腰杆背后还有其作为家长、族长面具下的虚伪和残酷。作为族长,他直接或间接地酿成了一些弱者的人生惨剧,最明显的是针对田小娥的规训。

田小娥是《白鹿原》中稍有些离经叛道的女性,原因是她并不安于命运的摆布,而是主动选择自己的爱情与婚姻。这个在现代社会被肯定的追求,在乡土社会则成为终生的耻辱。这显然是针对女性而言的,缘于女性极度卑微的地位。传统乡村的继替关系偏重父系,"在家从父,出嫁从夫"的规训使得女性社会地位低下,男性天生拥有性别所赋予的权利。因为性别不同,孩子在抚育上会受到不同的待遇:"女孩子被认为是讨债鬼,不但在教育上受不到和她们兄弟同等的注意,甚至在出生时也有即被溺死,或很小时就被抛弃或出卖的。"[①]两性交往上,女性依然为弱势,周作人曾这样说:"假如男女有了关系,这都是女的不好,男的是分所当然,因为现社会许可男子如是,而女子则古云'倾国倾城',又曰'祸

---

① 费孝通:《乡土中国 生育制度》,北京大学出版社,1998年,第243页。

水'。倘若后来女子厌弃了他，他可以发表二人间的秘密，恫吓她逼她回来，因为夫为妻纲，而且女子既失了贞当然应受社会的侮辱，连使她失贞的也当然在内。"[1]源于乡村女性与男性极不平等的地位，作者对田小娥的反叛行为表现出极大的同情，并设置了被遗弃在家独守空房、无法满足欲望却只有压抑致死的鹿冷氏。可悲的是，鹿冷氏的挣扎并没有得到他人的同情，丈夫鹿兆鹏以"革命"的名义将她抛弃，甚至在爱情的名义下与白灵同居。没有人会因为她的死掬一把同情泪，即便是她的父亲，在无法控制的情境下也只想她快快了断。弃合法妻子于空房，追求自由的爱情这种现象在民国时期"一夫多妻"制度下极为常见。将贞节放大到超越生命，只是因为女性的生命并不重要，男性"误入迷途"而知返是值得肯定的，女性却没有这样的待遇。即便小说做了大量的铺垫，田小娥在与黑娃结合之后，仍然被视为"烂货"，并且将黑娃"拖"下了水。黑娃"执迷不悟"于不合规范的爱情，因此被拒绝进祠堂。田小娥的境况由此愈加艰难，被公公鹿三杀死，甚至成为瘟疫的源头，尸骨被挖出来焚烧，并遭高塔镇压。应该说，田小娥并不反抗男性权力，跟了黑娃后，她愿意做一个安分守己的女人。她反抗的是性别权力中女性的被动地位，以及道德教化中的贞节观念。只不过在白鹿原中，执行权力的是男性，反抗教化权力也表现为对权力执行者男性的反抗，她为之付出了生命。对田小娥的死，白嘉轩作为族长显然是有责任的，他在执行教化权力时以惩罚为主，并始终维护权力的威严，对违反传统道德规范的村民冷酷无情。

同时，作为一个族长，他也有缺乏血性的一面。当镇嵩军侵入白鹿原，胁迫他召集村民交粮时，他虽然适当抗争，最后还是经不起威胁敲了锣，使他最终没有完成一个勇于与邪恶势力斗争不畏强权的勇士形象的塑造。虽然开始时他有所反抗和挣扎，可当他认识到反抗苍白无力时，便顺从沉默地过属于自己的生活了。当黑娃在原上掀起风搅雪，以及田福贤等

---

[1] 周作人：《道学艺术家的两派》，见《谈虎集》，止庵校订，北京十月文艺出版社，2011年，第230页。

人疯狂报复使得整个白鹿村都动荡不安时，他愤怒反感，可他仍然沉静地生活，以一种超然物外的态度来对待这一切。也许他的超然是因为他深知自己对这场风波的无能为力。

作为一个农民，在中国这个具有浓厚权术文化氛围中成长起来的他还有狡诈的一面，表现在他的发家史上。族长的一言一行对村民都起着表率作用，但白嘉轩的某些行为却无法与此联系起来，这一点与他腰杆的"直"形成了反差。在发现鹿子霖家的慢坡地里有白鹿时，他设计换地，因为他相信这块土地会助他人财兴旺，因此，他不惜用产量高的水田骗得亩产很低的鹿子霖家的坡地，后来他又借口祖坟漏水，名正言顺地将祖坟迁到这块风水宝地上以求白家兴旺发达。他甚至把不问世事的冷先生也拉了进来。在家宅风水归正了之后，他开始考虑致富。为了快速谋取利益，他第一个在白鹿村种植罂粟，而不考虑种植罂粟带来的后果。虽然他深知鸦片的危害，甚至对沉迷鸦片的人深恶痛绝。白嘉轩的致富路体现出地主阶级不能深究的发家史。

在权力结构中，白嘉轩是白鹿原的最高权力者，但在行使教化权力过程中，他是专制而残忍的，他展示给村民们的不是长辈的宽容，而是无情的鞭子；给孩子们的不是如山的父爱，而是淡薄的亲情。他并非滥用职权，对权力也并未表现出贪婪与渴望，相反他是陈忠实有意塑造出来的中国传统乡村社会中正统人格的象征。他深受儒家思想的影响，笃守"耕读传家"传统，是"仁义忠厚"地主的典范。

身为传统正统权力的掌控者，白嘉轩有着超强的不容被怀疑的优越感，可这种优越感是缺乏博爱精神的。这种缺乏博爱精神的权力是权力者怀着俯视的态度向下看的权力。这就在本质上导致白嘉轩在向下看时不可避免倾泻出傲慢的态度并且缺乏足够的耐心，当他向下看时，总是要板起脸来训诫他人，于是这种教化权力自然而然缺少了韧性和柔度。在这一点上从白嘉轩对小娥的态度上可以看出，对白孝文是如此，对白灵如此，甚至对仙草也是如此。他对长子白孝文的教育和惩罚所得到的结果却与他本意背道而驰，最能说明问题。这也说明了他权力的严格和固执，而从被教化的角度来说是残忍的，不被尊重的。这也从一个侧面说明我们的中国传统权力有着严重的缺陷——缺乏对一切生命的平等、博爱和仁慈的意识。虽然这种权力在理论的层次上并不刻板，甚至具有理论上的亲和性，可是在实际操作时却被反亲和力所取代。

在白嘉轩腰杆"直"的时候他的精神世界有"弯"的一面，但在腰杆被打折之后，他的精神世界却恢复了"直"，甚至还带有柔软的部分。虽然腰被打断了，白嘉轩却依然刚毅坚韧，即使在腰还没有完全治愈的时候，他就不顾鹿三的劝阻，执意强忍着痛苦下地干活，证明自己还有顽强的生命力，更是证明自己作为族长、作为家长的权威，并不会轻易因为腰杆子弯了而消逝。在腰病治愈以后他竟然出现在白鹿村"忙罢会"的戏台前，"平静地坐在蒲团上，双手扶着小车头的木格上，脸色平和慈祥，眼神里漾出刚强的光彩"。在全村弥漫着一种被土匪洗劫后灰色的低迷气氛，他也坚持戏要照样唱，并强忍着腰痛，正经地端坐在戏台下，这一举动本身，充分体现了他刚强的性格，以及贯穿其始终的顽强的生命力。

最精彩的还是面对原上的瘟疫，他对田小娥的冤魂表现出的一身正气，采取不退缩的态度。田小娥被刺杀后，原上闹瘟疫，田小娥的鬼魂不断出现在众人面前，最终附在鹿三身上。在村民面对死亡的恐惧越来越强烈时，田小娥的鬼魂借鹿三之口说出瘟疫是她招来的，甚至提出要给她修庙。惊慌失措的族人唯小娥鬼魂之命是从，在小娥的窑院前烧香祈祷；他们甚至跪在白嘉轩面前，求他为田小娥修庙塑身。村民烧香磕头，他认为这是邪恶战胜了正义，即便村民代表恳求，自己的儿子也下跪时，他抛开众人劝阻，固执地说："我不光不给她修庙还要给她造塔，把她烧成灰压在塔下，叫她永世不得见天日。"在敬鬼以救人与舍命以追求正义之间，白嘉轩选择了不退缩，要"修庙塑身，除非你们来杀了我"。为了突出白嘉轩的一身正气，小说中有意写了三个老者、白嘉轩的儿子白孝武以及冷先生的妥协。冷先生的话值得重视："救人要紧。只要能救生灵，修庙葬尸算啥大不了的事？人跟人较量，人跟鬼较啥量。"委曲求全并无大碍，活命是最为重要的。白嘉轩显然并未屈服于民众的意愿，他坚持以"正"压"邪"，在田小娥的窑上建塔。如果说，田小娥在死之前是值得同情的弱者，那么在死后当她成为复仇女神，且引发了瘟疫流行时，她就成了值得批判的毒瘤了，毕竟有太多的生命因为瘟疫而失去。于是，他建造了七级宝塔，让田小娥永世不能见天日。建塔与焚烧尸体显然不是治理瘟疫的方法，小说为了表现这种"正"的力量，写到造塔之后，"鹿三果然再没有发生发疯说鬼话的事"，只是"日见萎靡，两只眼睛失了神气，常常丢东忘西说三遗四"。鹿三背后杀死田小娥这一行为本身也带有"邪恶"的意思，不过是以邪制邪，如果田小娥的"邪"被镇压了，这种"邪"同样被镇压，或者说，他也得为自己身上的"邪"买单。

而作为封建家长，白嘉轩对孝文寄予了极高的期望，当他目睹孝文堕落的场面，虽然深痛的绝望和震怒使他瞬间昏倒在地蜷缩一团，但他并没有就此倒下。"要想在咱庄上活人，心里就得插得住刀。"因为白嘉轩是传统权力的顽强坚守者，他不能倒下，他要撑得起白鹿村的一切。即使被土匪打断了腰，再剧烈的疼痛他也要强忍着，虽然腰挺不起来，佝偻着腰，如狗形状，然而白嘉轩依然要仰面看人，他的精神也要又直又硬，永远不会被打倒。黑娃因土匪经历被关押起来，白嘉轩感到惊慌失措。在原上，白鹿两家一直在明争暗斗，鹿子霖显然斗不过白嘉轩。在城里，白家的后代混得最好的是白孝文，当上了滋水县县长；鹿家的鹿兆鹏官职虽然更大，却一路跟队伍打到新疆去了。从这一点上看，白家仍然胜过了鹿家。但在枪决黑娃时，白嘉轩"气血猛目"。让他生气的应该是一个好人竟然被枪毙了，但这种气似乎也没有对象可言：怪罪白孝文，白孝文可以推到政策头上，责怪父亲"不懂人民政府的新政策"，"乱说乱问违反政策"。白嘉轩显然并不认可白孝文的做法，但他也无能为力。以政府的名义，个人的决定也变得顺理成章。而在此时，离开白鹿原，他的教化权力已经丧失了。

白鹿村是一个氏族社会，白嘉轩无可厚非地就是氏族中的长老，掌控着族中大大小小的事务。白嘉轩腰杆的"直"与"弯"体现出他个人精神品格的直与弯，由直走向弯的白嘉轩实际上更为真实。不能否定白嘉轩腰杆的"直"，但同样不能无视他腰杆的"弯"。承担教化权力的主要人物本身在精神品格方面的复杂性揭示出教化权力的问题。乡村社会的发展离不开长辈、家族权威人士等的教化，它是社会阵痛时期的良药，是中国传统氏族的稳定剂，是乡土社会有条不紊发展的有力保障。教化的对象是一个集体，因此它考虑更多的是群体而非个人的利益，由此，个人的正常需求必然会被否定甚至漠视。它确实压抑了人性的自然生长，田小娥的需求在这种压制中不得见天日，白灵、白孝文与仙草们也同样被这样束缚和压制着。

白嘉轩的精神品格的形成与他所处的历史时期以及他所属的阶层密切相关。白嘉轩处在中国这片传统的土地上，又生长在这样的氏族中，他的思想和行为方式必然会被打上烙印。处于一个动荡的时代，白嘉轩的固执与顽强，白嘉轩对权力的把握与消解都在历史的洪流中凸显了出来。一个国家，一个民族，一个人都是一个矛盾的整体，不但有它积极的因素，又有其消极的一面。从白嘉轩腰杆的直与弯可以看出乡村精英精神品格的复杂性，由此，体现出乡村传统文化的两面性。

选自《陈忠实创作论》，中国社会科学出版社，2024年

陈忠实的诗词观念与审美特质

陈忠实的人生价值不单单体现于五百万言所构筑的丰赡言语系统，固然如此宏阔而形象、深邃的文学世界是一个作家心路历程的情感记录，是构成民族富有文化涵蕴的精神遗产的有机部分，但相形而言，主体精神人格的自觉及其社会责任担当所生发的昭示与唤醒作用，更有益于民族面向未来、谋求人的全面发展肌体自我调节功能的启动与加速。陈忠实"默默地自觉地担负着文学的社会责任，以'思想的深刻性、准确性和独特性'奠定自己艺术人格的基础，努力步入创作的自由境界，创作出优秀的作品，开拓并优化民族的精神世界……陈忠实的文学生命，相当完美地体现了求真、求美、求超越的文学精神"[①]。畅广元先生准确而精辟的概括无疑是对陈忠实人生价值魂魄的确切表述，陈忠实的价值观念同样也通过其诗词创作的情志话语得以展现。

一、艺术人格与世俗人格的统一

用时间丈量的生命总是有限的，而人类始终追求生命的延伸，充满想象的故事情节最终被宇宙的现实打回原形；时间的区间即为生命过程，生和死的权利并未掌握于自己手里，冰冷的现实迫使人企图将区间的价值

---

① 畅广元：《陈忠实文学评传》，陕西师范大学出版总社，2020年，第235页。

予以最优化，以使有限生命意义最大化，无疑精神的可伸缩性带给人以希望，如此精神延长生命价值的可能性会以个人的人格魅力而存在，它告知人们实现生命意义的可延伸愿望，人格自修是唯一的路径。因此，古而来之，不论中西，人格论既是人生存过程必然面对的普泛性命题，无论贵贱贫富，都在以修炼的方式探索既定的人格理念；同时，它也是哲学家们无法回避的认识论元命题，无论唯物主义者还是唯心主义者。时至今日，话题的争议并没有因为喋喋不休无法产生共知而告终，可见其复杂程度和波及面之广。但这些理念困扰并未让人格自我养成的修为自行中断，渐而渐之，获取大众认可的人格修为最终通过人的统一向善性而获取普遍的话语权，进而反作用于人格理论的分化与弥合。这在注重人伦和人论的中国体现得更为充分。

在传统的价值观念中，"文如其人""字如其人"已演绎为一个定律。思想现代而精神传统的陈忠实对此尤为看重，并且长期恪守其道，在大地上用自己的生命履约写了一个大大的"人"字。他说："文如其人，字亦如其人。任何艺术形态的创造愈是到高处，就愈显示着艺术家的生命体验和人格精神，这才是决定艺术个性的最要害的东西。"[1]在陈忠实看来，文品即人品是天经地义的，二者相互依存相互制约，而人格是基础，是根本，起决定作用。"人格对于作家是至关重大的。人格限定着境界和情怀。"[2]因此，作家的创作是"抒写自己的情怀，浇铸的是自己的人格"[3]。现实告诉我们，陈忠实对文品即人品的信念常常只是人们，或者绝大多数人的美好理想和追求的目标，并不能等同于现实的绝对必然；也就是说文品未必与人品高度契合。但是，通常的规律也告诉人们，世俗的人格会在其作品中会表露无遗，无论是潜伏的还是显性的，作者的意图与

---

[1] 陈忠实：《灵人》，见《陈忠实文集》第6卷，人民文学出版社，2015年，第310页。
[2] 陈忠实：《解读一种人生姿态》，见《陈忠实文集》第7卷，人民文学出版社，2015年，第356页。
[3] 陈忠实：《生命的审视和哲思》，见《陈忠实文集》第7卷，人民文学出版社，2015年，第264页。

刻意隐藏都会通过接受过程被发现。由此而催生了艺术人格论。

艺术人格论是一个既古老而又新鲜的范畴。中国古典文论自诞生以来，一直强调审美创造主体人格对艺术作品、艺术风格以及艺术境界的影响作用，极力推崇文品与人品的统一。就传统文论观点而言，艺术作品自然而然是世俗人格的载体，循此逻辑，世俗人格不仅限定艺术家审美活动的内在维度，并以调节或规约的方式左右着主体的生命动态过程，进而渗透到艺术作品当中，融汇成真善美相统一的艺术人格。

对艺术人格的内涵的认知也存有未确定性。畅广元认为艺术人格就是"作家在其艺术实践活动中所表现出的总体精神风貌"[①]。宋耀良则认为艺术人格是"艺术家在长期艺术实践活动中形成的艺术追求，包括风格、个性、原则，以及艺术创造实迹的总和"[②]。而佘向军的观点则是："艺术人格是指作者在艺术品中的个性特征、心理、气质、能力和行为的总和。"[③]这三种观点的趋同性表现在三个维度：艺术实践过程、精神特质、整体性。我们以为，艺术人格相对于世俗人格而言，它是艺术家在长期的艺术创造活动中，以个性化艺术品形式所呈现的创作原则、心理、气质、风格、才识及行为的整体风貌。艺术人格并不等同于世俗人格，但艺术人格境界追求其与世俗人格的统一。不确定性的艺术风貌难以或无法认定为艺术人格。陈忠实的诗词作品基本创作于他艺术观念成熟之后，已有稳定且明显的艺术人格，并且体现出艺术人格与世俗人格相统一的特点。

诗词创作是陈忠实抒怀遣兴、表情达意、即景会心的一种心性外化形式，是一种兴之所至而自然流露的交流方式，不像写小说和散文那样需要体验构思精心谋篇再付诸文字，多为他个人非刻意而为，因此格律缺少严格推敲，但这并不是阿喀琉斯之踵，反倒尽显一种不事雕琢的自然美。正如他所言，诗词只是一种用于抒情言志的艺术形式。对于未经过专业训练

---

① 畅广元：《论中国古代作家艺术人格的建构》，载《人文杂志》1995年第2期。
② 宋耀良：《艺术家生命向力》，上海社会科学院出版社，1988年，第218页。
③ 佘向军：《小说叙事理论与文本研究》，光明日报出版社，2015年，第24页。

的陈忠实来说，诗词能做到"形古神今"，且别有洞天，确实难能可贵。但是，创作必然有观念支配，内容和形式的关系在他看来，并不是内容决定形式或形式服从内容这一逻辑命题那么回事，而是先有体验的内容不得不发的创作欲望，进而与之相适应的形式就随之产生了，不需要筛选来确定。这个来自个人切身感受的见解，无疑是对实践的经验总结，对文学创作论内容与形式问题是一大贡献。陈忠实强调："应该说艺术和思想是互为交融的，一个新的艺术形态不会孤立地从天而降，它是与那种新的思想在穿透历史的过程中同步发现、同步酝酿、同步创造而成的。"[①]他同时认为形式是内容的恰切载体，离开独特内容的形式，即便形式再独特也会失去应有的价值，"艺术形式包括语言的选择，都是为作家业已体验到的内容而苦心求索的。离开了内容而选择一种新的艺术形式，或者没有对生活新鲜而独自的体验，单是展示一种自己感兴趣的新的艺术形式，很难获得期望的效果"[②]。从这个角度而言，诗词是陈忠实抒怀的恰切形式，而非刻意的创作，因此，对他的诗词审美应着眼于内容是王的原则，兼顾形式要素为妥。就此而论，王鹏程所言"讲究平仄、恪守韵律固然能增强诗词的美感，但如果不敞开灵魂、吐露本心，又极易落入旧套式的藩篱，也难以动人以情……创作述怀因灌注了自己的深刻体验，真诚感人，也是他的诗词里可读性和艺术性最好的"[③]，为切实到位的评论。

王鹏程同时在文中借用清代词人况周颐的话评述陈忠实的诗词艺术风格为"重、拙、直"。他进一步阐释道：

> "重"，即"沉重之调，在气格，不在字句"，"情真理足，笔力能包举之，纯任自然，不加锤炼，则'沉着'二字之诠

---

① 陈忠实：《文学的信念与理想》，见《陈忠实文集》第7卷，人民文学出版社，2015年，第336页。
② 陈忠实：《作家都在思考这个时代——答〈江南〉杂志黎峰问》，见《陈忠实文集》第10卷，人民文学出版社，2015年，第337页。
③ 王鹏程：《灞桥风雪因鹿鸣——论陈忠实的旧体诗词创作》，载《新文学评论》2017年第3期。

释也"。"拙",是拙硬、拙厚、拙朴、古拙,出自天然,而非拙劣、拙笨、拙陋(《蕙风词话》卷一)。庄子所说的"既雕既琢,复归于朴",即指此。明清之际的著名书法家傅山论书艺有"宁拙毋巧、宁丑毋媚、宁支离毋轻滑、宁直率毋安排"的"四宁四毋"论。书艺如此,诗词亦然。陈忠实的书法(陈忠实称自己不是写书法,而是用毛笔写的毛笔字而已),也多少切合此论。"直",是指用词直接,不避奇峭,刚劲倔强,以骨气见胜。陈忠实的诗词,注重心灵与主观感受的表现,含婀娜于刚健,自然真率,凝重沉着,可谓其人格与文品的真实写照。尤其是创作述怀类的诗词,任心而动,摆脱了音律和平仄的束缚,直抒胸臆,气畅势顺,元气淋漓。既翩跹回翔,也豪迈宕逸,古拙厚重之中散出慷慨悲壮之意。同时又不落沮丧,排遣了一种慷慨悲凉、倔强大气的情绪,展示出一种苍劲而富有韧性的生命力量和开敞豁达的人生境界,既耐得住咀嚼,也提供给我们一个洞察作者文学园地和心理世界的独特窗口。[①]

如此概括与阐释基本抓住了陈忠实诗词创作的核心风格元素,但是对诗词所蕴藉的气韵蓄势欠缺准确把握。我们从诗词中首先感受到的是作者独有的气韵,不同作家的气质不同,透过语言组合溢出的气韵千差万异,并且同一作者不同心绪下创作的也不尽相同。正如王国维评述李白的诗歌风貌:

> 太白纯以气象胜。"西风残照,汉家陵阙"寥寥八字,遂关千古,登临之口。后世唯范文正之《渔家傲》、夏英公之《喜迁莺》差堪继武,然气象已不逮矣。[②]

此处所言太白之气象实为王国维后来提出的境界说之大境。而贾平凹曾在

[①] 王鹏程:《灞桥风雪因鹿鸣——论陈忠实的旧体诗词创作》,载《新文学评论》2017年第3期。

[②] 王国维:《人间词话》,彭玉平译注,中华书局,2016年,第25页。

鲁迅文学院做过的一次《一是写什么，二是怎么写》的讲座，他则从主体感悟的角度分析了气韵不同所产生的语言因素。其中，他谈到不同的语言风格形成的原因时，有几段心得很值得我们咀嚼。他讲道：

> 我觉得语言首先与身体有关。为什么呢？一个人的呼吸如何，你的语言就如何。你是怎么呼吸的，你就会说怎样的话。不要强行改变自己的正常呼吸而随意改变句子的长短。你如果是个气管炎，你说话肯定句子短。你要是去强迫自己改变呼吸节奏，看到一些外国小说里有什么短句子，几个字一句几个字一句的，你就去模仿，不仅把自己写成了气管炎，把别人也读成了气管炎。因为外国人写的东西，他要表现那个时间、那个时段、那个故事情境里出现的那些东西，如果你不了解那些内容而把语言做随意改变，我觉得其实对身体不好。
>
> 我对搞书法的人也讲过，有些人写的字缩成一团儿，那个字你一看容易犯心脏病。遇到身体不好的老年人，我经常说你要学汉中的那个"石门铭"，那个笔画舒展得很，写那个你血管绝对好。语言也是这样，笔画是书法的语言，咱们谈的文学语言，与身体有关、与呼吸有关，你呼吸怎样，你的语言就怎样。[1]

很显然，在贾平凹看来语言的气韵和作者的身体、气质有直接关系，也可以理解为个人的气质和气血直接通过语言表露出来。他同时还分析了不同地理环境和不同的文化语境，也会生发不同的语言风格。他继续讲道：

> 当年我对陕北民歌和陕南民歌做过比较。你把那陕南民歌用线标起来，它的起伏特别大，就像心电图一样哗哗地就起来了。后来我一看，陕南民歌产生的环境，它那种线条就和陕南的山是一回事情。而陕北民歌和陕北那儿的黄土高原是一样的。所以

---

[1] 根据贾平凹讲座记录摘选，下同。

说，任何地方，地方不一样，山川不一样，文化不一样，人也就不一样，产生的戏曲不一样，歌曲不一样，蔬菜长得都不一样，就是啥都不一样，但它都是统一的完整的。从里边可以吸收好多东西。

同时，贾平凹认为语言和个人道德还直接关联。他说：

> 一个人的社会身份是由生命和后天修养完成的，这就如同一件器物，这器物会发出不同的声音。敲钟是钟的声音，敲碗是碗的声音，敲桌子是桌子的声音。之所以有些作品的语言特别杂乱，它还没有成器，没有形成自己的风格。而有的文章已然有了自己的风格了，有些文章它里面尽是戏谑的东西、调侃的语言，你把这作品一看就知道，他这个人不是很正经，身上有些邪气；有一些语言，很华丽，但是没有骨头，比喻过来比喻过去没有骨头，那都是些比较小聪明、比较机智、灵巧但是也轻佻的人；有些文章吧，有些句子说得很明白，说得很准确，但是没有趣味，写得很干瘪，那都是些没有嗜好的人，就是生活过得特别枯燥的那些人。从语言能看出作家是宽仁还是尖酸，能看出这个人是个君子还是小人，能看出他的富贵与贫穷，甚至能看出他的长相来。时间长了，你肯定会有这种感觉。画画、书法、音乐、文学，任何艺术作品，这些东西都能看出来。

也就是说，虽然文学语言是主观性表达，但其组合为言语方式，受身体、生命和道德三者的影响制约，简而言之，文学的语言表达方式是个人的气质和德行的外在呈现。因此，气韵对于诗词来说至关重要，一则短小，不必像散文小说那样需要长时间的酝酿，它多为一气呵成，即兴而发，气韵显然相对稳定集中。二则诗词多发自内心情感的直接宣泄，气韵难以遮蔽和隐匿。

陈忠实诗词作品整体呈现出沉雄、朴真、凝厚、平实的风格。沉雄即深沉、刚毅而雄阔，朴真即拙朴、拙硬而本真，凝厚即凝思聚神、稳健而敦厚，平实即平直而质实。陈忠实的诗词，无论创作感怀，还是酬答唱和，无不体现出沉雄之气象，毫无纤细婉约之感，大气久蓄，宣泄而出。"涌出石门归无路，反向西，倒着流。""倒着走便倒着走，独开水道也风流。自古青山遮不住。过了灞桥，昂然掉头，东去一拂袖。"自然散发出一种刚毅而胸阔的气势，即便面对四年煎熬情，前边情感已低回，结尾依然表露出一派沉雄之气象："注目南原觅白鹿。绿无涯，似闻呦呦鸣。""云开飞虹，神州望，钟声撩拨心声。""踏过泥泞五十秋，何论春暖与春寒。""骊山北眺熄烽火，古原南倚灼血幡。""少陵原畔说兴亡，终南无语雾苍茫。""且唱且走塞北地，大风再起过黄河。"这些诗句莫不蕴藏着沉雄之气。

陈忠实的诗词作品还富有朴真美。朴真美是一种天然美，体现在不加雕饰的性情自然流露，不巧不媚、不急不躁、不轻不滑，浑然天成。朴真美也是一种境界，是来自生命体验后的一种平和心境。所谓凝厚是指诗作中随处透露出的人生感悟与深邃思考，此意融境，总能给人以启迪与哲思美。诸如"体验未深不谋篇""鉴史最是亡国恨，兴邦恰需配济方""久纳日月光，复承地脉育""踏过泥泞五十秋，何论春暖与春寒""从来浮尘难化铁，十年无言还无言""自信千古，有耕耘，就收获""花无言，魂系沃土香益烈""独开水道也风流"等，不仅使诗词凝思聚神，境界陡升，且透出深邃的哲理意味，平添了稳健敦厚感。平实指诗作既有用语造境平直，不事雕琢，不显山露水的简约美，更有来自真心真诚真实情志抒发，磊落实在的质实美感。而这些境界、情愫、风格与品质相互交融，相得益彰，从而凸显出陈忠实独有的艺术人格魅力，与世俗人格形成对应与呼应关系。艺术与现实在陈忠实的诗词创作活动中相协同。

"文学是一种典型的人格现象。它是人格在文本中的一种诗意化象征化的投射。有什么样的人格就有什么样的文学。人格健全的人，才能写出精神健全的文学；人格伟大的人，才能写出境界高迈的文学。"[①]李建

---

① 李建军：《陈忠实的蝶变》，二十一世纪出版社集团，2017年，第387页。

军将作家的人格分为认同型和批判型，认为陈忠实的人格游离于认同型和批判型之间，某一阶段表现出批判型人格倾向，有时又会出现认同型人格现象。[①]对此，陈忠实的人格表现确有波动现象，用他的"体验说"来分析，如果思考进入生命体验状态，则呈现出批判型特征，而在自我剥离之前，以认同型为主。但是，整体而言，其世俗人格是稳定的。那么，陈忠实的世俗人格究竟是什么样？邢小利在《陈忠实年谱》中引用评论家，也是陈忠实老朋友刘炜评的话评论陈忠实："深沉、端方、大气、朴厚"，并且强调刘炜评自述的人格判断前提是文格与人格的一致，"刘炜评说，他喜欢风格一致的人"[②]，这或许是对陈忠实人格即文格最简约扼要的概括！

二、情志表达对艺术范式的超越

诗词，尤其是旧体诗词，有严格的格律要求，它是音乐的派生物，虽然时代发生了变化，语音也与古时有不同，以北方方言为基础的普通话并不能作为判断古音韵的标准，即便西安曾经是汉唐的政治经济文化中心，关中方言也在千余年的历史演进中因多次的民族交融，引发了内在的变声变调和语义的迁移，但是，以平水韵为基本的诗韵体系仍然是旧体诗词创作的格律规范，"形古神古"的境界不仅是对格律的特定要求，还是作家文化人格的内在精神层面的展现，即使《中华新韵》接近《平水韵》，也难以呈现那个时代特有的风神，因为旧体诗词有其特定的艺术范式。

平水韵将汉字分列为上平声、下平声、上声、去声、入声五大部分，每个声部都包含若干韵目：上平声十五韵，下平声十五韵，上声二十九韵，去声三十韵，入声十七韵，韵目排列有序号，计一百零六个韵目。旧体诗词讲求押韵，押韵并非完全是我们今天所理解的韵母相同音调和声即

[①] 李建军：《陈忠实的蝶变》，二十一世纪出版社集团，2017年，第387—389页。
[②] 邢小利、邢之美：《陈忠实年谱》，陕西人民出版社，2017年，第101页。

可入韵。况且绝句、律诗还有相应的格律要求。而对于词而言，通常叫填词。填词所依据的体式与声韵谱叫"词谱"。现常用的词谱为《康熙钦定词谱》，简称《钦定词谱》，是清康熙时，陈廷敬、王奕清等奉康熙之命而编写的，共收录词牌826种，体式2306个。词韵大致分三类，即平声韵、上去声韵和入声韵。上去声在词中属于一个韵部，可以通押。至于每个词调该押平声韵还是押仄声韵，韵脚在何位置，每个词调皆有规定。有些押仄声韵的词调，规定必须押入声，而不能押上去声韵。每个词调哪里需要押韵，需要押什么声调的韵，是押平声还是押仄声，是平仄互押还是一韵到底，词谱里都有具体规范。而且词的句子，基本是律句，平仄要求很严格。

对这些艺术范式，陈忠实显然未谙其道，存在范式方面违例现象，但是为何仍能给人们以强烈的艺术感染力？究其根本原因有三：

其一，气韵出格。明人谢榛在其《四溟诗话》有不少论述，切合陈忠实的作诗填词实际。他说："诗无神气，犹绘日月而无光彩。学李杜者，勿执于句字之间。当率意熟谈，久而得之，此提魂摄魄之法也。"[①]在谢榛看来，诗词中包孕的气韵至关重要，莫要刻意推敲拘泥于词句，而且他认为"提魂摄魄之法"就是熟读吟诵。陈忠实突然对旧体诗词发生兴趣是在创作完《白鹿原》之后，采用的诗词习得之法正是谢榛所言"率意熟谈"：

> 我依旧应邀为办红事白事和建造新房的村民乡党当账房先生，这些差事在这小村子里未必每月都能遇上一回；依旧在不能下地的雨天和夜晚，和那几位相对稳定的棋友下象棋；这种调节和休息毕竟费时不多，更多的时间是在自己小书屋里阅读。这是我预料不到的一次阅读，竟然对几十年不断阅读着的小说（包括名著），在写完《白》稿之后顿然失去了兴趣，竟然想读中

---

① 谢榛：《诗当有神气》，见张葆全、周满江《历代诗话选注》，陕西人民出版社，1984年，第223页。

国古典诗词了。尽管未能接受高等文科教育，深知国学基础浅而又薄，然几十年来仍然兴趣专注于现当代文学和翻译文学作品的阅读，从来也舍不得把业余有限的时间花费到国产古典词章的阅读中去。这回突然发生的阅读中国古典诗词的兴趣，也并非要弥补国学基础的先天性不足，再说年届五十记性很差为时已晚了，可以说是没有任何功利目的纯粹欣赏的兴趣。我后来想过，这种欣赏兴趣的发生，在于古典诗词的万千气象里的诗性意境，大约是我刚刚完成小说写作的长途跋涉之后所最渴望沉湎其中的。然而，在《白》的阅审尚未确定的悬心状态里，又很难潜心静气地进入其中，以至用高声朗诵的措施来排解对《白》可能发生的不堪的结局的焦虑。现在，有了高贤均和何启治的肯定，也有李星的别具个性的语言的肯定，我便完全松弛下来了，进入一种最欣慰也最踏实的美好状态，欣赏古典诗家词人创造的绝佳意境就成为绝好的精神享受了。①

这段文字起码提供给我们三个信息。第一，《白鹿原》完成后尚未发表，但已获得《当代》杂志高贤均和何启治两位编辑以及评论家李星两方面的肯定，焦虑代之以松弛的心境下，突然对诗词发生了兴趣。稍有阅读经验的人都知道，兴趣阅读的效率最高，而兴趣阅读的非理性必须有惬意的环境和心情来为选择提供保障。此时，欣慰所带来的松弛感，加之祖屋的踏实环境，自然促成了陈忠实这一新的艺术体验过程。第二，他自知与古典诗词有隔膜，但是发生了兴趣，就采用了"率意熟谈"的方式徜徉于"古典诗词的万千气象里的诗性意境"，这个心理过程是毫无功利性的，不像以前的阅读，目的很明确。第三，此时对长期从事小说创作的他，一时对小说失去了兴趣，这对解读他的诗词创作透露了很重要的信息。同一范式的体验会导致审美疲劳，进而创作兴趣会迁移到其他形式上，甚或是

---

① 陈忠实：《寻找属于自己的句子——〈白鹿原〉创作手记》，上海文艺出版社，2009年，第161页。

不熟悉有障碍的艺术样式中，发现新鲜的审美激情。至于这一时期，他对古典诗词的兴趣点及其收获在哪里？陈忠实记述道：

  我在原下小院津津有味地读着古典诗词，不觉进入夏季，炎热到我在平房小书屋里难以忍耐，便把一张竹椅挪到舍弃已久的祖传上房里。这幢不知住过多少代祖宗的木头房子，隔着一层木制楼板，有了隔断，尽管破烂不堪，却仍有隔热作用，比较凉快，我便能够继续吟诵李白、杜甫、苏东坡和陆游等的诗词，兴致不减。读着读着，竟然也想试一试了，虽然粗浅幼稚，多少可以感知到当年的心态情绪。

  …………

  我已记不得这首词写作的具体情景，不外乎这样几种可能，许是傍晚落日的晚霞里在河堤上散心，或在水中洗涮黏汗，一时兴起，有了写作的冲动；也许是朝霞初露时在原坡上欣赏日出的壮景，看到自东向西一路蜿蜒过来的披着霞光的河水，便有了某种想要抒发的欲望，然后回到小院的小书屋或老木房里，歌颂这条世界上离我最近的河流。我以往的小说包括尚未面世的《白》，其中的风景描写多有涉及这条河的文字，却几乎全是这篇或那篇小说人物在这条河边发生的人生故事。现在，我直接面对这条河了，这条我平生触摸的第一条河，也是平生都不曾离开的一条河，似乎此时突然意识到这条河从我心里淌过，我的血液时时都受到河水波浪的拍击，与河水融合了。我填写成了这首《青玉案·滋水》，已经是物我相融相寄了。虽自知文字直白，却也直抒胸臆；不为示人，只是一时兴起；也未必太多自赏，倒是留下刚刚写完《白》稿且得到难得的肯定和评说之后的真实情状。平生不敢吹牛，更不习惯炒作，填一首拙词，泄一下窝聚胸间多年的创造欲望之气，于心理乃至生理都是一种释放的需要，词的韵律和平仄都顾不及了。①

从中可以看出，陈忠实的诗词阅读同样是随意而非理性的，与景碰撞便产生了写作旧体诗词的冲动，便开始了另外一种艺术形式的探索。这次探索不带有任何的功利性，纯粹一时兴起，直抒胸臆，以满足心理乃至生理上宣泄的需要，并"不为示人"。这正应了谢榛所言之"兴"与"趣"：

> 诗有四格，曰"兴"，曰"趣"，曰"意"，曰"理"。太白赠汪伦曰："桃花潭水深千尺，不及汪伦送我情"，此兴也；陆龟蒙咏白莲曰："无情有恨何人见，月晓风清欲堕时"，此趣也；王建宫词曰："自是桃花贪结子，错教人恨五更风"，此意也；李涉上于襄阳曰："下马独来寻故事，逢人惟说岘山碑"，此理也。悟者得之，庸心以求，或失之矣。②

谢榛同时言道："自古诗人养气，各有主焉。蕴乎内，著乎外，其隐见异同，人莫之辨也。"③而宋人吴可在《藏海诗话》中言道："凡诗切对求工，必气弱。应对不工，不可使气弱。"此言正切中陈忠实诗词创作之要害。也就是说，陈忠实的诗词写作"求工"不能，但出自直抒胸臆的兴趣而为，数十年所蕴藉之气"蕴乎内"，写作时则"著乎外"，通过诗词作品的韵致得以展现，从而冲破了范式的框律。

其二，情真动人。黑格尔有言："艺术的本领在于通过想象去把握和玩味感情。"罗丹也说："艺术就是情感。"中国古话也认为"情真自然成至文"。古今中外，文学观念即便有再大的差异，但是具体到区别其他科学的情感特质上，却表现出不约而同。说到底，文学是情感的艺术。真挚而强烈的情感，既是艺术的本质要求，也是艺术的所在，缺少情感的作

---

① 陈忠实：《寻找属于自己的句子——〈白鹿原〉创作手记》，上海文艺出版社，2009年，第162—165页。
② 谢榛：《诗有四格》，见张葆全、周满江《历代诗话选注》，陕西人民出版社，1984年，第221页。
③ 谢榛：《诗人养气》，见张葆全、周满江《历代诗话选注》，陕西人民出版社，1984年，第223页。

品是很难维持其生命力的。白居易说："感人心者，莫先乎情。"艺术家在审美活动启动的时候，首先表现为情感的物我相融，艺术文本本身就是情感的表现形式。陈忠实的诗词长在以情动人，正如他自陈诗词写作的即兴，源于对熟悉的灞河深沉的情感观照："现在，我直接面对这条河了，这条我平生触摸的第一条河，也是平生都不曾离开的一条河，似乎此时突然意识到这条河从我心里淌过，我的血液时时都受到河水波浪的拍击，与河水融合了。"真情促发的诗词抒怀必然有浓烈而真挚的情感，不仅这种情感浸润于物我交融中，同样也出现在酬答唱和诗作中。正如王国维所言："大家之作，其言情也必沁人心脾，其写景也必豁人耳目，其辞脱口而出，无一矫揉装束之态。以其所见者真，所知者深也。诗词皆然。持此以衡古今之作者，可无大误也。"[1]同时，王国维还强调了主体情感审美创造活动从一而终的重要性。他说道："诗人对宇宙人生，须入乎其内，又须出乎其外。入乎其内，故能写之；出乎其外，故能观之。入乎其内，故有生气；出乎其外，故有高致。"[2]从这个意义上而言，陈忠实诗词写作缘情起兴，以情动人，无疑增添了作品的艺术感染力，使诗词成为情感交流的磁场，律法森严的格律形式随之退居其次。

其三，妙句生境。陈忠实的诗词频有妙句。《青玉案·滋水》句句无不体现一个"妙"字："涌出石门归无路，反向西，倒着流。杨柳列岸风香透。鹿原崎左，骊山踞右，夹得一线瘦。　倒着走便倒着走，独开水道也风流。自古青山遮不住。过了灞桥，昂然掉头，东去一拂袖。"《踏莎行》有句"柳丝情长，春草不老"。《阳关引》有句"花无言，魂系沃土香益烈"。《七律·和路友为先生诗》有"体验未深不谋篇"，《七律二首·故乡》有"踏过泥泞五十秋，何论春暖与春寒"和"从来浮尘难化铁，十年无言还无言"，《酹江月》有"云开飞虹，神州望，钟声撩拨心声"。这些妙句或人生感悟，或情景凝神，或思开气象，陡然使诗词提神

---

[1] 王国维：《人间词话》，彭玉平译注，中华书局，2016年，第167页。
[2] 同上，第180页。

摄魄以意入境。"词以境界为最上。有境界则自成高格，自有名句。五代北宋之词所以独绝者在此。"[1]"境界说"为王国维诗学理论首倡，也因此成为中国传统文论体系的重要内涵和价值之一。在王国维看来，境界是诗词批评的重要尺度，有境界者"自成高格"，而高格在其理论体系为人格与诗格的统一体，由此可见，"自有名句"便成为境界和高格的妙门所在。陈忠实的诗词妙句以意入境，也可说以意成境，从而融意、趣、理为一体，中和了体格不严的瑕疵和缺陷。

陈忠实诗词胜在气韵、胜在情真、胜在妙句，促成了情志表达对艺术范式的整体超越，给人以沉雄、朴真、凝厚的美感。

三、意境超验与意象世界的交融

"春来寒去复重重。掼下秃笔时，桃正红。独自掩卷默无声。却想哭，鼻涩泪不涌。 单是图利名？怎堪这四载，煎熬情。注目南原觅白鹿。绿无涯，似闻呦呦鸣。"此为陈忠实之《小重山·创作感怀》。词中"注目南原觅白鹿。绿无涯，似闻呦呦鸣"通过模仿原上觅鹿，建构起以主体心灵为中心的比喻系统，以动态的还原描摹出作者对艺术理想孜孜以求的心境，进而彰显出非单"图名利"，心系民族命运"秘史"追寻意念情怀之博大。而"春来寒去复重重。掼下秃笔时，桃正红"则以兴象为引，触发情感联想，使"煎熬情"之态、之深、之难得以淋漓尽致地展示。由此而观，意象世界不只是客观物体的情感对象化，还有来自表意需要的虚拟仿象辅助，从而使陈忠实诗词中的意象世界更为丰富多样，审美超验层的根基更为宽厚。意象世界负载了陈忠实抒情言志的心理图式，引致超验的自然生发移情显然成为最可依赖的媒介，当他与曾经熟悉的或新鲜的物象产生物我相交感应之时，意象世界便会伴随移情使客体生命化，从而抵达意境超验。

---

[1] 王国维：《人间词话》，彭玉平译注，中华书局，2016年，第1页。

当陈忠实面对"流过千古离别送行的灞桥，水里溅落着依依不舍的泪珠，也翻卷着无以数计的诗词吟诵"的滋水倒流河，已经发生了移情，"我直接面对这条河了，这条我平生触摸的第一条河，也是平生都不曾离开的一条河，似乎此时突然意识到这条河从我心里淌过，我的血液时时都受到河水波浪的拍击，与河水融合了"。似乎河不是河床流过，而是内化为身体里的血液，流经全身的七经八脉，成为主体的感受；滋水不再是一条河，而是情志抒发的意象世界，是精神世界的一部分，以至于他感觉与河水融合了，"已经是物我相融相寄了"。之所以能使主客体相融相济，就在于切身的"枕头"工程的生命体验和艺术体验过程的经历。"这个'枕头'说来单纯到再不能单纯了，在我却时时感受到它的沉重的分量，从幼年的文学兴趣到中年的创作理想，已经凝聚为唯一的生命追求的实现了；这个'枕头'，能够让我以欣慰的心情枕着离开这个世界，不应是一个随意打制的东西。"也就说无论忍受四载"煎熬情"，还是"注目南原觅白鹿"，其意旨在于具象的"枕头"，而"枕头"的意义就是自己生命的意义所在，"枕头"便成为一个表象系统，蕴含了白鹿、桃花、滋水、家菊、野菊、梨花、骊山、故乡等等的意象，而非单体的物象或浅层的喻象，恰恰是他生命哲思与物象相融相济的升华。陈忠实曾经说过："从生活真实升华到艺术真实，这是我这一生追求的创作境界，也是我作为一个读者在阅读中所体会到的。在我的阅读过程中，我发现能否由生活真实过渡到艺术真实，对于一个作家来说，至关重要。"[①]

进入境界层面，对陈忠实来说并非世俗人生的达观修行目标，而是一个作家对生命意义的理念认知，是个体生命追求永恒价值的至真至善至美的欲念。因之，他创作一直在追求创新，而创新何其难也，但当生命进入一种境界，便会脱胎换骨。他也清楚这个规律。"抵达自由创造境界，至为关键的一点在灵性。人们常说悟性。如果再进一步追问，靠什么完成

---

① 陈忠实：《让生活升华为艺术——答〈文化艺术报〉贾英问》，见《陈忠实文集》第9卷，人民文学出版社，2015年，第510页。

悟的过程？或者说凭什么才能有所悟？靠灵性。……再就是后天积累的学养，不单是书法知识，政治的、哲学的、历史的诸多人文知识的装备；还有个人的生活经历和生活体验，形成对社会对人生对历史对现实的基本态度和姿态；以及个性气质，综合为一个人的气质和素质，都决定着那个灵性的大与小轻与重的质量，也决定着所谓悟性的质量和结果，自然就决定着艺术创造的境界了。"①这也是陈忠实十分注重生命体验的很重要的原因。因为抵达自由创造境界，客体的物会在意念的对象化过程中表现出随机性，无论"造境"还是"写境"。王国维说：

> 有造境，有写境。此理想与写实二派之所由分。然二者偏难区别。因大诗人所造之境，必合乎自然，所写之境，亦必邻于理想故也。②

同时王国维又给出例子将"造境"与"写境"进一步推展。他阐释说：

> 有有我之境，有无我之境。"泪眼问花花不语，乱红飞过秋千去"，"可堪孤馆闭春寒，杜鹃声里斜阳暮"，有我之境也。"采菊东篱下，悠然见南山"，"寒波澹澹起，白鸟悠悠下"，无我之境也。有我之境，以我观物，故物皆著我之色彩。无我之境，以物观物，故不知何者为我，何者为物。此即主观诗与客观诗之所由分也。古人为词，写有我之境者为多，然未始不能写无我之境，此在豪杰之士能自树立耳。③

> 境非独谓景物也，喜怒哀乐，亦人心中之一境界。故能写真景物、真感情者，谓之有境界；否则谓之无境界。④

> 无我之境，人唯于静中得之；有我之境，于由动之静时得

---

① 陈忠实：《天性与灵性》，见《陈忠实文集》第8卷，人民文学出版社，2015年，第279页。
② 王国维：《人间词话》，彭玉平译注，中华书局，2016年，第3页。
③ 同上，第5页。
④ 同上，第14页。

之。故一优美，一宏壮也。①

　　由此可以看出，主客体的情景交融在意境超验体现中至为重要。那么实现情景交融，在陈忠实的审美活动中又是如何展开的？他是通过生命体验来提纯超验，以移情来建构意象世界。他说："生命体验是可以信赖的。它不是听命于旁人的指示也不是按某本教科书去阐释生活，而是以自己的心灵和生命所体验到的人类生命的伟大和生命的龌龊，生命的痛苦和生命的欢乐，生命的顽强和生命的脆弱，生命的崇高和生命的卑鄙等难以用准确的理性语言来概括而只适宜于用小说来表述来展示的那种自以为是独特的感觉。"②也就是说，在陈忠实看来，生命体验往往无法以理性的方式呈现，必须借助于艺术特有的方式来表达，才能做到准确和深刻。在这个继生命体验之后的艺术体验便成为自我人格完善的过程——因为超验已使生命的意义得以升华。"生命是有质量的。生命本体都是平等的神圣的，然而生命的质量却有巨大差异，这是生活实际，也是生活常识。有理想有抱负的人，企图把自己有限的生命在这个世界上释放出最大的能量，为社会的进步和发展做出有益的贡献，这个生命的质量就得到升华了。从这个意义上讲，克服困难承受痛苦不仅是获取知识的过程，也是一个人获得行世的自信获得立于天地的力量的过程，也是人格发展人格完善的过程。"③因此，陈忠实一时热衷于诗词创作，也就不难理解了。在陈忠实看来，"诗歌既是他人生脚步的履痕，又是激发他新的步调的昂扬进行曲，也是他不断完成精神剥离的催化剂，还应是陶冶性情完善道德的一渠清流"④。而意象世界的建构则通过移情来实现物我相融相寄。

---

① 同上，第9页。
② 陈忠实：《兴趣与体验——〈陈忠实小说自选集〉序》，见《陈忠实文集》第6卷，人民文学出版社，2015年，第220页。
③ 陈忠实：《生命质量的升华》，见《陈忠实文集》第7卷，人民文学出版社，2015年，第297—298页。
④ 陈忠实：《精神高蹈之履痕，坚实行走的伴唱——〈黄楼吟〉序》，见《陈忠实文集》第9卷，人民文学出版社，2015年，第297页。

移情是艺术家把情感移入某种对象，让情感与对象融为一体，也就是艺术家对对象富有情感的想象，借助主体对客体的对象化来实现情感的表现与交流，以使人进入特定的情感世界。它是一种心理现象，通过移情可以使情感表现更加丰富、强烈。刘勰有言："登山则情满于山，观海则意溢于海。"审美的移情，不是指身体感觉，而是把"我""感"到审美对象里面去，"使自己就在对象里面"，达到我与对象的"完全同一"，也就是物我相融相寄。黑格尔称之为人从外界事物中"寻回自我"。移情是艺术创造中普遍的心理现象，有其客观根据和内在动因。移情作用的客观基础是一种特定情绪，这与主要对象的审美特征有类似之处。所谓"兴者托事于物""心入于境""情与境会"，就在于客观"物""境"的形态、性质与主观的"心""情"具有相似点，所以才能"景以寄情""我具物情，物具我情"，发生移情作用，景物便成为移情的对象与客观根据。"移情"的内在根源则是主体的审美感知和审美意识的能动作用。抵达自由创造境界可借助联想和想象，从对象中激起"我"的意识，使自己的情感和思绪对象化和外化，使对象可以演化为"我"的代言。景物本为无情物，唯有主客体发生审美互换，转化为审美情感，完美移情，意象世界方能承载意境超验。陈忠实所感受的外在客体就是通过这一移情使意境超验融入意象世界，达到物我相融相济。"柳丝情长，春草不老""花无言，魂系沃土香益烈""体验未深不谋篇""踏过泥泞五十秋，何论春暖与春寒""从来浮尘难化铁，十年无言还无言"莫不是如此。最典型的当是《青玉案·滋水》。此诗虽写倒流河滋水的独特个性，又未尝不是自我心理活动与精神人格的完美的投射和寄托，正如陈忠实所言："我填写成了这首《青玉案·滋水》，已经是物我相融相寄了。"

四、诗歌观念与自我镜像的共生

诗歌观念是主体在诗歌审美活动中形成的特有的理念认知。陈忠实的诗歌观念形成较晚，是在后《白鹿原》时期，一时对诗词发生兴趣，随之引发直抒胸臆的诗词创作，并在诗歌批评实践活动中逐步形成。因此，具有随感式、个性化、普泛性的特点。其诗词的创作见解与主张，主要通过自我诗词创作体悟和为他人诗词作序、评论等方式得以呈现的，主要包括了"情境意会说""抒情言志说""真情实感说""情怀境界说""赤子之心说"等。

陈忠实的"情境意会说"是一种诗歌审美体验的接受与创作感受性观念。他认为欣赏诗歌体会情境，有些诗是不能阐释的，唯有吟诵方可意会到其中的美。他在评析王宜振的诗时就说："这样的诗是不需要解释的，也不适宜解释，任何高明的解释都很难达到精微的语言之外的韵味和意蕴。世界上有许多诗是需要讲解的，也可能有多重意释的；有些诗不适宜解释而适宜吟诵，只有在吟诵时才能充分感受它的美，才能陶醉在无尽的难以言说的情感里。"[1]在他看来，诗的韵味和意蕴和小说散文不同，它是语言的高度提炼，是诗人的情境体验之作，只有不断吟诵才能意会其意，意会其妙，包括语言的节奏、音乐美、意象美，一旦说出来就打破了诗境。诗是需要用心灵去感受的艺术形式。因此，《白鹿原》创作并得到肯定的意见后，一时对过去经常看的小说经典失去了兴趣，却对古典诗词产生了浓厚的兴趣，他便在一种惬意的心境下吟诵李白、杜甫等人的诗歌，这是此前他未曾有过的。

陈忠实认为只有身处没有喧嚣的情境中，才能意会到诗的意蕴。而且，他认为欣赏诗歌，也要走进诗人当时所处的历史语境，通过对具体情境的联想，去感受而不是阐释，去意会而不是分析诗歌的气韵和意味。他在《故乡，心灵中最温馨的一隅》一文中如此记述他对诗歌的感受：

"山开灞水北，雨过杜陵西。"以边塞诗著称的唐代诗人岑参眼里笔下的灞桥河水山原自然气象，恰如大写意的泼墨画。

---

[1] 陈忠实：《你的句子已灿灿发亮》，见《陈忠实文集》第7卷，人民文学出版社，2015年，第468页。

唐明皇李隆基以风流天子的眼光看取这块皇天后土时，更是一片明媚："洛阳芳树映天津，灞岸垂杨窣地新。"这位留下千古传诵的爱情悲剧的皇帝，在他处于王权鼎盛和爱的胶漆状态时，自然免不了对于贵妃池的迷恋："远看骊岫入云霄，预想汤池起烟雾。"而更多的文人墨客都以各自的心态和独特的艺术感觉，写下了这块美丽的土地在昔日的万种风情。王昌龄在白鹿原故居安贫乐道凭吊孔子的弟子颜回和原宽，"偃卧滋阳村"时，所透见的便是"空林网夕阳，寒鸟赴荒园"的清淡到几近凄凉的景象。而杜甫的笔端反倒流泻出少见的柔情："紫燕时翻飞，黄鹂不露身。"勾出来灞河两岸柳林田畴一幅动静有致的生动活跃的图景。"芳秀惬春目，高闲宜远心。"（严维）"读书三径草，沽酒一篱花。"（许浑）"鸭卧溪沙暖，鸠鸣社树春。"（温庭筠）"和烟和雨遮敷水，映竹映村连灞桥。撩乱春风耐寒令，到头赢得杏花娇。"（郑谷）"一条灞水清如剑，不为离人割断愁。"（沈彬）且不说这些诗的美好含蕴，单是诗中所描绘的令人向往的美好境界，就可以了知作为王都的京畿之地灞桥的生态环境多么可人。……我现在可以以诗索图，灞陵山上，古松参天，溪流潺潺，灞水浐河，杨柳依依，紫燕呢喃，黄鹂隐现，鸟唱于林梢，鹿鸣于原畔。这是多么让人神往的生存佳境。[①]

可以说，陈忠实的"情境意会说"是读者接受过程的再还原，是一种自觉的艺术体验，而不是纯粹的理性化理解。在他看来，诗歌的接受更多体现为言外之意、言外之情的再现，理解难以把握微妙的情感。他说自己"不会写诗，却还喜欢读诗，尤其是那些能触及情感的诗。远村的诗就是这种一经阅读便撩拨起无尽思绪波涌的诗，带给我的归宿感，远胜于欧美

[①] 陈忠实：《故乡，心灵中最温馨的一隅》，见《陈忠实文集》第5卷，人民文学出版社，2015年，第397—398页。

诗歌中一些篇章"①。同时，他还把这样的认知移植到诗词创作上。

  我在原下小院津津有味地读着古典诗词，不觉进入夏季，炎热到我在平房小书屋里难以忍耐，便把一张竹椅挪到舍弃已久的祖传上房里。这幢不知住过多少代祖宗的木头房子，隔着一层木制楼板，有了隔断，尽管破烂不堪，却仍有隔热作用，比较凉快，我便能够继续吟诵李白、杜甫、苏东坡和陆游等的诗词，兴致不减。读着读着，竟然也想试一试了，虽然粗浅幼稚，多少可以感知到当年的心态情绪。②

  也就是说，特定的情境，一旦契合了心境，便会自然生发出诗词写作的冲动，不需要小说的构思和酝酿，短小的诗词可以即兴而为，这样才能表达出当时的心境。这也应和了明人谢榛的说法："诗无神气，犹绘日月而无光彩。学李杜者，勿执于句字之间。当率意熟谈，久而得之，此提魂摄魄之法也。"③"率意熟谈""勿执于句字之间"正是谢榛对诗词创作的主张，陈忠实的情境意会经验与谢榛的说法不谋而合。

  "抒情言志说"是基于诗词创作而言的。在陈忠实看来，诗歌这一文学样式就适合抒情言志，这是他对抒情言志的中国的传统文论主张的认同与坚定支持。陈忠实说道："无论古今诗人，无论古体诗或新诗，都为抒情言志。"④他认为诗词，就纯粹是诗人"感时感世感悟生命意义的直抒胸臆之作"，即诗词的"原始意义"。"直接的一点无疑是铁定的可靠，即：写诗词不是为了发表，不是为了当诗人，更不是附庸风雅，纯粹是感

---

① 陈忠实：《在现实的尘埃中思索与漫游——序远村诗集〈浮土与苍生〉》，见《陈忠实文集》第8卷，人民文学出版社，2015年，第382页。
② 陈忠实：《寻找属于自己的句子——〈白鹿原〉创作手记》，上海文艺出版社，2009年，第162页。
③ 谢榛：《诗当有神气》，见张葆全、周满江《历代诗话选注》，陕西人民出版社，1984年，第223页。
④ 陈忠实：《少年笔下有雅韵——〈胡雪诗集〉序》，见《陈忠实文集》第9卷，人民文学出版社，2015年，第286页。

时感世感悟生命意义的直抒胸臆之作，一种心灵的独白，恰恰是诗词写作的原始意义，抒情、言志。"对这一中国传统的文论主张，除了表示格外认同之外，陈忠实更倾向于旧体诗词的形式审美，只要是有兴趣，无论旧体诗词还是朦胧诗，都有其存在的合理性，不要人为地使相互之间产生芥蒂。"中国历来主张'诗言志'。现在一些流派似乎以不言为时尚。我以为这是对诗的理解上的分歧，不愿意以诗言志者可以去朦胧，想以诗言志者也应容忍他们酣畅淋漓地抒发情怀，谁也不要勉强谁，诗坛才能百花齐放，姹紫嫣红。文学在我看来是一种兴趣，仅此而已。诗是文学的一种体裁形式，自然也是一种兴趣。"①在他创作的诗词之中，只有一首《猜想死亡》为现代诗，其他均为旧体诗词，即便是中学期间的新歌谣，也沿用的是旧体诗词的范式，可见，陈忠实对诗词抒情言志传统所持立场之坚定无疑。

"诗者，志之所之也。在心为志，发言为诗，情动于中而形于言。"（《毛诗·大序》）中国古典诗歌的传统，从一诞生就与抒情言志结下了不解之缘，朱自清先生推崇其为中国历代诗论的"开山纲领"。"诗言志"体现了古代文论家对诗本质的认识，它高度概括了诗歌表情达意的功能。"言"，即表达；"志"即人之思想情感。它很早就和西方的叙事性史诗有了分别。在诗学传统观念里，诗歌并不担负记事、议论的职责，叙事性的有史传散文承担，议论自有奏章、说论来分责，诗词就是表达内心的意志。也因此，中国古代文学注重抒情，不重模仿，追求的是简略点染、皴染神似的写意方法，对工笔细描、逼真的写实方法则相对冷淡。所以，中国的诗歌写意与书画同源同理，讲求神韵，从而产生出繁盛的诗学理论流派及其主张。"即景会心""情境交融""气韵说""境界说"等，不仅适用于诗词，同样适用于书画。从形象与抒情言志的关系上来判断，诗歌中情意的表达不是通过抽象的说教来实现，而是通过具体可感的

---

① 陈忠实：《铁骨柔肠赋华章》，见《陈忠实文集》第5卷，人民文学出版社，2015年，第415页。

形象与情志的结合以抒情言志。

那么，抒情言志的具体品格如何判定？如何做到"既随物以婉转，亦于心而徘徊"？陈忠实又以"真情实感说"的原则来提供路径。他认为抒情言志要抒发真情实感，这才是诗词创作的王道。陈忠实说："刘勰在《文心雕龙》里有一句精辟精到的论述：'既随物以婉转，亦于心而徘徊。'这两句话十二个字，把用一切文体写作的作家的创作本相都说清道白了。暂且避开这句概论的主旨，仅就语言而言，也是精微难违的。作家的语言以怎样的形态'婉转'起来，得'随物'而选择到最恰当最贴切最应手的表述方式；还有'心之徘徊'，可否理解为作家的思想、精神、气质对'物'所产生的体验和感受，决定一种特殊到别无替代的最适宜展示'徘徊'内质的语言方式？这样看来，不管面对什么样的'物'，只用一种语言形态语言结构来写作，而且自鸣扬扬为语言'风格'，是不可思议的。"[1]他从语言到形式结构两个维度，强调了真实体验感受对诗人表达的重要性。陈忠实还在阅读冯在才的诗歌中，切身感受到真情实感所带给他的境界体验："最后要说的是冯在才古体诗的艺术质地，坦诚自如，简洁明朗如晴空云朵；真情实感，时而倾泻如疾雨狂雪，时而亦如细雨薄雪，皆自然畅达，不见当代人写古体诗普遍发生韵凑字捆句的别扭。我很感慨在才的古体诗的畅朗通达，这是极不易的境界。"[2]在陈忠实看来，抒发真情实感是所有艺术创造的真谛，这是毋庸置疑的。"以情动人是艺术创造中的真谛，是基本点也是致命点，这是很不容易做到的。作家通过自己的作品体现他对生活的感知，也是通过作品达到与读者的交流的。读者阅读文学作品，观众看戏看电影，也是通过艺术家创造的人物来交流的。维系艺术家和读者（观众）之间达到感情交流的唯一的东西是真情，

---

[1] 陈忠实：《诗性的婉转与徘徊》，见《陈忠实文集》第8卷，人民文学出版社，2015年，第340页。
[2] 陈忠实：《印在生命脚印里的诗——冯在才诗集〈曲江吟〉阅读印象》，见《陈忠实文集》第8卷，人民文学出版社，2015年，第398页。

是作家艺术家的真诚和他创造的形象的真实。形象的真实在很大程度上取决于感情的真实，人物的喜怒哀乐在情节进展中的分寸的准确把握，可以说严格到一丝一毫不能夸张也不能不及的程度，过或不及都不是准确，都会造成不真实的伪情。"[1]基于这样的认识，他阅读远村的诗歌，感受到的是"与诗人心灵世界的交流"，"我可以发现远村的诗歌写作几乎就是诗人的精神史和生存史的真实写照。每一部诗集，集中体现了诗人某个阶段的现实体验和美学追求，使我在诗歌的阅读和欣赏过程中，完成了与诗人心灵世界的交流和感知"。[2]

针对诗词创作的主体，陈忠实提出的是"情怀境界说"。他认为诗人的人格、品性、情怀对诗歌创作具有决定性影响，可以说是诗作格调高下的决定性因素。他说道："我们研究诗、品诗，要与作者、诗人的情怀联系起来，这是解读诗歌最致命、最直接的密码。陶渊明在退居到南山之时和中举之前的心情显然不一样。人的心理变化和情绪的变化决定着诗词的变化……在我们中国古典诗词里，就充分体现着那些有道德、有良知和社会责任感的伟大诗人传统的品质。在古代，专职的诗人很少，很多大诗人、大文豪都担任着或高或低的职务，有的在朝廷中央，有的在地方，包括苏轼都是这样的。他们在领导一方地域的时候，由民情、国情和政治抱负引发的情怀，都是以他们直接的生活体验抒发出来的。'大江东去，浪淘尽，千古风流人物'文字里涌动的不仅是长江的大浪，更是苏轼自己豪情万丈的精神情怀、内心波浪，旁观者不进入、不参与当时朝廷忠与奸、政见与分歧的矛盾中，没有直接体验，是很难产生这样博大的气魄的。"[3]他十分推崇有高洁情怀之诗，因此对冯在才的诗歌美誉有加：

---

[1] 陈忠实：《唯有真情才动人——读〈肖重声散文选〉》，见《陈忠实文集》第5卷，人民文学出版社，2015年，第333页。
[2] 陈忠实：《在现实的尘埃中思索与漫游——序远村诗集〈浮土与苍生〉》，见《陈忠实文集》第8卷，人民文学出版社，2015年，第384页。
[3] 陈忠实：《别一种情怀》，见《陈忠实文集》第8卷，人民文学出版社，2015年，第357—358页。

"夏荷秋菊红梅青竹，富丽的牡丹热烈的月季和高贵典雅的兰花，这些被古今诗家千万回吟诵赞颂过的美好物体，冯在才依然发出自己独特的感悟，寄托着自身的性情崇尚和审美标志，一种高洁纯粹的心灵趣味。在他眼里和意识里的竹和梅，'枝坚叶绿溢清芳''生来就是钢脾气，不畏风霜雪雨摧'。诗在写竹和梅，着意在一种精神，即做人的最可珍贵的精神品质，诗人做人的志趣修养就托喻清楚了。"[1]也因此，他十分认同耿翔作品里的澡雪精神，把心灵中的浮躁清除掉。他评论说："耿翔在他的散文和散文诗中也说浮躁，却是认真的拒绝。一个诗人对世俗气象的清醒和自信，来自精神和心灵家园守护的自觉，为此他多次提出澡雪精神，首先是对自己，自然也是对社会的呼吁。这种澡雪精神对于诗人对于作家，不仅是一种品德的修养，更重要的是对心灵中那块绿地的守护，是不断提升人格境界的利器，对作家感知社会感知人生是至为关键的东西。尤其像耿翔这样已经卓有成就的诗人，创作的进一步突破和发展，更当倚重的是一种博爱的情怀，一种高境界的人格，以及关于人生关于艺术的独立思想。低下的人格境界和平庸乃至龌龊的心怀，是不可能产生自己的思想的，自然很难发生深刻的独立的生命体验和艺术体验，创作的突破和发展就很难了，天赋的才气就浪费了。"[2]

在陈忠实看来，人格即诗格是规律，诗人的性格、气质、境界会在作品得以淋漓尽致地展现，而不会隐藏起来不被人发现，因为气质和境界直接作用于诗性，而诗性是属于个人禀赋与气质的，无法学到。他说："诗性大约不是学而得之的，不然为何在某些诗歌里竟然感觉不到诗人的诗性，更何况散文等类。诗性应该是一种气质一种境界一种追求所熏陶出来的心理气象，看去无形无状不可捉摸，却于一词一句间无处不见。"[3]

---

[1] 陈忠实：《印在生命脚印里的诗——冯在才诗集〈曲江吟〉阅读印象》，见《陈忠实文集》第8卷，人民文学出版社，2015年，第396—397页。
[2] 陈忠实：《聆听耿翔》，见《陈忠实文集》第7卷，人民文学出版社，2015年，第344页。
[3] 陈忠实：《诗性的婉转与徘徊》，见《陈忠实文集》第8卷，人民文学出版社，2015年，第339页。

而在阅读薛保勤的长诗《青春的备忘》过程中他就感受到了一种特别的气象："从艺术欣赏的感受说，我感到一种大气磅礴的气魄，有长江奔涌的气势。平缓处悠悠涌流，气象肃穆，这是大河深流独禀的气质，非涓涓小溪所可比拟，譬如开头的首节，平静下蕴积着汹涌，预示着倾泻；急流处的跌宕，卷起情感世界之堆雪，迷雾腾天，声响震野，我读到诗人连续发出的'为什么'的诘问，便联想到壶口黄河瀑布的景象。大河在落差处发生的冲击力和吼声，类似'知青'在生活发生挫失时的精神冲撞，不解的疑团如急流的反冲。一部长诗能造成这样的阅读冲击力，自然在于诗人久蓄于胸的独特体验，一旦释放，就有倾覆的激情和真情，对读者的冲击力感染力就很强烈。"[1]因此，陈忠实告诫作家一定要守护好人格的绿地，不可让它受到玷污。在他看来，这不仅直接影响作品的品相，更主要的是，它会影响到一个作家的艺术生命。为此，他强调说："作家唯一能够保护心灵洁净的便是人格修养。人格修养不是一个空泛的高调，对于作家的创造活动甚至可以说是致命的。市侩哲学、平庸观念、急功近利，首先伤害的是作家心灵中那个无形的感受生活感受艺术的感光板，这个感光板被金钱虚名被一切世俗的东西腐蚀而生锈，就在根本上窒息了一个作家的艺术生命。"[2]诗歌的语言是高度凝练的，虽然俄罗斯形式主义提出了诗歌陌生化的命题，但是，诗歌是语言的艺术这个共识是难以撼动的。为此，陈忠实认为作家的技巧再如何变化，读者都可以"通过语言，感受到作家的体验、作家的情怀、作家的境界、作家的人格"[3]。无论怎样遮掩，最后都会被读者捕捉感受到。因此，陈忠实认为守护好自己的精神家园，就应该有赤子之心。

---

[1] 陈忠实：《蓄久的诗性释放，在备忘——〈青春的备忘〉序》，见《陈忠实文集》第9卷，人民文学出版社，2015年，第205页。
[2] 陈忠实：《关于陕西长篇小说创作的回顾与展望》，见《陈忠实文集》第6卷，人民文学出版社，2015年，第233—234页。
[3] 陈忠实：《解读一种人生姿态》，见《陈忠实文集》第7卷，人民文学出版社，2015年，第358页。

他以阅读王宜振的儿童诗所感受到的童心为例，阐释说："只有具备一颗纯美圣洁的心地，才能和纯洁无瑕的童心发生共鸣；只有如圣母般的善意和爱心，才会得到灵敏的童心的呼应；只有满怀巨大的至诚的对生命的敬畏，才会张开想象的翅膀。小说创作需要想象，诗歌亦然，儿童诗歌更不可或缺想象。没有丰富的想象力，就没有创作。宜振对于童稚心灵世界的敏感，得助于自身心灵的纯洁，想象的翅膀呈现出非凡的活力和恒久性。我在吟诵他的诗篇时，常常被那些绝妙的喻体——想象的结晶——所惊讶，所陶醉。"[1]要保持自己的赤子之心就必须抵御名利的诱惑，在陈忠实来看，就是要在创作中保持非功利性。他言道："完全摆脱了功利目的纯粹的抒写，可以信赖为心声，没有娇气和矫情，没有虚浮和装腔，是一个人生活的和生命的体验的展示。"[2]

综上所述，陈忠实的诗歌观念以继承中国传统文论的思想为主，结合个人的阅读感受和创作心得有一定的发挥，其主要内涵以抒情言志的养心为核心，表现出朴素平实而又不失创新的特点。他的诗歌观念发于心，又止于行，带有鲜明的个人体验色彩，也与个人的人格、风格、修养、气质相吻合。因此，从此意义上说，他的诗歌观念，与其说是对诗歌的见解、主张和认知，对诗歌创作的理念与主张，不如说是自我心灵世界的镜像投射，是自我精神人格的外化显现。故此，在诗歌创作的理念层面，陈忠实实现了诗歌观念和自我镜像的共生。

2021年11月

---

[1] 陈忠实：《你的句子已灿灿发亮》，见《陈忠实文集》第7卷，人民文学出版社，2015年，第466—467页。
[2] 陈忠实：《诗性的质地》，见《陈忠实文集》第7卷，人民文学出版社，2015年，第276页。

第三辑

陈彦的艺术人生

"以文知人"的传统经验告诉我们,陈彦的人生是艺术的人生,为艺术的人生是他人生的信念,为人生的艺术是他的生命底色。他在《主角》后记中无意间的一句"我的忆秦娥",便把一个走出九岩沟深山,苦苦追求的自我投影点化得情真意切。忆秦娥是苦楚的,也是幸运的;陈彦是幸运的,也是苦楚的。说幸运是因为时代最终发现了他,文坛最终发现了他;说苦楚是因为心怀天下苍生的悲悯情怀不能不让他苦楚,理想主义的任性不得不让他"乱其所为",从陈彦深有感慨的"文学是好东西,也是害人的东西"[①]一句话即可管窥一二。但终究他是幸福的,有乔雪梅、罗天福、秦存根、刁顺子、忆秦娥、贺加贝等相伴的人生,足可欣慰而坦然,足可尽情享受身心安处是吾乡的蓝天白云矣。

一、笔墨风流数长安

"一方水土养一方人。"文化底蕴厚实的陕西一方热土在当代历史版图上孕育、滋养了一批批卓有建树的作家,且代际相传,形成了以柳青、杜鹏程、王汶石为代表的第一代陕西作家和以路遥、陈忠实、贾平凹为代表的第二代陕西作家,从而树起了陕西作为当代文学重镇的大旗。同时,

---

① 魏锋:《陈彦:作家要长期深耕自己的土地》,载《中国青年作家报》2019年11月5日。

自然地貌又将陕西版图截然分为了黄土高原的陕北、渭河平原的关中和秦岭腹地的陕南三大地理版块，并形成了新时期以来陕西文坛竞相风流的亚作家群体：陕北以路遥为代表，关中以陈忠实为代表的，陕南则以贾平凹为代表。在陕南作家群中，数商洛作家最为耀眼，荟萃了贾平凹、京夫、方英文、孙见喜等，陈彦也为其一。

陈彦1963年出生于"秦楚咽喉"的商洛镇安县。镇安素有"中国板栗之乡"之美誉，散见于陈彦作品的"塔云山"便为当地的名胜景区。1976年，年仅十三岁的陈彦走出深山，正式步入镇安县剧团开启了自己的文学寻梦之旅。自1979年十六岁试笔《范进中举》以来的四十四年艺术生涯中，他已创作散文随笔、戏剧、小说、诗词等作品近三百万言。

说起自己的文学启蒙，陈彦认为主要是受20世纪80年代文学热潮的时代环境影响。当时"镇安县的文学青年特别多，好像搞文学是一种时尚"，"读书成为青年的一种时尚。能写点东西，在外面发表一下，那简直是轰动全城的事"。就在这种尚未被经济大潮浸淫的淳朴年代里，偏居一隅的镇安骚动着文学热——省城的作家、诗人受邀来此授课，或开改稿会，《延河》的一期镇安专号"就把一城的青年都能搅动起来，朝文学的路上狂奔"。十七八岁正是诗样的年华，正是萌动着梦想的青春季节，深受浓厚氛围的熏染，十八岁时陈彦的一篇散文在省报文艺副刊发表，激动得他"一天到街上转三圈，看人都是啥反应"。由此，文学的神经深深地牵引着他一步步沉醉其中。如今回想起来，陈彦不无感慨地说："文学是好东西，也是害人的东西，成了就成了，不成的，害得一辈子疯疯癫癫找不着北，最后连普通人的日子都没得过。"[①] 即便如此，他未曾停歇，坚持一路走来，终而成就了自己的艺术人生。

回溯陈彦的创作历程，不妨分作三个阶段来考察：探索期（1979年—1991年），戏剧成熟期（1992年—2012年）；小说全盛期（2013年至今）。

---

① 陈彦：《天才的背影》，河南文艺出版社，2022年，第213页。

探索期痴迷中的自我校准。陈彦成名于戏剧，盛名于小说，如今业成戏剧小说兼善的大家，而机缘巧合的是他的处女作并非戏剧，而是小说。在十七岁那年，他题为《爆破》的小说被陕西的《工人文艺》刊用，标志着他的文学梦被牵引走向了自觉，随后在同为讲述故事的戏剧创作上便见出了天分与勤苦努力的成效。

在探索期，陈彦很明显地表现出起步初的刻意试探与随后跟进的自我校准两个心理动机过程。初入戏剧创作，仅仅凭借痴迷是难以把握其道，更难以真正步入剧坛而被广泛认可的。生性饱含理想主义情结和人生目标理性自觉的陈彦，在日后不懈的寻梦途中，采取了步步为营的策略以抵达心中那个人生坐标。在20世纪80年代，他先后创作了《她在他们中间》（1981年）、《丑家的头等大事》（1982年）、《飞逝的流星》（1983年）、《风暴过蓝湖》（1984年）、《沉重的生活进行曲》（1985年）、《爱情金钱变奏曲》（1986年，后定名为《霜叶红于二月花》）、《山乡县令》（1987年，又名《聂焘》《山乡知县》，与汪效常合作）、《我的故乡并不美》（1988年）、《走红的歌星》（1989年）等。从中可爬梳出他作品的三个鲜明特点。其一，题材上多以现实生活为主。除试笔之作的《范进中举》和《山乡县令》而外，其余均为现代戏。这十年的摸索帮助他完成了现代戏体式和戏剧内核感知的经验积累过程，而且促使他探寻到了现实生活矛盾何以转化为舞台艺术形式的切入点。其二，伴随观照现实生活的视觉转移开始出现问题意识。无论丑家嫁女颇有讽刺意味的喜剧，还是青年知识分子和警察犯人深处时代语境的疑惑与自我纾解，或者青年人和老年人对爱情与婚姻生活的不同需求，当中社会问题的呈现除了逐一扫描和捕捉不同人物的不同心理而外，自我建构指向未来的自觉尚不明晰，因此表现出生活"再现"的特征。其三，艺术来源于生活的现实主义理念在艺术体验中已深入自身观念深层，并内化为审美趣味。从青年人的婚姻观到老年人的感情生活需求，表面上看是视角的移动，实则是基于现实生活的深度挖掘和思考源于真实性的艺术呈现的有意选择，相形于此前的生活还原在精神向度上已表现出难得的自觉意识。同样的发现可从《山乡县令》中得到进一步感知。聂焘是清朝乾隆年间的镇安知县，任上年过半百的他采取了一系列兴人丁、启民智、植桑养蚕的兴业利民良措，不失为胆识过人、才干非凡、深得民心的好清官。陈彦挖掘这一历史题材，紧紧抓住了肉身的人和生活中的清官来刻画人物，将清官之难与聂焘的心之实勾画得真实而生动，一改往昔舞台常见的"高大全"的清官形象，代之以接地气的好官聂焘。正因为陈彦对历史题材现实主义表现的真实性还原，聂焘才能从舞台上回归人间，让人们既看到"他是官的一面，更可以看到他是普通人的一面"，"根本原因在于官和普通人被较好地融于一体"，表明陈彦已对现实主义原则有了深刻的体会与领悟。①

历经一番苦心摸索之后，陈彦以自我校准的方式清晰定位了艺术人生的努力方向：紧贴大地的"小人物"恒常人生问题意识的发现与表达。校准之后的第一个作品便是现代戏《九岩风》。此时的陈彦在业内已颇负盛名，被举荐在1990年步入陕西省戏曲研究院从事专业创作。《九岩风》无疑是他进入省城之后的第一个献礼。在《九岩风》中，他讲述了一个争创"万元户"年代"公心"和"私心"博弈的故事。孔贵仁是九岩沟的矿主，他一心想夺村里的主事大权，老支书潘月明对孔贵仁假公济私的心思一清二楚，为了不让对方得逞，潘月明带领大家集资开矿，不料被欺骗，落得内外都不是人。危急关头，潘月明扶持起一心为集体着想的青年后生木秀林勇挑重担，带领大家一同致富，孔贵仁最后只能自讨苦吃。在这个剧里，陈彦透过致富热潮表象将私欲膨胀、为富不仁的社会隐患问题首次置于公众视野。显然潘月明和木秀林是站在绝大多数群众利益一边，孔贵仁以个人利益为中心，"为富不仁"，经过一场惊心动魄的"公心"和"私欲"话语争夺，最终以"公心"赢得民心的结果反讽了"私欲"之褊狭，明显已经开始用伦理道德的价值尺度来衡估正义与非正义、仁义与非

---

① 赵希儒、屈超耘：《不拘一格写清官——看商洛花鼓戏〈山乡县令〉断想》，载《当代戏剧》1990年第3期。

仁义的民心向背，进而完成道义立场与"仁善"旨意的言说。尤其要注意的是陈彦在《九岩风》中表现出的艺术胆识：全民响应"一部分人先富，带领大家集体致富"的政治导向背景下，能敏锐且大胆地提出可能出现的利欲熏心等隐患，无疑在当时承受着政治风险和社会争议的双重压力。但是，他没有采取明哲保身的苟安之策，而是旗帜鲜明地对时代发出有价值的声音，恰恰折射出其精神向度的毫无顾忌的利他原则。由于这部作品表现为"揭露问题"而未能指明方向，因此还无法说明其思想观念和艺术风格的成熟，只能列为其在探索期自我校准的标志性成果。

成熟期的戏剧"黄金时代"。此前每年一部剧作的陈彦，在《九岩风》之后，一时沉寂苦思了三年余，其间他拾起了散文和歌词的写作兴趣，大量阅读经典著作以蓄势待发，终于在1994年拿出了新作《留下真情》，成熟的曙光已显现。

《留下真情》和《九岩风》都写的是一个发家致富"万元户"的故事，不过前者的刘姐靠养鸡勤劳致富的"万元户"与后者乘政策东风胆大致富的矿主孔贵仁有本质性区别，而且较之后者更有情有义，更有德范向上的精神引领价值。由此为始发点，陈彦在确认自己的艺术人生坐标之后，开始步入了戏剧创作的"黄金时代"，接连推出了"西京三部曲"——《迟开的玫瑰》（1998年，眉户）、《大树西迁》（2004年，秦腔）、《西京故事》（2011年，秦腔）。虽然其间还创作有《大树小树》（22集长篇电视连续剧，获2001年第20届"飞天奖"）、《十里花香》（2002年，眉户），也出版了《必须抵达》《边走边看》《坚挺的表达》《陈彦词作》等散文集和词作选，但无论从品质内涵还是影响力远不及"西京三部曲"所产生的"旋风"效应。有人说"西京三部曲"拿奖拿得都手软了一点也不为过，从戏剧节到艺术节，再到国家"五个一工程"奖，国家级奖近乎没有缺项，而且其他剧种的移植、电视剧的改编等都引发了经典化的过程。

小说拓延的全盛期。以2013年长篇小说《西京故事》的出版为标志，陈彦由戏剧的"黄金时代"拓延到了长篇小说的叙事领域，笔触从舞台人生返回到了世俗人生的恒常状态。经过源自同名戏剧作品《西京故事》的叙事转型之后，陈彦接连又推出了以舞台周边与舞台中央人物为切入点的长篇小说"舞台三部曲"——《装台》（2015年）、《主角》（2018年）、《喜剧》（2021年），一时在文坛掀起了"陈彦热"，《主角》还荣获了第十届茅盾文学奖，至此陈彦全面进入了新世纪当代文坛的第一方阵，也标志着他艺术人生步入了全盛期。此间，他还创作了舞台剧《大河村纪事》《天使之光》和话剧《长安第二碗》等，值得一提的是原名为《秋色满长安》的《长安第二碗》将地方民俗风情统合在时代变迁中的泡馍馆，以小见大之外所呈现的"混沌"气象着实令人喟叹不已，堪称话剧创制之作。但即便如此，也难及"舞台三部曲"博厚别致景观的撼人魅力。

久负盛名的编剧陈彦能否在小说创作上确立无可替代的位置，能否令人心服口服地折服于他的新创造，这完全取决于他在叙事文本中所传达出来的力量感和艺术创造性质素。对此，不妨借助著名评论家李敬泽先生的感触做一小结：

> 陈彦似乎从来不担心不焦虑的一件事，就是他作为小说家的说服力。陈彦的本行是戏剧，他似乎自然而然地就具备一种能力，就像舞台上的"角儿"，站到那里，一张口，便是一江春水，百鸟朝凤……
>
> 是的，取信于人的说服力首先取决于语调。好的小说家必有他自己的语调，《装台》的语调完全是讲述的、口语的，带着明确的地方口音——那是在西安或小说里的西京锤炼出来的语调：是锋利入微，是光棍眼里不揉沙子，是老戏骨评说人生的戏，是雅俗不拘、跌宕自喜，你能感到这样的语调本身就是兴奋的，它沉浸于人间烟火，它自己对自己都入了迷。[①]

---

① 李敬泽：《把背面的人照亮——评陈彦长篇小说〈装台〉》，载《长篇小说选刊》2016年第1期。

如此而来，四十四年的文坛行旅锻造了戏剧小说兼善的作家陈彦，也成就了陈彦在自己生命历程的艺术人生品质。他一路风尘仆仆的跋涉，一腔朝阳似火的情怀，所熔铸而成的座座时代丰碑适时将阳光和温暖传递给人世间，从而使文学焕发出迷人的力量感，也完成艺术人生理想的内质确认：笔墨风流数长安。

二、世俗人生里的"中国故事"

在探索期的陈彦，作品虽然反映的是现实社会的众生相，但从内质上难以构成真正的中国梦，外部的世俗演绎终究替代不了内在精神向度的自觉。自进入成熟期以来，这一状况发生了根本变化——负载文化理想的使命人物开始站立于舞台中央；意图指涉开始聚焦到社会理想的重构和民族传统精神的赓续；集体的中国梦期待转设为文本内在的价值取向。无论乔雪梅、罗天福、秦存根所托举的家庭梦，还是孟冰茜心系的家国情，或者刁顺子生生不息为生活奔波、忆秦娥生命的布道人生、贺加贝不安于现状的悲情挣扎，无一例外地呈现出精神向上的理想主义情愫，无一例外地坚守着自己的伦理道德底线和做人的本分，又无一例外地面对既定命运表现出超凡的意志力和坚忍不拔的精神。在他们身上没有怨天尤人的牢骚满腹，也没有屈从命运的甘为人役，更没有将现世人生寄托于"白日梦"的痴心妄想，有的是安身立命的勤苦奋争，有的是在守望中坚持不懈的追求，有的是脚踏实地走向明天的幸福梦。他们用卑微的生命演绎出震撼人心的命运史和心灵史，用苦楚的人生书写出生命意义的崇高与壮美。用西方传统的观念看待他们，或许这些卑微的生命实在可怜得令人难以想象，他们的人生是毫无价值的人生，毋庸置疑是彻彻底底的命运悲剧，但乔雪梅、刁顺子他们并不这样认为，他们活得踏实而充实，活在意义与价值之中，显然如此知命乐天、安身立命的意识是西方人难以接受的。但不管怎样，他们的世俗人生就是这样生生不息地行走在中国的大地之上。这就是地道的"中国故事"。

舞台上的"家国梦"。孙中山先生将中西方文化中家国观念的差异总结为：西方注重的是个人本位，"由个人放大便是国家，在个人与国家中间，再没有很坚固很普遍的中间社会"，而"中国个人之外注重家族"，"国民与国家的结构关系，先有家族，再推到宗族，再然后才是国族，这种组织一级一级的放大，有条不紊，大小结构的关系当中是很实在的"。[1]钱穆先生则说中国人的人生与生俱来的身、家、国、天下四个阶层便被赋予了相应的"修齐治平"四大责任，且"其道一贯"，而西方人则主张个人主义，"家与国皆受限制，而可谓并不知有天下"。[2]家国同构的历史文化背景在孕育并赓续家国一体观念的同时，将家国情怀也作为文化基因亘古相传，因此每个中国人的精神世界自小就生长着"家国梦"的基因，并通过个人的人生实践来极力诠释"家国梦"的生命意义。陈彦对不同文化背景的价值观不仅有清醒的认识，而且有坚定的态度。他说："西方文化的核心就是自我中心主义，特别强调生命个性，而在对待其他民族的文化上，又表现出特别的唯我独尊的傲慢。"相形之下，中华文化的"讲究和谐、合作，讲究律己、包容，讲究谦卑、宽恕，讲究'仁者爱人'，讲究'己所不欲，勿施于人'，讲究'慎终追远，民德归厚'，讲究孝道感恩、推己及人"的价值观"更适合人类的和平共处、相携相生"的共同祈愿，因此，他倡导文艺工作者"也需要像西方人那样自信满满地、一以贯之地、持守恒常地去推介我们经过几千年时间验证了的那些管用的价值观"，讲好中国故事，"书写出人的丰富的精神气象"，"诉说中华价值观"。[3]陈彦也身体力行，躬行实践，以饱含深情厚意的笔墨，将根植民间的"家国梦"放置在时代巨变的历史语境中予以演绎，且悲切感人，意味悠长。

---

[1] 广东省社会科学研究院历史研究所、中国社会科学院近代史研究所中华民国史研究室、中山大学历史系孙中山研究室合编：《孙中山全集》第9卷，中华书局，1986年，第238—240页。
[2] 钱穆：《晚学盲言》（上），生活·读书·新知三联书店，2014年，第285页。
[3] 陈彦：《讲好有价值持守的中国故事》，载《人民日报》2013年12月13日。

《迟开的玫瑰》贯穿文本表面的是面临破碎的乔家何以度过危机，最终阖家圆梦的家庭梦，而潜在的则是日新月异的城市发展，家与国相互勾连，传导出以小家见大家的家国主题。乔雪梅用如花青春自我牺牲换来了阖家的幸福圆满，虽然世俗观念中她亏尽的如诗年华，但她却自信"九不悔"，正是利他原则的光照诠释了她人生价值的非比寻常。如果说乔雪梅担负的是深陷危机的家庭圆梦责任的话，《西京故事》中的罗天福则带领全家人圆的是一个家庭的"西京梦"。尽管罗天福靠诚实劳动以安身立命，无奈遭遇了城乡巨大反差所带来的重重撕裂，"西京梦"成了进退两难的精神负担，最终还是坚毅不屈的品格和义无反顾的自我拯救挽救了儿子，也挽救了"西京梦"。《长安第二碗》的秦存根，一心想过的好日子就是让孩子吃饱穿暖，没想到在城市的巨变中，祖传的葫芦头泡馍店不仅得以重新开张，而且在那泡馍的老碗里不知不觉中圆了一家人不曾敢想的幸福梦，虽然有时也有烦恼，但是未来会更加美好的信念在秦存根夫妇心里是根深蒂固的。《大树西迁》苏毅、孟冰茜夫妇二人的梦显然与乔雪梅、罗天福和秦存根有一定的区别，那就是前者体现为家国情怀的"西部梦"，后者则是小家庭的自我圆梦。对于苏毅和孟冰茜来说，夫妻二人也各有心思，苏毅一心响应国家号召投身西部建设，并且心随身迁，而孟冰茜迫于无奈跟随丈夫来到长安，心里却一直牵挂着上海。显然，苏毅的"西部梦"和孟冰茜的"东归梦"是不合拍的，好在儿女的坚持使孟冰茜不得不屈服于家庭圆满的现实要求。时光荏苒，在苏毅离世后孟冰茜得以返回朝思暮想的大上海，可是一切都是那么陌生，以至于患上了失眠症，无意间她才发现自己早已离不开长安的黄土地。而儿子苏小眠扎根了西部的新疆，女儿在长安安了家，孙儿也情系新疆，至此孟冰茜的"东归梦"被"西部梦"收拢，也完成了一个家庭四代人的家国梦。

陈彦通过讲述四个家庭的家国梦，借助责任和道义的合情合理诠释，折射出家国情怀在新时代无可取代的历史价值和现实意义，其中魂牵梦萦的家园意识无不是每个国人根深蒂固的乡愁，是全体中华儿女生命深处的文化基因。因之,"西京三部曲"可谓陈彦面对浮泛时代的安魂之作,他将"文以载道"的传统以身体力行的自觉履行了"以文化人"的使命与责任。于此,他阐述道:

> 道是什么?我以为道就是一个民族的精神基准,是家国情怀,是价值谱系,是意义图腾,是须臾不能不遵循的历史经验与规律常识。这些东西都被抽空了,文艺不走心,不化育,不扶正,不持守,只好玩,只感官,只刺激,只捞金,不出现问题反倒是有些奇怪了。社会风尚与国家精神,都是要靠正能量、有规律的渐进之风,徐徐开启的,一蹴而就不行,杀鸡取卵更糟,只有方向正,路子对,一步一个脚印地稳扎稳打,久久为功,最终才会春风化雨,润物无声。①

在陈彦的观念里,作家在文艺创作中赓续"文以载道"的传统是天经地义的职分,至于其中的"道"则因时而变,被赋予了"家国情怀"和"价值谱系"的新内涵。这是对历史传统观念的新解读,因此,"西京三部曲"的"家国梦"并非"白日梦",其源头是亘古相传的民族文化精神,其体用则在时代的历史语境中生发出万古长青的"图腾意义",以"中国故事"的形式成就了"有价值的发声"。

尘世间的"人生梦"。"人生梦"是陈彦"中国故事"的又一主题。中国梦根本上是千万个家庭梦和人生梦的统合与集成,是人生梦的终极目标和价值体现,因此,讲好人生梦并不意味着要陷入"尔虞我诈、血腥挤对、人性恶变"的宫廷叙事和"美丑""善恶"不分的社会阴暗面揭露和暴露,而应"让世界看到中国式的生命创造能量与活力,尤其是自我解放、提升、超越的能力",因为"我们的时代不乏好故事,根本是需要发现的眼光和构筑讲述的能力与传播通道"。②作家应努力激活自己内心深处对那些故事的情感波动与精神回应,最后讲述出别人不曾讲述的动人故

---

① 陈彦:《用优秀作品回报人民》,载《陕西日报》2014年11月3日。
② 同上。

事,将故事所承载的"社会价值、思想价值、精神价值",通过"塑造好人物,写出感情,写出生命温度,写出我们对这个时代的本质把握。真正创新性、创造性地概括提炼出我们所处时代的精神主题"。[1]显而易见的是,陈彦不仅如此"认为",而且尽心尽力地去忠诚实践。在他探索的"中国叙事"中人生梦体现为三种模式:儿女梦、生活梦、舞台梦,概莫例外地镌刻着中国人的文化人格和恒常生命力的文化记忆。

《西京故事》中罗天福憧憬"西京梦"的内质是家庭对美好生活的向往与期盼,本质则是"望子成龙、望女成凤"的儿女梦。罗甲秀、罗甲成不负期望考进西京名校,罗天福固然为之欣喜,但他更期待的是儿女能行正道,诚实本分,做一个对社会有贡献的人,因此夫妇二人才离乡进城,苟身文庙村,用勤劳的双手来支撑被寄予厚望的儿女梦。岂料巨大的城乡反差一时让罗甲成利欲迷眼,丧失了人生的价值坐标,而且执迷不悟。罗天福悲痛欲绝,好在东方雨老人他们的谆谆教诲,促使罗甲成回心转意,也拯救了罗天福深陷危机的儿女梦。在西京的日子里,罗天福起早贪黑打千层饼,甘受城里人的歧视眼光和病痛的积劳折磨,其忍辱负重和内心的动力并不完全在于让女儿成长成才,更多的则是一种社会责任和安身立命的本分驱使。虽然他的身上弥漫着浓厚的悲情意味,但这种悲苦和劳苦无法形成对自我使命履约的有效抵抗,所以内心的自责自扪成为一种生命的常态。悲剧意味越浓,越能激发精神深层信念的磅礴力量。支撑罗天福脊梁不塌腔的外在显现是儿女梦,内在的坚忍不拔和生生不息的精神源泉则来自中华民族代代相传的文化精神。

同样的主旨彰显模式还出现在《装台》的刁顺子身上。刁顺子虽身为西京城土著,却处在城市最底层,一天靠蹬三轮和装台谋生。刁顺子也有自己的梦想,不过他的梦想并非好高骛远的想入非非,而是脚踏实地通过装台和蹬三轮下苦力以谋求内外平安顺心的好日子。可是既定的命运安排

---

[1] 陈彦:《把握对生活、对时代的深刻概括推进戏剧创作走向更广阔空间》,载《剧本》2020年第1期。

不仅让装台工的顺子不得不承受着世情冷暖的煎熬和难分白昼黑夜的苦累折磨，还得时时面对着工钱被克扣的风险，还得硬着头皮走进家门去直面女儿菊花无理取闹甚以死相逼的无奈苦楚。苦难中的顺子也就常常在蚂蚁群里寻找着自己的影子，它们卑微却不泄气，始终明白自己该做啥，尽管时时处处有生命的威胁存在，却义无反顾地运行在生命的恒常轨道上。我们或许觉得顺子过于悲苦，实在可怜，但顺子却不以为然，他认叩不认命，依然在疲惫和苦楚中乐观地享受着活着该有的乐趣。顺子的生活梦实际上是一种幸福观在世俗生活中的具体体现。

幸福观因人而异，既有精神上愉悦的幸福感受，也有物质需要满足的幸福快乐，相对而言，幸福观表现为物质或精神，或二者兼有的欲望和需要在一定程度满足过程和结果的综合意识，通常以内化的稳定观念而存在。顺子的物质需要和精神需求是同时存在的，但精神幸福的迫切性相对要大于物质要求。自蔡素芬进门后，顺子是享受了一段时间的幸福，虽然有菊花的刁难，但顺子心里是热的，自从蔡素芬被迫出走，他的幸福感也就被同时带走了。对物质条件的相对满足表明顺子未被物欲所役使，属于典型的精神型人格。而对爱和被爱的需要显然是顺子苦楚的根源。貌似窝囊的顺子之所以能克服物欲役使和幸福要求无法满足的生活状况，依然生存在恒常的艰难日子里，且自得其乐，无非是知命乐天的心理和强大的生命韧劲在支撑着他义无反顾地负重前行。不同于罗天福的是，顺子以精神人格的自我完善与填充来完成自我的超越，而罗天福则是以自我拯救去圆梦的，相形之下，顺子的生命状态对人生更具有启迪意义和道德意蕴。

与前两者人生梦不同的是忆秦娥和贺加贝的"舞台梦"。在《主角》中，从易招弟到忆秦娥并不是一个简单的姓名更替，而是主体生命从被动适应状态到在舞台中央"布道"的艰难"涅槃""蝶化"历程。贺加贝也是不甘心现状，几番折腾，饱尝人情冷暖和世道人心的甘苦，喜剧中有悲剧，悲剧中见喜剧，最后回归恒常。从他们两个人的舞台人生可以感知到人生无常和命运无常之凄苦与艰困，正是所谓"人生如戏，戏如人生"，是坚守底线、守望心灵的精神人格帮助他们走出了人生困境。人生恒常状态通常并非正剧，而是悲喜剧相交织的度人度己的自我苦修过程，一切皆源于心。忆秦娥与贺加贝之"心"并未出现西方文化中的欲望念头，这是中国文化和西方文化的本质区别之一。在中国文化观念中讲求的是"自天子以至于庶人，壹是皆以修身为本"。人不仅身受限于既定"仁"的范畴，而且"心性"也以仁善为本。"横渠四句"即有言"为天地立心，为生民立命，为往圣继绝学，为万世开太平"。所以，在中国的传统价值观念里，是反对个人欲望以代替"心性"的，人的心性只有通过社会实践对至善至美无止境追求，以获取群体的价值认同方为之正道。忆秦娥和贺加贝对舞台存在"痴恋"与"离合"的差异性，前者以自我修行的悟道表现出精神超越的上升姿态，后者则以自我的人生感悟来确定生命存在的意义与价值，但都以不怨天尤人的内省模式来诠释人生意义在于修行的殊途同归。换言之，精神人格炼化的恒常之道方为人生正剧之道统。

综上，艺术文本的"中国故事"构成的是陈彦关于传统、现代、人生、时代等多重思考统合后的意义文本，当中既包蕴着作家的精神向度和价值观念，也同时蕴含了丰富的社会现实话语，在给予人们更多观人观世启迪之时，也在敦促人们积极思考人何以定位自身、何以走向未来的人生命题，以达成"以文化人"的终极目标。无论是舞台上的家国梦，还是尘世间的人生梦，借用西方价值观念和思维方式断然是难以会通的，只有在中国本土的话语系统里才能体味到陈彦所构筑的"中国故事"的真切内涵与悠长韵味。

2022年3月

选自《文艺观察》，太白文艺出版社，2024年

传统叩询时代的诠释者与守护者

——论陈彦艺术创作观念

陈彦无疑是陡现于21世纪文坛的一大惊喜、一道新景观。他带给时代的不仅仅是一股清流、一抹亮色、一捧温情，一种集民间、民族、本土经验资源与现代理念为一体的"混沌"美，而且他聚焦社会底层的生存状态，透视命运恒常中之"应为"与"可信"，发现并发掘积储于民间的文化精神和民族魂魄的写作伦理，以及由此而壮实起来的文学力量与信念，于人们、于创作、于文坛都是一笔宝贵的精神财富和时代精神的风向标、牵引器。陈彦用笔墨实践并诠释着"中国故事"的可能性与可靠性，再度将"传统"无与伦比的魅力与生命之"恒常"，以叩询时代的方式传导至人间，自觉担当起"文统"与"道统"创新涅槃的忠诚诠释者与守护者的道义。他的写作是为艺术的人生和为人生的艺术的道德伦理写作，是一个人文理想主义者基于现实的诗意表达与建构行为。他用托尔斯泰的"写作而没有目的，又不求有利于人，这是我绝对做不到的"[①]的任性始终强调着善和道德在人世间和艺术创造中非比寻常的意义。

陈彦被视为21世纪文坛的一大发现，既可喜又可悲。可喜之处在于他转身长篇小说创作，终因《装台》一举声名鹊起而被喧嚣文坛的"法眼"所捕获；可悲之处在于早在20世纪90年代便携现代戏"西京三部曲"的旋风独步剧坛的他，竟然成为当时文坛的"话语遗漏"。从中不难发现一个颇为诡谲的现象：大时代的大视野所催生的长篇小说一家独大足可遮掩甚

---

① 上海译文出版社编：《托尔斯泰研究论文集》，上海译文出版社，1983年，第117页。

或无视其他一切"萤火虫"体式的存在价值。或许戏剧创作的"小众化"无法与时代风气构成一种耦合,但长篇小说唯我独尊的傲慢长而久之足可撕裂恒常的文学生态及其浑然的知识谱系。

陈彦作为21世纪文坛的一大"发现",实则起因于他与时俗相比而言的"逆行者"姿态,以及他的创作带给文坛的一股清流与无比的心灵震撼力——过往司空见惯了的"揭露"与"暴露"的抑郁面孔不再,代之以似曾相识的温情与温暖格调,还有那浸透其中的文化自信力。陈彦的经验告诉我们:艺术回避不了现实,不仅不能回避现实还必须在正视中予以深度省思,这是由艺术的本质和使命所决定的。艺术生命得以在反思中强壮,"人"也在反思的艺术体验中得以健全与成熟。但反思绝非对立与对抗,它是人类基于"诗意栖居大地"的共同梦想与自然、与社会和谐共处的强烈意愿所展开的主客体间的真诚对话;它需要的是基于精神平等的诗意互动,是生命本体间的相互信任与沟通,而非对立与对抗。应当的反思态度是朝向未来的主体自觉,是理想主义的诗意主体建构,而对抗是话语霸权的傲慢与无视,是罔顾事实的一种偏见与任性,是凌驾于生命真实意愿之上对事实真相的肆意歪曲与践踏。

价值反思的立场和过程受制于既定的价值观念,其根源恰在思维方式。中西方思维方式历史传统即截然不同。中国传统的"和合"观念与"中庸"思想来源于"天人合一"的宇宙论,讲求"和""和为贵","分"只为"和"而存在,故此表现为"至善至美"的宏观整体性把握。而西方古典哲学则强调的是"细分",以"细分"而"求真",因而思维具有实证逻辑的相对科学性,宇宙论也是建立在二元对立的认知基础之上。[1]两种迥异的思维方式必然造就了与之相适应的"人论",其结果便是同样的反思过程却迥异的结论,一切都发生在浑然不觉的理所当然之中。

---

[1] 冯希哲:《中国传统文化概要》(修订本),中国人民大学出版社,2012年,第255—256页。

思维方式同样主导着作家的精神向度和价值观念。同样的生活和生活中的人,在不同作家的"眼中""心中"和"手中"并非千人一面,他们所"感光"的效果有可能是"悲悯"和"希望",也有可能是"同情"和"怜悯",甚而是"愤慨"之后的罄竹难书,即便面对同一传统的基因,在作家的个人观念里其意义和内涵也是千人千面,云泥之别足可让人瞠目。因此,考察一个作家及其文本,不能把握这一真谛,只能是雾里看花,流于表象和形式而已。

陈彦对生活的发现和文坛对陈彦的发现如出一辙,都着眼于人"诗意栖居大地"这一人类共同梦想的需要与需求。陈彦所秉持的生活反思理念正源于他对传统的认同与执着。在《理直气壮讲好优秀传统》一文里他阐发道,"人类永远生活在传统之中","传统其实就是我们生命中截至目前最信任最可靠的摇篮","传统是一种沉淀后的澄明与确认,任何传统都是在裹挟了历史时尚后的压榨与提纯",当然"传统自身具有很大的炼化功能,人类的进步是依靠对自己已经走过路程的再认知,来螺旋上升的","创新,是对传统最好的继承方式。是一种化蝶,有时甚至是一种涅槃,但不是捣毁,不是'非此即彼''有我没你'的'破立'关系"。[①]由此可见,"传统"既是他精神理念里的"魂",又是心理结构中的"魄",其相互作用的结果便是既完成了一座座精神丰碑的构筑,也成就了一个以传统叩询时代诠释者与守护者的魁伟形象。

一、"法门":走进陈彦艺术世界的几把"钥匙"

陈彦笔下那浑然浓郁的泥土芬芳和氤氲缭绕的烟火气息,一扫"阴暗""怪异"的阴霾风邪,还大众以世间久违了的温暖与温情,使负重前行的普罗大众在蹒跚的苦焦不堪中看到了一丝希望的微光,感受到一种大

[①] 陈彦:《理直气壮讲好优秀传统》,载《人民日报》2014年7月8日。

爱的温存，不再是嶙岣怪石突兀的荒诞与深渊沟壑临前的冷凉。无论是观念、选材、手法，还是价值取向，他用理想主义的情怀和饱含诗意的笔墨尽力去发现并呈现着形形色色"小人物"的悲欢离合和爱恨愁怨，发掘并诠释着卑微生命群体人生价值的时代意义，极力还原着社会作为人世间的本真生态。陈彦创作的传统观念似乎过时的风格难免给世人留下不合时宜的"逆行者"印象，但他所建构的丰赡而独特的艺术景观，却时时生发着意味悠长的余韵，且不失"混沌"之大气象。如欲整体把握其中的奥妙与韵致，深切领受设计者之匠心，尚需掌握其中的"法门"。按常规方法和惯性思维则可能步入"误读"的迷魂阵。这"法门"无非陈彦观念中的人、人性、小人物和现实主义、传统这几把"钥匙"。虽然它们看似平淡无奇，但实在是深度解读陈彦文本的"法门"，或于作品的文本而言，或于陈彦作为独立文本来说，只有厘定了它们，才能真正体味到一个良知作家对"文学即为人学"的独特感悟与表达。

"一千个读者心目中有一千个哈姆莱特"告诉我们一个定律：个性化的思维方式和价值观念必然成全着千姿百态、不一而足的审美趣味与心理机制，或哲学的，或文化的，或价值的，或多或少都受其所持价值立场的掣肘。对人的认知亦如此。在西方传统观念里，人是独立个体的人，是人性的人、欲望的人、结构的人……这与中国传统观念中群体价值中的人在认识论上截然不同。刁顺子的窝囊人生在西方观念里可能是毫无意义的彻底悲剧，但在中国文化精神里刁顺子则代表着一种人生恒常的崇高美。究其根本就在于中西方文化的思维方式差异：西方一直延续着求真的哲学思维，力求以精细化的逻辑推断与实证分析去透析人的精神结构和生命个体意义。如别尔嘉耶夫所言，在西方人的观念里，人的"个性是微观宇宙，是完整的宇宙"[①]；而中国传统的价值观念则是把人置于伦理道德层面以把握人的生存价值，凭借人的社会实践来验证并区分"心"之"仁"与"非仁"，虽然难免模糊的宏观感知不及西方对人性缕析条分的客观深

---

① 别尔嘉耶夫：《论人的奴役和自由》，张百春译，上海人民出版社，2019年，第3页。

入，但不能就因此而抹杀或歪曲它的合理性与切实性，只能说各有千秋，关键在于是否相宜。

借助个体之于伦理群体价值被赋予的观念模式，钱穆先生道："中国人的人生观乃非个人，非全体，亦个人，亦全体，而为一种群己融洽天人融洽之人生……于人伦中见人道，亦即于人伦中见天道。无个人，即无全体。而个人必于全体中见。"①迥异的中西观念，德国学者卜松山也从美学层面予以剖析后认为："中国美学和西方美学之间有相似之处却又截然不同"，从根源上说，"西方文化是由基督教塑造的，而中国文化是由美学塑造的。比如，蔡元培提出的'以美育代宗教'，林语堂提出的'诗歌很可能被称为中国人的宗教'"。②文化背景的差异很难在人的本质上达成一致，而自从19世纪马克思主义从哲学层面对人的本质做出把握之后，我们普遍认同并接受了这一观念。在马克思看来"全部人类历史的第一个前提无疑是有生命的个人的存在"③，而且"人的本质不是单个人所固有的抽象物，在其现实性上，它是一切社会关系的总和"④。虽然这是一个高度抽象的判断，却是目前为止最为客观理性的真理性结论。之所以对"人"如此赘言，无非是要表明一个重要的认识：作家对人的认知理解（乃至深度与向度）直接受自我意识观念的支配。也恰如马克思所言"个人怎样表现自己的生命，他们自己就是怎样"⑤，而并非刻意要让作家去掺和哲学家的本分。

与哲学家视野中的"人"不同的是，作家所要做的事更多需要仰仗哲学家们的发现去深化对"人"的认知，并在此基础上形成自己对现实生活中具体人的把握（主要是情感和精神），以努力发现并发掘生命中的人与

---

① 钱穆：《人生十论》，生活·读书·新知三联书店，2012年，第64页。
② 卜松山：《中西美学的异与同》，载《中国社会科学报》2021年10月20日。
③ 中共中央马克思恩格斯列宁斯大林著作编译局编译：《马克思恩格斯选集》第1卷，人民出版社，2012年，第146页。
④ 同上，第139页。
⑤ 同上，第147页。

生存状态的人，进而将思考与感知通过诗意文本的建构带给世人以意义的启迪和必要的自省。

人是否只具有自然属性和社会属性？从常识而言确也如此。但是，过于局限于范式化的知识谱系常常会使人作茧自缚。显而易见的是在现实生活中，以人的"两属性"去区分黄种人、白人和黑人的内在不同是极其困难且浑然不清的。就人的现实存在而言，"人"的"两重性"之外还存在文化属性的事实。不同的文化性格，即便同一文化类型中不同地域的人也存有显著的差异性。山东人之于山西人、岭南人之于西北人，不仅仅是躯体外貌，乃至于性情观念，都会表现出显而易见的差异性表征。诸如此类的分别便有了关于"人"的确切依据，那就是人也是文化性格中的人，当然也就破解了"一方水土养一方人"的宿命题。也就是说，对人之文化属性的确认不仅仅是对人论元命题的一次探询，更重要的在于它能正面破译作家"眼中之人""心中之人"和"手中之人"的深层密码。同时显而易见的是，陈彦正是以人的文化属性（当然包括地域文化个性）去把握人的，不过也吸纳了西方诸多关于人性的见解，已非原汁原味本土历史传统中的人。

陈彦所构筑的人物画廊俨然"小人物"的天下，或活跃在舞台上，或蹦跳于世俗生活里，他们都紧贴在大地上任性行走，命运感与现实感突出，且都具有悲剧性人格特征，却无一例外未出现悲剧性冲突和悲剧性结局，亦无怨天尤人、以牙还牙的心理动机与行为表现，反倒一律不乏崇高美的精神恒常。舞台上的乔雪梅、孟冰茜、罗天福、秦存根如此，市井里的刁顺子、忆秦娥、贺加贝也是如此。他们深陷困厄、心里凄苦、命运起伏，但从未丢弃自己的人格尊严与生命底线；他们在负重前行中始终赓续着民族的传统美德和道德良知。西方悲剧观念和美学范式很难对之做出合理而令人心悦诚服的解释，置于中国传统文化人格和文化精神中，他们不仅仅是客观真实的生命存在，而且其行为是民族传统文化精神在时代世俗现场的自然延伸与生动诠释。

陈彦笔下的人物还表现出"为正而悲"的同一倾向性。无论是乔雪梅的"要苦就苦我一个"、罗天福依靠诚实劳动的安身立命、孟冰茜的恍然如梦的西部情结、秦存根生命中的坚毅不屈，或者刁顺子的认命不认命、忆秦娥身陷重围的自我拯救、贺加贝不甘心命运既定的折腾，无不呈现出别样的人生恒常模式：命运不幸——纠结煎熬——孤勇担当——悲苦异常——自我明道——继续前行。他们的生存境遇与悲剧性人格相形辉映之下，悲剧性愈加彰显得悲苦难堪，而临至生命无法承受之极限点，又自行回落生活恒常。对这一规律性模式大体有两种看法：受戏曲传统"凤头猪肚豹尾"结构范式和传统人生观念"乐天知命"的"圆美意识"左右的结果；是人设对悲剧感刻意消解的潜意识行为，其根源在于亘古相传的"和合"文化观念。两种观点从不同角度出发的推断结果却指向了同一发现：陈彦的观念层面深受传统文化浸淫，且已内化为个体的文化人格。

我们不得不承认这一客观事实的存在。与此同时，也不得不承认陈彦笔下的小人物存有如此的普泛共通性：他们身上所折射的民族文化传统固有的安身立命、坚韧不屈、生生不息的集体风范与人格特质，以及仁义、利他、包容的价值观念，无不在时代语境中焕发出德以化人的磅礴力量和生命本色的撼人魅力。这是他以传统文化精神与集体人格向时代叩询所生发的一种现代诠释和生动展现，充分表明陈彦所持文化立场和价值系统的传统质地，只不过传统是经过现代文明的"炼化"之后的新传统。他心中顶天立地的人亦非生长在欲望中的生命个体，而是蕴涵着民族脊梁意义的普罗大众中的一员。

对现实主义的实践陈彦同样表现出对传统的继承性、拓展性和选择性。有论者敏锐感知到陈彦的现实主义原则与路遥的《人生》《平凡的世界》有着惊人的精神契合。现实主义既是一种文学观念，也是一种创作原则、手法、风格，更重要的是它是一种文学精神和生命本真的体现观念。对这一观念的继承陈彦表现出选择性，他主要继承了现实主义精神——生命的艺术真实性原则。典型环境中的典型人物他虽然运用到了极致，但不难发现，长篇小说中对梦境和无意识的叙述，摆脱不了受精神分析和意识流"为我所用"的可能性，但其形有魂离的嵌入却无法剔除骨子里的现实主义原则。就此而言，陈彦的创作具有重返现实主义传统的特征。

当然，陈彦所奉行与实践的现实主义是传统而朴素的现实主义，并非后来衍化的开放的、历史的现实主义。陈忠实曾在《从感性体验出发的生命飞升旅程》一文中深有感慨又不乏幽默地说："记得是在大会安排的发言中，我听到路遥以沉稳的声调阐述他的现实主义创作主张……敢于在现代派先锋派的热门话语氛围里亮出自己的旗帜，不信全世界只适宜养一种羊。我对他的发言中的这句比喻记忆不忘，更在于暗合着我的写作实际，我也是现实主义写作方法坚定的遵循者"[1]。同为陕西作家的陈彦依然选择的是路遥、陈忠实两位前辈的创作道路，不同之处在于两位前辈对现代主义和后现代表现出因"水土不服"的心理拒斥，而陈彦则更为理性和包容。

文学是一种语言的创造性活动，文学与人生具有同构性，文学观念既是作家人生观念的镜像存在，又是作家价值立场与文化人格的湖面涟漪。把握陈彦关于人、关于小人物、关于传统和现实主义的几把"钥匙"之后，自然就获取了走进陈彦及其文本的"法门"，借此定能领略到其"中国故事"和"中国叙事"的真正意图与非凡魅力。

二、"道统"：抵达陈彦精神资源深层的要津

在《主角》后记中，陈彦表述自己当时的感受时说："外面的世界，几乎是被'全民言商'的生态混沌裹挟着。"又言："《主角》当时的写作，是有一点野心的：就是力图想把演戏与围绕着演戏而生长出来的世俗生活，以及所牵动的社会神经，来一个混沌的裹挟与牵引。"前者显然

---

[1] 陈忠实：《从感性体验出发的生命飞升旅程》，载《商洛学院学报》2011年第1期。

是世俗环境的"混沌",后者则是创作意图、表达欲望的"混沌",两个"混沌"不经意间却汇聚为主体的"混沌"意象。"混沌"是一种心理机制图式,也是一种传统美学观念。心理图式表现为不加过滤的原汁原味"统合"过程,美学观念上则体现为民族文化特有的"气象"整体美。《旧约全书》创世神话和"天地混沌如鸡子"的中国传说中,"混沌性"本原出奇一致,尽管后来西方走向了"逻辑思维"方向,中国却依然赓续着"混沌思维",进而沉淀为古典美学上的"气象说"。在《活在秦岭南北》一文中陈彦曾如此言道:

  老子在他的《道德经》中,用八十一章五千多个字还是没能说明白他所寻找的"道",用他自己的话说,能说明白的就不是"道"了。老子所说的"道",是治国,是治军,是治人,是了解天体宇宙。……"道生一,一生二,二生三,三生万物",吃的喝的穿的住的,都由此而生,精神营养又取之不尽,用之不竭。[①]

虽然文中在言说秦岭"有道",但混沌的直觉感悟却显露无遗。可以说,陈彦的审美观念里,"混沌"不仅仅代表着思维的直观综合把握,而且体现为自然朴真的境界追求。如此气质也被即时发现并感知。吴义勤就在《"戏曲""戏剧"如何进入"小说"?——从陈彦的长篇小说〈戏剧〉〈主角〉说开去》一文中阐述道:"(《主角》和《喜剧》对)当今时代中国民间社会世俗众生的参差对照的写实,烘托出一幅驳杂混沌、烟火弥漫的人间图景,其功能既在个人、个性的映衬、对照,又在世间万物一体而存的总体生命景观:朴素却浩大,隐忍也崇高。"紧接着又指出:"传统、民族、本土是反思现代、西方与世界的支点,而非对抗后者的工具。为着获取对'传统'的理解,需要在当代生活的整体语境中,运用现

[①] 陈彦:《天才的背影》,河南文艺出版社,2022年,第14页。

代思想和话语系统以及现代言说方式,对之进行重新解读。"①换言之,陈彦对传统的反思所呈现的是以"混沌"图景所展开的诗意对话,并非故意对抗生活的真实,其对话的结果便表现为一种驳杂浑然的"混沌"气象。

对"混沌"气象的解读当深入陈彦的精神资源中去感知,也就是说陈彦的"混沌"心理机制图式所反馈的"道统"来源于他所"积储"的精神资源"库存",并非一时兴起的偶尔而为。精神资源是一个作家既往阅读体验、生活体验、生命体验和艺术体验的获取历经杂糅消化后的"库存"复合体。陈彦一直所仰仗和依赖的是生活经验和思想理念两个精神资源。他对精神资源的利用主要以整合性的"统合"来完成,进而外显为自我观念的"道"体。我们姑且将这一过程生硬地合并称为"道统",这并非传统观念中的道统。所谓"道统"之"道",实则借用自"道可道,非常道"之"道",在此指涉着整体的思维方式与传统"炼化"后相向而生的独立观念系统。在主观上它表现为扬弃过程自我建构的自觉性,并以恒常的观念为基本形态,以基于传统的赓续、创新、创制意义作为内质。"统"者"统合",并非价值加工过程的完全整合,更多的是一种"你中有我""我中有你"的层次并置。具体到陈彦的观念世界,其"道统"承载着"混沌"意象的审美需求,而本源则在于"混沌"的理想主义驱动力,因而既驳杂又统一,既凌乱又井然,一切都从于"道"的表达要求。

陈彦"道统"的思想资源是其根本,主要源生于古典传统和现代传统两个母体。古典传统散布于思想观念、文道与艺道、美学观念等三个维度,且相互交融相互勾连,其精神内核以传统为本。②而现代传统则明显来自"五四"以降的乡土文学和戏剧传统经验、现实主义的本土经验两大部分。陈彦对前者的吸收更注重人在"日常生活"的悲剧性人格展现,以

---

① 吴义勤:《"戏曲""戏剧"如何进入"小说"?——从陈彦的长篇小说〈喜剧〉〈主角〉说开去》,载《东吴学术》2022年第1期。
② 杨辉:《陈彦论》,中国社会科学出版社,2020年,第30—51页。

此突出人物的神韵和精神蕴含，对后者则强化了文化场域中个性特征在"日常生活"中悲情的铺垫与渲染。虽然典型人物的个体精神变化复杂性减退，但由于人格文化的"前文本"预设，人物的文化性格在细密的日常叙事中照样得以凸显，人格的悲剧性也由此被激活，从而超越了"十七年"时期的现实主义情境，使人物的灵魂和典型环境回归到"日常"的"本来如此"，摒弃了理念主宰的"定能为之"，代之以写实所滋养艺术的真实性。无论古典传统还是现代传统，由于统合的并置融通，极大方便了依需而用的即时性，从而形成了以"传统"为磁心、以"主角"为轴心的章法布局，进而呈现为圆融思维的"混沌"特征。

《迟开的玫瑰》中接承乔家不幸苦难的老大的乔雪梅，以自我牺牲的伦理道义完成了一个家庭的自我拯救，同时也完成了自我超越。从乔雪梅的担当过程来看，显然是传统思想观念中的人生"规定"与个体意愿屈服的"不得不"之间的矛盾被迫选择结果，从而使悲情意味得以凸显。其古典传统与现代传统显然是融通并举的，都是根据"人物"需要来统合布局。在情绪结构当中，欢音（快，叙事）—苦音（慢，抒情）—欢音（快，叙事）的循环往复，明显借鉴了传统戏曲的程式化节奏掌控经验，而人物内心的道白个性却保留着现代性的痕迹，二者也并未出现矛盾或唐突之处，本因恰恰在于古典传统音乐的情绪渲染满足了人物内心的变化要求，从而构成了相辅相成的关系，表现出浑然一体的整体性。《西京故事》中的罗天福和《大树西迁》中的孟冰茜，他们形象的凸显也类似这样的结构方式，只是角度发生了变化。乔雪梅凸显的是"要牺牲就牺牲我一个"的奉献精神，而罗天福则围绕的是安身立命之难的悲苦人生展示。孟冰茜东归梦想的一再延宕其根源正在于家庭和事业的牵绊，但无一例外地让文化人格导演出悲剧过程的崇高美，并非以自我性格的缺陷和欲望的不可管控导致的个人悲剧。小说中也表现出上述特征，无论是《装台》，还是《主角》《喜剧》，刁顺子的窝囊、忆秦娥的苦楚、贺加贝的折腾，命运只是一种文化情境中的恒常，个体人生所负载的文化性格才是悲剧生发的主因，于个人而言，人生理当如此的认同无形中消解了悲剧的冲突性，使悲转而为正。

纵观陈彦的创作，令人感触颇深的收获就是对传统无处不在的强烈获得感。从严格意义来说，中国传统的文化精神主要体现为一种思想，感知传统文化便意味着对传统思想观念的体认与认同。中国的传统思想观念不同于西方的哲学思辨，但它如同宗教一般，在中国历史生活中始终以信仰的存在扮演着宗教的角色。如果强行要和世界接轨的话，形成于本土的思想还是称为处世哲学或人生哲学更为妥帖。就此而言，陈彦对传统文化的把握是准确而精到的，由此也构成了他生命行姿和世俗人物世俗生活双重图谱的"法门"。

民间、民族、本土三位一体的"道统"不可缺少的是民间资源。戏曲是民间资源，风土人情是民间资源，人情世故也是民间资源，这些生动而具体的民间资源无疑是地域文化的标识与符号，被陈彦运用得行云流水，格调自出。由于民间资源与民族精神、本土经验的互相融通，自然耦合成"道统"的"混沌"景象，但其牵引力则源自理想主义情结。

三、"善美"：感受陈彦生命情怀和艺术境界的灵魂本真

陈彦在自述中使用频次最高的观念表述主要有："对时代发出有价值的声音""在人间堆起向天的火焰""点亮劳动者的光荣与梦想""文学艺术创作是应该努力让生活去说话""到生活最真实的场域去，要写出生活毛茸茸的质感""关注大时代背景下小人物的命运""我就是一个特别依靠生活的作家""一定要认识到托举成功者的磅礴力量"等等，既有阐述创作动机的，也有表达创作理念的，还有诠释生活之于作家意义的，都在有意无意之间勾勒了陈彦作为一位有思想、有情操的富有理想主义情怀的作家形象。

积极的理想主义会赋予文学以向上的力量与崇高的品质，而缺乏理

想主义的文学会沦为功利主义和庸俗价值观的文字游戏。罗曼·罗兰曾说："缺乏理想的现实主义是毫无意义的，脱离现实的理想主义是没有生命的。"理想主义既是人类一种普遍的精神现象，也是一种珍贵的价值理念。"积极性质的理想主义，是一个时代精神生活健康和有力量的标志。如果一个时代的诗人和学者，都成了唯利是图的功利主义者，都丧失了想象未来生活的能力和构建理想图景的激情，那么，这个时代的文化和文学肯定处于缺乏活力的状态和低层次的水平。"[1] 在利欲充斥的社会里和生活在苦难中的人们，理想主义意味着一种希望与力量，意味着油然而生的信念和守望。对专注灵魂塑造的作家而言，理想主义是断然不可或缺的精神力量与基本质素，唯有如此，作家才能把温暖与希望传导至人间，才会使文学成为"有力量的文学"。富有悲剧色彩的理想主义本身就意味着一种必需的创造性选择，如歌德所言："理想。要想达到这一点，艺术家需要有深刻的、周密的、坚韧不拔的精神，此外还必须伴有高尚的理想，这样他就能看到对象的全部范围，就能找到最值得表现的那一点，把它从有限的现实中提升出来，在一个理想世界中给它以节制、界限、现实性和价值。"[2]陈彦的理想主义写作主要体现在"向天的火焰"和"精神的灯塔"的价值选择及其现实主义精神的艺术创造。

陈彦的理想主义传递着"善美"的传统价值观念。小人物在道德伦理的观念里成为支撑整个社会大厦的"塔基"与"基座"，虽然他们命运凄苦，人生多难，但心中的灯火不曾熄灭，美德的光辉紧随其身，脊梁屹然不倒，生命的恒常是美德的恒常和精神的恒常，从而体现为整个社会的恒常之道。亚当·斯密曾在《道德情操论》中指出"唯有美德是恒常有规则、守纪律的"，而"恶行总是反复无常的"。[3] 就生命意义而言，无论

---

[1] 李建军：《文学的态度》，作家出版社，2011年，第2页。
[2] 范大灿编：《歌德论文学艺术》，范大灿、安书祉、黄燎宇等译，上海人民出版社，2017年，第46页。
[3] 亚当·斯密：《道德情操论》，谢宗林译，中央编译出版社，2008年，第283页。

罗天福、秦存根的安身立命型,还是乔雪梅、许师傅、刁顺子既装他人台也装自己台的"装台人",或忆秦娥、贺加贝持守梦想矢志不移的"殉道者",大体可抽取出来一个共性:生活至"真",人生至"善",生命至"美"。成就他们大美人生的不唯个人活得"真",当然对生命之"真"是先决条件。需要说明的是,此处之"真"是中国古典美学之"真",并非现代意义或西方传统意义客观规律和客观真理的"真",其内涵与海德格尔所指"使存在者如其所是的那样显现出来"[1]相类似,是"去蔽"后"敞亮"的"真",确切的是指《庄子》所谓"真者,所以受于天也,自然不可易也。故圣人法天贵真,不拘于俗"(《庄子·渔父》)之"真"。

"真"作为道家思想的理想人格要件体现着"作为主体的人的某种主体性特征与人的某种生存状态、生存方式"[2],它表现为一种自然性而非刻意而为。因此,刁顺子、罗天福、秦存根他们的"窝囊""委屈"和"憋屈"是安身立命的人生观念与生存方式皆源于"真"的"敞亮"恒常状态,实非外因逼迫下的被逼无奈。"真"作为"美"的前提是对人为"虚"和"假"的反对,也不以刻意追求中的条件不允许所生发的悲壮为认可范畴。恰恰是"真"的生存方式为"善"的被发现提供了客观依据。安身立命型的忍辱负重与精神守望在苦难的悲壮"炼化"中完成了自我人格的再塑,并呈现出螺旋式向上追求"至善"而"至美"的意义空间;"装台人"则以从"利他"原则出发,借助成就他人而委曲求全的苦难修行方式,以"仁善"的恒常来突破既定人性的欲望束缚,从而达成层层精神突围后自主意识的"化蝶","止于至善";"殉道者"则体现出义无反顾的信念驱动,以良知和"布道"的"义善"克制与执着,在不断抵抗各种诱惑和欲望的自我超越路径中,臻于"至善"。或安身立命的豁达乐观,或利他仁善的坚韧不屈,或臻于"大道"的义无反顾,贯穿其中的便

---

[1] 海德格尔:《存在与时间》,陈嘉映、王庆节合译,生活·读书·新知三联书店,1987年,第258页。
[2] 刘方:《中国美学的基本精神及其现代意义》,巴蜀书社,2003年,第280页。

是传统理想人格的"至善"观念,以及抵达人生境界后的"大美"人格之竟成。

托尔斯泰曾如此表述自己的"善美"观念:

善、美、真被放在同一高度上,而且这三个概念都被认为是基本的、形而上学的。可事实上却并非如此。

善是我们生活中永久的、最高的目的。不管我们怎样理解善,我们的生活总是竭力向往善的,换言之,总是竭力向往上帝。

善实际上是一个形而上学地构成我们意识的本质而不能用理性来测定的基本概念。

善是任何人所不能判断的,但是善能判断其他一切。

而美呢,如果我们不想卖弄词藻,就我们所理解的来说的话,美就只不过是使我们喜欢的东西。[1]

从中不难看出,在托尔斯泰的观念里,真、善、美三者并非随意设置的并列平行关系,而是具有内在的逻辑关系。在他看来,无论是在现实生活里,还是在艺术活动中,善不仅高于美,也高于真,居于灵魂位置。他同时强调,仅仅将"为美服务"作为艺术的目的和内容,必将导致艺术的衰落。[2]何以如此?托尔斯泰继续论道:"要说这三位一体中的第一个组成部分——善是人的高级活动的基础和目的,那是完全正确的……而无论真还是美都不是也不可能是人的活动的基础和目的。真是善的必要条件之一,因为善只有在真是真实存在的条件下才能完善,但真本身既不是科学的内容,也不是科学的目的……美是善的条件之一,可怎么也不是善的必要条件,只是有时偶然与善一致,却经常同善相反,怎么也不是人的活动的独立的基础和目的;而且艺术怎么也不能以美为目的。"[3]由此可见,

---

[1] 列夫·托尔斯泰:《列夫·托尔斯泰文集》第14卷,陈燊、丰陈宝等译,人民文学出版社,1992年,第189—190页。
[2] 同上,第121页。
[3] 同上,第121页。

托尔斯泰认为真只是善的必要条件，美的必要条件却是善，并非真。这无形中对陈彦文本中的"善美"观念是一个不乏针对性的注释。

与托尔斯泰"善美"观念有所分别的是，在中国人的传统观念里，"善美"还表现为一种理想人格的道德范式，因此而生的"比德"审美观念早就沉淀为世俗人生的一种恒常生活观念。荀子曾言："夫玉者，君子比德焉。温润而泽，仁也；栗而理，知也。坚刚不屈，义也。"（《荀子·法行》）《易经》亦有言："天行健，君子以自强不息；地势坤，君子以厚德载物。"（《易经·坤卦》）而且，"善美"在中国文化思想中还体现为一种社会理想。《礼运大同篇》就描绘了一幅大同盛景："大道之行也，天下为公。选贤与能，讲信修睦，故人不独亲其亲，不独子其子，使老有所终，壮有所用，幼有所长，鳏寡孤独废疾者皆有所养，男有分，女有归。货恶其弃于地也，不必藏于己；力恶其不出于身也，不必为己。是故谋闭而不兴，盗窃乱贼而不作，故外户而不闭，是谓大同。"因此，钱穆有感而发："中国人生当分身、家、国、天下四阶层，而修齐治平，其道一贯。""西方人主张个人主义，家与国皆受限制，而可谓并不知有天下。"[1]这种胸怀天下的社会理想也是一种文化理想，"以文化治"便成为"文以载道"的道统之源，由此而决定了个体的人必然是"自天子以至于庶人，壹是皆以修身为本"（《礼记·大学》），进而形成了传统审美理想以"善美"为核心价值理念的建构特征：

> 物不自美，因德而美，为物而物，就会玩物丧志，状物如果不为情，则必为德，必为明心见性。修辞立诚是中国美学的一个传统。中国古典美学的写作一个最大的理由就是载道、明德、陈诗展义、修辞明道、文以贯道，不是为了写某物而某物的唯美主义。[2]

综上所述，在中国的传统价值观念里，文人个体的理想人格是社会理想的一种负载浓缩，文化理想寄予了文人以"文以载道"的独特路径来

---

[1] 钱穆：《晚学盲言》（上），生活·读书·新知三联书店，2014年，第285页。
[2] 寇鹏程：《中国古典美学精神》，科学出版社，2021年，第22页。

实现"明心见性""修辞致诚"的两大责任,其结果便是"善美"价值观念的无所不及和无所不在,从而由此看出文人自身的真性情。具体到实践中,陈彦无疑将此道领悟至深,自觉地以"文以载道"的路径在时代语境中来彰显一个作家的生命意义,也由此可真切感知到他将"善美"灵魂发挥得酣畅淋漓、自成一格的背后,则隐含着一个作家以传统叩询时代方式来追求尽心尽善的诠释者与守护者的自我建构心路历程。

2022年3月

选自《文艺观察》,太白文艺出版社,2024年

论陈彦的戏剧创作

如果要用一句来概括陈彦戏剧创作的整体风貌，最恰切的莫过于入时入心入境的戏剧之维。所谓入时，意指陈彦的戏剧创作具有鲜明的时代主题、时代背景、时代命题、时代精神。而入心则是从创作主体和接受主体的两个视角而言的。创作主体的入心具体指他创作"有话要说""向时代发出有价值的声音"的强烈使命感所彰显的有情怀、有使命、有传统、有追求、有格局的文人知识分子人格，而接受主体的入心则是从观看效果而言的撼人心魄、涤荡心灵、刻骨铭心的艺术感染力。入境则指陈彦的戏剧创作业已形成独有风范，自成一格，而且其中负载着独到的见解与意蕴，表现出独异的视界，且臻于有我之境。[①]

陈彦戏剧作品迄今20部，除练笔时的处女作《范进中举》未公开外，其余作品或获奖或展演均已发表。在这些作品中，《范进中举》、《山乡县令》、《杨门女将》（改编）是极少数的历史题材，其余绝大多数是现代题材。现代戏中，很明显的一点就是自《九岩风》起，他开始从不断模仿、借鉴的探索实践中走了出来，逐步加深着个性化特征，风格也趋于一致并渐趋稳定，尤其是对现实生活的艺术娴熟把握经验完全摆脱了"集体

[①] 借用王国维先生《人间词话》之语。《人间词话》语云：有有我之境，有无我之境。"泪眼问花花不语，乱红飞过秋千去"，"可堪孤馆闭春寒，杜鹃声里斜阳暮"，有我之境也。"采菊东篱下，悠然见南山"，"寒波澹澹起，白鸟悠悠下"，无我之境也。有我之境，以我观物，故物皆著我之色彩。无我之境，以物观物，故不知何者为我，何者为物。

共识"的干扰,标志着他的戏剧创作已迈入成熟期和鼎盛期。

眉户剧《九岩风》是陈彦戏剧创作步入成熟期门槛的第一部重要作品。它主要讲述了一个发生在陕南山区九岩沟里的故事。老支书潘月明因不满矿主孔贵仁对老百姓有失仁道的盘剥,出于为群众谋福祉的公心另开辟了矿场,岂料天不遂人愿,他无意中遭暗算被人欺诈,一片苦心付诸东流,使乡亲们蒙受了巨大损失。此时,孔贵仁不失时机地企图夺取村中的主事大权,好为自己将来的假公济私预先铺好道路。心知肚明的潘月明决意不让孔贵仁的私心得逞,便顶住重重压力,忍辱负重,扶持起一心为群众谋福祉的青年后生木秀林。木秀林也不负众望,先后办起了选矿厂、竹帘厂,带领大家一起致富,而孔贵仁也最后自食其果。

此时期陈彦的另外一部代表作是同为眉户的《留下真情》。同样写了一个"万元户",只不过剧中有情有义的刘姐与《九岩风》里自私自利的孔贵仁形成了鲜明的比照,人格和境界也高出后者许多。故事发生在大西北某地城乡接合部,文学青年金哥在经济大潮中因生活窘迫致使爱情受挫,一气之下他踏进了靠勤劳致富的"养鸡大王"刘姐的家门。刘姐几年前被丈夫遗弃,可以说与金哥是同病相怜。尽管她对文化人情有独钟,却总因自身的原因在追求精神生活的过程中不时陷入苦闷烦恼之中,一时也难以挣脱。刘姐一方面竭己所能来满足个人的物质欲望,一方面又毫不吝惜地尽力去帮助周围的乡亲,显然已具有了"利他性"。

透过两剧可管窥到戏剧观照时代的视点和视界,此时的陈彦已发生了彻骨性变化,从与时代平行的姿态调整为试图通过舞台叙事以俯瞰生活。不管孔贵仁的伪善还是刘姐的真情有怎样的不同,可以确证的是,他们都是经济浪潮风起云涌时期的一种类型化人物,前者指代着风光背后的时代暗疮,后者则蕴含了"万元户"时代的精神痛点。虽然舞台上"金钱万能"被列为反思或苛责的对象,但对时代"缺少什么""该往何处去"的需求并没有做出明确的回应,方向依然懵懂不够清晰。还应该注意的是,此时对刘姐心理和情感的刻意挖掘表明陈彦在艺术创作上实现了至关要紧的一次自我超越与突破，也构成《留下真情》之所以能超越《九岩风》的根本性质素。《九岩风》依然采用的是以情节结构人物的传统叙事模式，未能实现让精神坐标统率舞台的新转变，而到《留下真情》，对刘姐丰富情感的展示和内心世界的尽力开掘，说明陈彦的叙事策略和创作理念有了实质性变化，尽管刘姐还未能从精神与物质的两难中走出来，但把舞台该有的温情和温暖带给了观众，此举不免让人眼前一亮。由此而后的眉户剧《迟开的玫瑰》、秦腔《大树西迁》和《西京故事》、话剧《长安第二碗》则跃上了新层次，进入新境界，无论主题的精神摄魂、结构的集中统一，还是戏剧理念的别具一格、时空掌控的游刃自如，或者风格的厚实质朴，都自写风流，自成一格，且臻于大成，标志着陈彦的戏剧创作步入了鼎盛的辉煌时代，"入时入心入境"之维也得以全面展现，并集中体现为他有人物的戏剧舞台、有价值的时代命题和有情怀的创作追求等三个侧面。

一、有人物的戏剧舞台

戏剧文学不同于其他文学样式的核心点是，绝对受限的时空绝对不允许有丝毫的舞台资源可资挥霍，戏剧作品只能在被挤压中完成"这一个"故事的讲述和人物的塑造。"文学是人学，在戏剧舞台，'人'是通过演员来传情达意的，演员是中心的中心，一切不能为演员表演提供帮助的辅助手段，都是不可取的。""戏剧文学是演出团队共同的努力方向，一切的一切，都是为了讲好故事，塑造好人物，让故事变得波澜起伏、情感跌宕交错，让人物变得立体圆融、生命丰富多彩。"[①]无论《窦娥冤》之窦娥，还是《哈姆莱特》之哈姆莱特，古今中外戏剧经典作品莫不如是，之所以这些人物富有经典的标识意义，就在于他们既反映了特定时代的精神

---

① 陈彦、徐鹏飞：《文学是戏剧的灵魂》，载《人民日报》2016年6月3日。

风貌，又展现了剧作家的深刻思想内涵和文化情怀，其意义不再局限于形象本身。由此可言，人物塑造作为舞台艺术的核心存在，形象的典型化程度取决于剧作家的精神向度和艺术水准。

判断一部戏剧作品是否成熟，评论家丁科民曾将之概括为"九个点"：题材的开拓点、思想的深刻点、与时代精神的契合点、故事的曲折点、矛盾的冲突点、人性的光辉点、情感的爆发点、艺术的创新点、生活的情趣点。[①]这"九个点"抓住了任一戏剧文本（包括二度三度创作）应把握和张扬的整体架构和呈现细节，并细化为相应的洞察与自省的落脚点，不失为当代戏剧评论的一家之言。如果将"九个点"延展为优秀剧作判断尺度的话，实际就转化为围绕舞台形象塑造应集中兼顾的九个核心元素。对于剧作家的陈彦来说，则强调着"三大基础"不可替代的作用。他说："一部优秀的作品，应该具备真实的艺术异质创造、饱满的人物形象和引人入胜的故事张力这三大基础，当然，肯定是有思想要阐发。"[②]无论"九个点"还是"三大基础"，其内涵焦点都离不开舞台人物这一中心，或者说舞台人物具有提纲挈领的作用，它整合着戏剧要素去表达好剧作家的主观意图。就此而言，把舞台形象所负载的丰富蕴含和社会意义作为文本和作家的双重聚合点来管中窥豹，不失为"一石三鸟"的妙策。我们姑且借用这一"一石三鸟"的策略来全面观照陈彦戏剧创作的台前幕后，自然就更为直接地抵达了他舞台艺术的灵魂地带。

细加爬梳陈彦笔下的舞台中心形象，固然千山万壑、林林总总，也各有风采，自成风流，但归结到艺术本位来说，无外乎"问题人物"和"使命人物"两大类。所谓"问题人物"指人物形象自身存有这样那样的"问题"或"局限"，它通常是不完满的，缺乏理想光环的艺术形象；而

[①] 孙欢：《深耕细作打磨舞台精品：专家学者热议秦腔现代戏〈劳模刘西有〉》，载《西安晚报》2020年11月20日。
[②] 韩宏、赵征南：《陈彦：以生活之笔，点亮劳动者的光荣与梦想》，载《文汇报》2021年2月20日。

"使命人物"则因为舞台形象肩负了作家"向时代发出有价值的声音"的使命，多表现为完美无缺、理想化的典型形象，不再是"问题人物"那样"瑕不掩瑜"的本色呈现，而是一种精神型的灵魂人物宣示。

对于"问题人物"而言，他们或多或少都存有先天不足，如同现实生活中具体可感的真实生命个体，是原生态特质的人在舞台映射下对象化了的"类"的存在，是时代环境中社会生活具象化、审美化的一种必然现象。这一类人物虽然同为剧作家对时代"有话要说"的代言者，只是局限于当下社会问题的指向不够明晰而被迫受困于精神引领价值的残缺现状，不得不以"暴露"的姿态出现在舞台上。虽说《九岩风》的孔贵仁不够大度，精于盘算，也有失德范，是传统舞台上"受批判""受苛责"的形象，当为"丑"行，但放眼特定时代的语境中他们生存的合理性不唯是为了自个儿活得滋润，还体现为他们是响应"带头致富"号召的先行者，是助力于造福一方大业的具体实践者，又不尽为"恶"。孔贵仁尽管被推到了舞台被批判的指涉位置用以反照老支书潘月明的大义公心，但概念化的支书形象并没有摆脱类型化的空洞说教，因此难以站立舞台中央。如果从孔贵仁的舞台形象来透视陈彦创作心路历程的话，"善"与"恶"的相对思维与艺术形象塑造的常规套路只能表明他已具有了问题意识，但尚未完全走出传统窠臼的客观现实。而《留下真情》中的刘姐显然要比孔贵仁形象更为丰满，更富有立体感，不再表现为一种"善"与"不善"的相对预设，更接地气更有烟火味，也更有合理性。刘姐追求物质财富的动力，来源于她遭受丈夫遗弃，生活所迫她被逼无奈而走向了自立，如此因果逻辑却也是那个时代芸芸众生的生活常态，但是她的精神内涵尤其是指引方向并没有能与时代主题紧密相扣，她物质满足后的善意之举也并未完成自我重生的使命自觉，依然空虚而孤寂，难与时代的当然要求合拍共生。可以说，刘姐已经从孔贵仁的概念化阴影中走到了阳光之下，无奈思想精神的局限性还是阻挡了她进一步涅槃的重生之路，还是未能摆脱"暴露"者的代言身份。但，无论如何，孔贵仁和刘姐"问题人物"将剧作家对社会问题的担忧和困惑交由舞台人物去折射，其中所暗含的时代问题意识是不可忽略的，它是一个作家社会责任感的见证，是时代真实遭际的一面凹凸镜。就此而言，"戏如人生，人生如戏"在陈彦笔下的"问题人物"身上具有了确切的对象化内涵。

"使命人物"与"问题人物"不同的地方不仅仅限于自身形象的完美性和饱满度，更在于他们是疗治时代伤痛的一种精神力量。事实告诉我们，人类历史上从来没有残缺不全的无光时代，也没有完美无缺的精致时代，每个时代都有自己的隐痛，都有属于自己的荣耀光环，也都有着时代共有形形色色的困惑。"使命人物"的责任也不限于对时代问题和伤痛进行把脉，更重要的在于他们要针对时代伤痛和迷惑实施对症下药的疗治与精神导航。戏剧舞台无法体现出财富的给予满足度，只能更多地通过人们精神免疫的激活和价值引领来实现艺术的灵魂重塑功能。陈彦笔下的"使命人物"虽没有呕心沥血的公仆形象，没有引领风尚的社会楷模，也没有骄傲当世的时代人物，更没有冲锋陷阵的革命英雄，但有的是默默奉献于塔基支撑社会大厦的平凡小人物。他们虽名不见经传，也不会彪炳史册，能做的就是以草民的自强自立维系一个家庭的安稳与健全，恪守一个社会岗位而兢兢业业、矢志不渝地发光发热。他们没有因为身份的卑微而自暴自弃，放逐对人生理想和生命价值的追求，也没有因为命运的无常颠沛而放弃对家国情怀与道德情操的持守；他们栖身于芸芸众生中，如时代飞驰动车上一枚小小的螺丝钉，常常被人忽略甚或想不起他们的存在，但他们始终以超强的生命韧劲负重前行，身处被社会轻视、忽视、漠视，甚或被蔑视的情境中从不气馁，以自强不息的行姿用自己的人格谱写出一曲曲人人为之动容的生命行歌。

《迟开的玫瑰》中的乔雪梅"要苦就苦我一个""人生若是比竞走，我让出跑道无怨尤"的自我牺牲精神；《西京故事》中罗天福用自己的诚实劳动逐梦西京的夸父逐日般的坚毅不屈；《长安第二碗》里秦存根将安守本分融入"长安第二碗"，由苦难而辉煌自强不息；《大树西迁》中孟冰茜用五十载韶华践行"西迁精神",涅槃重生和家国情怀的使命担当……无不是千百万个小人物生命历程和人生搏击的集体灵魂写真,无不是时代主旋律和民族脊梁铸魂民间的生动写照,又何尝不是剧作家使命肩扛而秉笔时代中国梦的真诚表达。言及关切小人物生命形态的缘故时,陈彦曾说:"整个社会都只盯着成功人士,盯着白领,盯着塔尖上的人物,而漠视普通人的存在,甚至嘲弄他们的生存方式,鄙视他们的生命意义与价值,这是不行的。"[①]"朝上看""盯光环"是社会客观存在的惯常又不尽正常的一种现象,尽管它是人们心理机制的一种客观反映,对社会也不具有直接的危害性,但这种光环聚焦效应泛滥会引致社会务实理性和严谨态度的自然流失,进而造成集体心理结构的失衡和价值取向共识的主流错位与不稳定,并且,"世界上本没有路,走的人多了,也便成了路"的惯性会使人们的名利观毫无觉察地失去自省的纠偏能力,会使整个社会因为惯常的错觉放纵畸形心理的疯长,最终会给社会肌体的健康发展埋下诸多隐患,久而久之便积重难返,威胁到整个社会塔基的稳固与安全。因此,陈彦进一步强调说:"社会的宝塔尖,是靠坚实而雄厚的塔基撑持起来的,长期漠视甚至消解社会'底座'的价值意义,这个社会是会出问题的。正像一个家庭,如果能出大人物,出优秀人物,那一定是有家庭成员要付出代价的,有的甚至是要做出巨大牺牲的。我们需要发掘这些牺牲的价值,从而让社会的宝塔更加稳固并持之久远。"[②]作家的责任并非要匡扶正义,他们也没有被赋予这个责任与职权,他们对社会能做的便是用艺术形象的话语"对时代发出有价值的声音",在茫然的海面上为人们树起一座座精神的灯塔,在人间"煨起一堆向天的火焰",[③]以此来照亮时代前行的光明之路和疗治人们精神上的痹症与心灵上的创伤。"使命人物"

[①] 陈彦:《努力对时代发出有价值的声音——戏曲现代戏创作感言》,载《艺术评论》2015年第7期。
[②] 同上。
[③] 韩宏、赵征南:《陈彦:以生活之笔,点亮劳动者的光荣与梦想》,载《文汇报》2021年2月20日。

在被赋予了这一社会功能之后，不再只具有"问题人物"的"暴露"和揭示价值。固然"暴露"和揭示也是作家对时代的一种特殊的爱，在红尘滚滚的浮华凡间也很珍贵，但面对社会命题的精神向度远不及疗魂更具有意义。

舞台人生的生活现实是现实生活的缩影，舞台艺术形象的精神向度是剧作家使命感、家国情怀、社会良知、艺术水准融合一体的一面反光镜，它能折射现实人生和时代生活的迫切需求，因此，塑造艺术形象不光是为了讲好一个故事，而且是要讲好一个动人的好故事，肩负着展现民族脊梁、涤荡灵魂的历史责任和带给人们以温暖与光明的艺术使命。就此而言，舞台上有无人物，人物是否能站立起来，就成为判定作家和剧作的格局和境界的一把尺子。毋庸置疑的是，陈彦的艺术舞台是有人物的戏剧舞台，是有体温和情怀的艺术天地。乔雪梅、孟冰茜、罗天福、秦存根这些小人物就是我们这个社会、这个民族的塔基，他们的精神力量便是剧作家在"社会大舞台"上树起的一座座精神灯塔，是为人间所煨起的一堆堆"向天的火焰"。对此，陈彦由衷言道："关注大时代背景下小人物的命运，是一个世界性的文艺创作话题。从中国改革开放的成就看，整个社会的基础建设，也是最普通的劳动者创造的。但他们的光和热被遮蔽太多，值得全社会去深切关注。"[1]"站在社会顶尖的成功者毕竟是少数，而更多的人是塔身和基座。一定要认识到托举成功者的磅礴力量。""如果看不到这种对成功者的巨大的推动力，不肯定他们的生命价值和劳动价值，作为一个作家，创作是有巨大缺憾的。"[2]有人物的舞台使陈彦无愧于这个时代的重托，无愧于自己的艺术人生，尤其是乔雪梅"中国大姐"形象和罗天福、秦存根"中国父亲"形象典型化人物的横空出世，使戏剧舞台

---

[1] 韩宏、赵征南：《陈彦：以生活之笔，点亮劳动者的光荣与梦想》，载《文汇报》2021年2月20日。
[2] 白瀛、刘小草：《静下来，读书和思考——专访作家陈彦》，来源：新华网，2022年4月22日，网址：http://www.xinhuanet.com/2022-04/22/c_1128585817.htm。

人物的文化符号及其确定的文化内涵更具有了时代的现实意义，标示了陈彦现代戏创作的艺术赋能取得了创造性的自我转化。

二、有价值的时代命题

  问题意识是一个作家社会良知的探测器和晴雨表。沉溺茫茫尘世不能观沧海、不能品疾苦、不能把体脉，显然有愧于作家的使命责任与大众期待。作家应该在芸芸众生中扮演怎样的角色？该如何体现自己的生命价值？青年作家阎延文曾说"作家是社会的良心"，为人们广为传扬；霍达也有言："古今中外，凡是优秀的作家，优秀的作品，都必然是民族形象的写照，时代精神的代言。一个有责任感的作家，给自己的定位应该是：社会的良心，时代的秘书。"[①]余华则从履责的角度阐释道："作家的使命不是发泄，不是控诉或者揭露，他应该向人们展示高尚。"[②]无论是"社会的良心"，还是"时代的秘书"，都揭示出作家存在的社会意义和无可替代性。面对纷繁复杂的社会现实和日新月异的大时代，作家固然要记录，但绝不应该是"控诉或者揭露"和"发泄"，而"应该向人们展示高尚"。作为一种社会职业，"作家当然必须挣钱才能生活、写作，但是他决不应该为了挣钱而去生活、写作"。写作是作家的一种恒常生活方式，但绝对不能视为单纯的个人兴趣爱好，毫无顾忌地面对社会肆意发言，那是一种任性而不负责任的自我放纵行为，有悖于公众期待和道德操守；同时，写作又是作家的一种生命方式，"作家生命的意义就是创作，作品就是作家的传记"[③]。作品如同石碑会毫无隐藏地实录作家的生命行姿与道德情感，定不会因为时代迁移而改变本色。因此，作品实质上构成

[①] 吴丛丛：《霍达：一个时代的侠骨柔肠》，载《光明日报》2011年10月20日。
[②] 余华：《活着》，北京十月文艺出版社，2017年，自序第3页。
[③] 陈忠实：《作家要有使命感——答裔兆宏问》，见《陈忠实文集》第10卷，人民文学出版社，2015年，第313页。

了作家心灵的一面镜子。"阅人"莫过于先"阅文"。陈彦剧作通过向人们展示社会底层小人物普遍具有的高尚灵魂和民族精神力量，进而把对社会问题的发现与思考转化为有价值的时代命题，引发人们的深思，从而体现出一个真正作家真诚的使命担当和社会责任感。虽然《九岩风》有矛盾的暴露与揭示，但非目的性的暴露与揭示，其意在问题的发现与警示，并非刻意对问题的"控诉或者揭露"。《留下真情》则表现出难得的精神向度提升，对物质欲望与精神欲求的两难尽管作家未能做出清晰的判断，也未能帮助刘姐从精神困境中脱身，但是她乐善好施、帮人帮己的行为终究带给人们温暖和明亮。而到《迟开的玫瑰》之后，臻于大成的陈彦把自己对作家使命的体认和感悟通过苦心孤诣的创作实践转化为一种人生境界："我"与时代同在，"我"与民族魂共生。

人生奉献价值的时代拷问。《迟开的玫瑰》中乔雪梅"要苦就苦我一个"的"无我"既是人物灵魂的大美所在，又是作家的苦心孤诣所为，她的精神被寄寓了时代灯塔的意义，是守望民族魂的"磅礴"力量。乔雪梅心路历程不无无奈的悲情色彩，但悲情并未演绎为悲剧，反而呈现出"向正而悲"的话语特征。"窗口式"人物[1]许师傅十六年对乔家的默默奉献和对乔雪梅暗生爱慕之情的情感执念，合理消解了悲情转化悲剧的机会，同心同知的爱情促成了玫瑰的花开有主，喜剧性结局不失时机地阐释了剧作的奉献主题。同时应该注意到，《迟开的玫瑰》在弘扬正面价值的同时，刻意通过主人公命运的悲情色彩和"窗口式"人物代言的世俗观念双管齐下，将乔雪梅的自我牺牲以托举他人的价值取向是否过时的时代命题抛给观众，促人深思。虽然许师傅视乔雪梅为自己崇拜的明星，温欣也将心比心地用"你们这个家如果没有你撑着，那两个妹妹，也许走的完全是另外一条道，弟弟也许真的就成了杀人犯"给予乔雪梅人生价值以充分的肯定，但同为"窗口式"人物的宫小花对乔雪梅传统而陈旧的"活法"

---

[1] 高字民：《通过"窗口式"人物展示"五光十色"的社会背景——浅论陈彦"西京三部曲"的典型环境建构》，载《当代戏剧》2014年第3期。

接二连三的诘难，也曾使她彷徨和犹豫："一席话说得我人前低矮，面对着成功者哑口难开。""同学们个个有成就，我两手空空面含羞。""窗口式"人物代表着广阔的社会背景，"福斯塔夫好比是一个窗口，通过这个窗口，从一个特殊的角度，使我们看到了在封建关系解体时期，英国广大社会阶层五光十色的生活图景"①。由此可见，宫小花的价值取向既有个人养尊处优的主观背景，又何尝不是当时"普遍追求个人价值的时代"价值取向的客观反映。这不是纯粹的个人见识，明显具有时代拷问的意味。

围绕乔雪梅自我牺牲精神值与不值的价值观问题，使乔雪梅的形象伦理衍生出一个颇具时代性和针对性的社会话题。对这个问题的争论，陈彦从世俗氛围中事先预感到其作为焦点的极大可能性。他自陈价值观有可能引起争议带给自己心理的一种不安和不确定："（它）总是我的一块心病，一个脆弱点"。事实确也印证他的预测。"《迟开的玫瑰》最先引起争论的，也恰恰是价值观的问题。乔雪梅的行为值不值得颂扬？乔雪梅如此牺牲自己、托举弟妹有没有价值？"但演出的效果，尤其是绝大多数人对乔雪梅精神人格的高度认同解除了他的顾虑，由此陈彦坚定了自己的价值伦理和理念导向。"人作为一种社会存在，他的意义和价值不仅仅体现在物质财富的创造上，还应该包括他的精神价值和社会价值，这些价值是不能物化和商品化的，80年代初关于大学生张华舍己救助淘粪老农值不值问题的大讨论，其实都是把精神价值物质化、商品化了，如果把物质价值作为衡量一切社会价值的尺度，那么这个社会就会向天平的一端倾斜，最终使这个社会成为没有精神追求和道德准则的无序社会。"②从中可以省察到，这一社会命题对当时尚在奋斗中尚不自信的陈彦来说，确实产生了一定的心理压力，定力考验的症结并不完全归于艺术本身，而取决于当时

---

① 薛迪之：《莎剧论纲》，西北大学出版社，1994年，第72页。
② 陈彦：《用平常心态叙述平民生活——眉户剧〈迟开的玫瑰〉创作杂谈》，载《当代戏剧》2000年第5期。

社会观念的人性个性化诉求一时压制了文化传统人格赓续的发声困境因素。从这个客观事实出发，乔雪梅身上自我牺牲的奉献精神必然触动了当时社会的敏感神经和时代痛点，也表达出社会需要乔雪梅精神的时代强烈诉求。"乔雪梅的形象对当下生活和当下艺术发出了悲剧性的拷问和喜剧性的引领。她以略带悲壮的奉献，拷问当下生活中的各种精神杂质，抵御市民习气和物质主义，又以历史乐观主义的坚韧奋斗，给平凡生存一个喜剧的指向。"[1]乔雪梅形象强烈感染力的历时性证明了自我牺牲以托举弟妹的奉献精神不仅没有过时，不会陈旧，而且会在时代巨变的宏阔背景下愈加光芒四射，倍加珍贵。如此富有哲理意味的时代命题，陈彦借温欣无意间的一句悔悟"十六年了，整整十六年才读懂一个人，真是太残酷了"给争论做了一次总结性的自陈。

家国情怀的时代询问。顾名思义，家国情怀是生命个体对自己所归属的家庭、国家一种源自内心的诚挚而特殊的情感，它主要体现为一个人既利国利民又利人利己的深情大爱，具体表现为个人对国富民强理想的矢志不渝追求和高度的认同感、责任感与使命感。与其说家国情怀是个人特有的一种心灵情结，毋宁说是文化赓续和生命自觉二者和谐共生的一种精神默契，它既是个人生命质地和精神意义的自我展现，又是源远流长的"家国同构"民族传统基于个人体认的历史沉淀。"国是家的放大"即大家，"家是国的缩小和基本单位"是小国，"家"和"国"共同构成了"一个人物质和精神上的安全栖居地"，[2]其精神内核体现为"以人伦为导向、以调整伦理关系为核心的价值系统"的"伦理本位"，[3]并深入人的思想行为、理想信念、思维方式、集体心理结构的每一角落，又反射到生活中的生命个体自身价值定位——人安身立命的意义恰恰在于"身份安排定

---

[1] 肖云儒：《论陈彦和他的〈玫瑰〉》，载《商洛学院学报》2007年第1期。
[2] 张志昌：《文化传统与家国情怀的审视》，中国社会科学出版社，2019年，第34—35页。
[3] 冯希哲主编：《中国传统文化概要》第3版，中国人民大学出版社，2016年，第82页。

当,大家安分地生活下去,人生的兴趣就在其中——'吾兴点也'"。[①]《大树西迁》中苏家四代人传承的"哪里有事业,哪里有爱,哪里就是家"的理念就是家国情怀的生动写照。同为自我牺牲"奉献"主题的《大树西迁》又与《迟开的玫瑰》有着角度和内涵的分别。

如果说《迟开的玫瑰》是以个人奉献家庭的行为方式所讲述的一个典型的中国故事的话,那么《大树西迁》则是以苏家四代人献身西部的生命情态来践履的一个中国故事,即便主人公孟冰茜起初并不理解苏家人这一深入生命的家传基因,最后也被其磅礴的精神气场所融化,从而抛弃了自己念念不忘的"沪上情愫"而成为真正的苏家一员,魂归西部。《大树西迁》与《迟开的玫瑰》不同之处还在于基于奉献精神的价值的时代询问方式发生了变化,后者是以"我"与他、"我"与他者的比照方式引入主体精神内部的纠结、缠斗,突显人物的内心冲突之剧烈,进而彰显出人物精神之可贵;而前者则以"我"与家、"我"与我的内在矛盾冲突来展现人物灵魂深处的自我挣扎,用自我释惑、自赎的方式完成主体人格和精神内涵的彰显任务。而且,孟冰茜表现出的自我询问的特征与乔雪梅的自我质疑有着质的分别。"窗口式"人物尹美兰对主人公的认同与策应也与宫小花的对立与同情内涵完全不同。孟冰茜用五十年的生命历程定位了"沪上情愫"的人生意义,最终确立了西部情怀无可替代的生命地位,这一路的心灵挣扎和自我纠缠并非源于外部条件的偶然逼迫,而是时代语境中的人的一次自我询问,她对苏毅、苏小哲、苏小眠、苏哲一家人的心理反抗和"不明白"都指代了时代世俗的一种偏见,而尹美兰的"不明白"和"与时俱进"则代言着时代语境的直接发问。因此,《大树西迁》"奉献青春献终身,献完终身献子孙"的家国情怀也是以逆流而行的生命方式来回应时代的询问,具有时代精神的恒常内涵和与时俱进的精神指向,也折射出时代命题走向的必然性。

[①] 费孝通:《乡土中国》,上海人民出版社,2007年,第245页。

小人物困境的时代发问。善于捕捉小人物身上的闪光点，擅长表现小人物命运的痛楚感，这是论者对陈彦创作所持的一种普遍性看法。此见确实切中了陈彦创作中一个很重要的体脉，那就是他对社会底层人群的现实生活非常熟悉，并给予了他们诚挚的尊重和人文观照。但停留在这个层面显然对陈彦倾情书写小人物命运的精神向度存在把握不足的缺憾。实质上，陈彦讲述小人物的生命故事具有反"暴露性"揭示问题的特征，表现出一种追求主流价值主题深刻性的逆流姿态，他极力将小人物身上的闪光点与民族精神紧密结合起来，以凸显出底层大众虽身处逆境却不沉沦、不怨天尤人而努力追求"向上"的可贵精神，从"小"的不平凡中折射出大时代的大格局。对此，他有言："站在社会顶尖的成功者毕竟是少数，而更多的人是塔身和基座。一定要认识到托举成功者的磅礴力量。""生活不是拘泥于自己身边的那一点'小'事、'小'个人。有了生活，再用一种眼光和格局去折射更广阔的社会，写出来的东西就会有一定的深度、宽度和广度。"[①]

《西京故事》中的罗天福走出深山，带领妻子儿女全家进西京寻梦，在极其艰难困苦的都市生活里，他忍辱负重、诚实劳动、宽厚待人，持守着传统人格不曾摇摆，但是到头来却难过儿子忘本错位这一关。儿子罗甲成面对城市的繁华一时迷失了方向，原本脆弱的虚荣心不堪忍受处处被歧视、受白眼的不公平冷遇，也无法承受城乡反差致使自己的人格受到挤压，于是便冲破了传统教育下所秉持的道德伦理底线，不仅背弃了父愿且与罗天福形成了尖锐的矛盾冲突，以至于毅然出走。罗天福濒临崩溃的精神负重和罗甲成因个人欲望难以满足的精神错位实质上是时代大背景下社会矛盾的一个缩影和聚焦点。"这种冲突的更大背景，恰在于今天整个社会矛盾冲突的着力点，也紧紧扭结在这种满足欲望与道德持守、改变命运

[①] 白瀛、刘小草：《静下来，读书和思考——专访作家陈彦》，来源：新华网，2022年4月22日，网址：http://www.xinhuanet.com/2022-04/22/c_1128585817.htm。

与放弃信念、实现梦想与颠覆价值的角力上……"①与其说罗天福父子二人的矛盾冲突是基于传统道德观念和人生价值观念之间不可调和的代际冲突，不如说是时代剧变中城乡反差集聚于个人的欲望、人格、道德、命运的底层诉求与都市环境不能兼容进而分化的社会矛盾冲突，冲突虽然以民族亘古以来的精神美德予以了弥合，但此举并不能代表小人物的精神伤痛被抚平，并不能说明时代文明躯体上的暗疮得到了清除。显然这个问题是难以立时消除的时代病痛。农民工苟身于恶劣的生活环境，却任劳任怨地担当着城市靓丽的"美容师"，依然得不到该有的起码尊重，他们"背负着人格、尊严被歧视、嘲弄的现实，忍辱负重、抗争生活，如何一点点改变窘境，并一步步赢得做人的尊严"②的精神姿态固然可贵，而其中所蕴含的悲情色彩和悲剧性人格无疑是小人物们用自身的生命困境向时代所发出的灵魂之问。陈彦也为此感言道："从中国改革开放的成就看，整个社会的基础建设，也是最普通的劳动者创造的。但他们的光和热被遮蔽太多，值得全社会去深切关注。"③

物质与精神两难的时代追问。陈彦言及戏曲创作之道曾说："民族戏曲数百年的历史证明，能够流传下来的作品，一定是持守正道，持守恒常价值、恒常伦理，向上向善，并特别照耀弱势生命的。戏曲这种草根艺术，从骨子里就应流淌为弱势生命呐喊的血液，如果戏曲在发展过程中忘记了为弱势群体发言，那就是丢弃了它的创造本质和生命本质。"④他将自己对戏曲创作的领悟和理念同样实践到了话剧舞台上。《长安第二碗》不仅是他为草根群体生命恒常价值的又一声呐喊，也是他戏剧创作对其

---

① 陈彦：《现代戏创作的几点思考》，载《西安交通大学学报》（社会科学版）2012年第1期。
② 同上。
③ 韩宏、赵征南：《陈彦：以生活之笔，点亮劳动者的光荣与梦想》，载《文汇报》2021年2月20日。
④ 陈彦：《现代戏创作的几点思考》，载《西安交通大学学报》（社会科学版）2012年第1期。

"创造本质和生命本质"的又一次延展与开拓。秦存根一家子栖居于城墙脚下的牛毛毡棚里,孩子们过着衣难蔽体、食不果腹的恓惶日子,有的还饥饿难耐被迫上街去偷吃,不忍心看着慢慢长大的孩子们仍承受苦难岁月的煎熬和折磨,他们夫妇二人借改革开放的东风,毅然让祖传的"长安第二碗"店重新开张,并勤勤恳恳地用葫芦头泡馍的家传手艺使店铺扩展到西安城的四面八方。一碗葫芦头见证了岁月沧桑,见证了时代年轮,也见证了由苦难而辉煌的时代发展历程。时代再怎么变化,世道人心如何变化,而葫芦头里浸泡着的始终是秦存根的仁善家风和诚实本分,也就在这"变"与"不变"的生活辩证中见出了民族传统美德与小人物精神生命韧性之恒常。孩子们逐渐长大成人,一个个展翅高飞离开了鸟巢,有的去当兵,有的做官,有的唱戏,有的做生意,有的恪守家传手艺,也有的在人生道路上迷失了方向……七个孩子长大后依然不能让夫妇二人省心。眼看着自己日渐衰老,他们老两口用多年攒下的积蓄买下楼房,好让一家人始终在一起不离不弃,岂料分房时个个互不相让,弄得鸡飞狗跳,把秦存根的一个"团圆"梦撕得满地碎片,苦难岁月个个年幼尚且互帮互衬、体恤父母的温馨与和谐一去不复返。陈彦借助这个由苦难而辉煌的生动故事以表达自己对时代巨变中人心不古的深切隐忧,正如秦存根的家,食不果腹的年代七个孩子自觉地掰出本不多的一块锅盔好让父母不再去西安饭庄吃人家的剩饭,尚知父母之难,如今富裕了却个个揣上了自私自利的小心思不惜让父母伤心痛楚,两相比照,秦存根虽然依旧本色不改,但悄然之间孩子们的心却让人实在看不懂了。

作为一位典型"中国父亲"的秦存根,他身体力行给孩子们以言传身教,引导他们要走正道,不能走歪门邪道;叮嘱他们要为人宽厚善良、自强不息,不能成为社会的累赘;告诫他们做生意和干事业是一个理,要实实在在、脚踏实地、秉公守法,不可投机取巧,昧了良心……而且,他劝诫孩子们说人的一生得有个奔头,得讲究个活法,不能被各种困难打趴下,不能被各种诱惑歪斜了人生,要有一股不服输的生命韧劲,要勇于吃苦乐于吃苦才有平凡人幸福的可能。要说秦存根一生的梦想是让"长安第二碗"的招牌能响遍西安城的话，但在生活里他的心实在不大，更确切地说是很小，因为他的心里只能装得下七个儿女一生的平安与幸福。但现实对秦存根却很残酷，虽然日子不再恓惶，家境日渐富有，孩子们也个个有了出息，可最让他想不到的是，昨日分锅盔的温馨场景竟然在自家分房的利益面前成了老皇历，人心不古的现实固然有个体的内在因素，但不能不说物质满足和精神贫弱的两难命题正是这个时代所面临的一个重要课题，不能不令人陷入深思。

陈彦认为"戏曲是一种更应重视文本思想精神灵魂的艺术"，因此剧作家应"在现实题材创作上多点儿作为，多点儿时代的焦虑与思想精神张扬"，现代戏创作"一定要有选择"，要勇于"关注现实，关注当下，努力对时代发言"，敢于"说自己想说的话，发自己想发的言"，"只有努力对时代发言，并发好言，才是对优秀传统的最好保护与发扬光大"。[1]正是基于戏曲是灵魂艺术的认知，他才表现出创作"有话要说"的强烈欲望和"努力对时代发言"的使命意识。乔雪梅牺牲自我托举弟妹的奉献精神和《大树西迁》苏家用四代人的生命历程献身西部的家国情怀，同为小人物的人生乃至于生命的奉献，有大有小，但同根同源，都体现了"舍己为家""舍小家为国家"的价值取向和精神向度。相对于物欲横流、欲壑难填的时代伤痛，他们的精神无疑具有丰富的价值内涵和精神引领作用。就此层面而言，舞台形象和舞台叙事便作为剧作家陈彦"对时代发言，并发好言"的话语方式，也成为他"思想精神张扬"的艺术文本实证。如此情怀同样体现在《西京故事》和《长安第二碗》中，他们身上负载的自强不息、忍辱负重、自尊自立的精神内涵同样发掘于小人物共有的生命历程，而且这种品质是民族魂魄中历久弥新的脊梁所存，是时代疗伤的精神灯塔所系，都具有凝重的时代内涵和踔厉的时代个性。不同角度的时代命

---

[1] 陈彦：《努力对时代发出有价值的声音》，见中国艺术研究院戏曲研究所《戏曲研究》编辑部编《戏曲研究》第93辑，第6页。

题硬核并不囿于命题发问本身的方式与意义，更在于它们伴随民族复兴矢志不渝的中国梦并为之奋斗不息的精神引领价值，因此，有价值的时代命题不过是陈彦作为一个有责任担当的作家"赤子之心"的一番袒露而已。

三、有情怀的创作追求

情怀是一种充满着某种特殊而深刻感情的非心情亦非情愫的达观心境。情怀体现的是生命个体基于某种执念而固守的一种理想情操，它排斥绝对的功利性，指向人的社会属性和文化个性所凝结的生命精神，是一种恒常人生的价值取向，是生命活动意义步入常道后一种自然达成。情怀体现的是一个人的信念、情操、思想情感和行为方式等复合的生命质素。由此而言，有无情怀决定着生命个体的境界和格局。有什么样的人便有什么样的情怀，有什么样的情怀便有什么样的人。只要不是行尸走肉、尸位素餐的人，都有着自己的情怀，无论是人文情怀、自然情怀、生命情怀，还是家国情怀、历史情怀、乡土情怀，人都有一种安放心灵的生命情感家园。陈彦是一位有情怀有追求有信念的作家，他把自己的家国情怀、人文情怀和生命情怀寄寓于一部部沉甸甸的艺术文本，从而彰显出他的利他原则与社会责任担当的精神取向。

"中国故事"中的家国情怀。陈彦创作有一个鲜明的特征，就是选材有选择，主题有主张，而这些都蕴含在一个个"以小见大"的"中国故事"当中。《迟开的玫瑰》中的乔家、《大树西迁》中的苏家、《西京故事》中的罗家、《长安第二碗》中的秦家，虽然都是一个个普通而平凡的人家，都是一些家长里短、锅碗瓢盆的故事，但都凝聚着一种精神、一种力量、一种信念，而且是民族特有的一种精神、力量和信念，无一例外呈现出"中国故事"的烟火气息和动人魅力。并且，这些故事演绎在时代背景下，将人物的内心挣扎和情感纠结通过舞台的矛盾冲突展现得有血有肉、生动深刻，又无一例外地表现出积极向上、有守望与持守的乐观态度。乔家不幸中的万幸是长女乔雪梅赓续了"要苦就苦我一个"的老大伦理担当传统，苏家四代人远离故乡而情系西部的"哪里有事业，哪里有爱，哪里就是家"的家传人生理念何尝不是家国同构文化脉源的时代承传，罗天福一家人西京圆梦的艰辛历程又何尝不是民间"中国梦"在现实生活中的生动写照，而秦存根一家人由苦难而辉煌的踔厉奋发与自强不息岂不是对生生不息中华民族的形象注解……尽管没有硝烟弥漫的纷飞战火，也没有刻骨铭心的惊心动魄，甚至没有时代巨变的叱咤风云，但隐含在人世间的世道人心和袅袅炊烟无不是栖居民间普罗大众的生命真实生态。他们面对不幸的命运安排，不怨天尤人，不妄自菲薄，自强不息，始终坚守着自己的人生信念；他们面对精神的困惑与倾轧，不自暴自弃，不随波逐流，依然恪守着诚实本分、勤劳质朴、自尊自爱的美德；他们面对国家的需要和时代的要求，不作壁上观，不明哲保身，毅然以"奉献青春献终身，献完终身献子孙"的家国情怀续写出时代的新篇章……可以说，陈彦笔下的"中国故事"无一例外的是家国故事，无一例外地反映家国主题，也无一例外地显示浓烈的家国情怀。

中国自古即有"文以载道"的传统，亦有"文格即人格"的文论要言，孟子早有言"我善养吾浩然之气"，至韩愈则力主"气盛则言宜"之说，而苏辙又以"文者气之所形"来概括"人者"和"文者"的内在对应关系，虽然论者角度不同理念有异，但"文格即人格"的成理却是同一的。文格确实与人格有着千丝万缕的内在关联，赋予了"以文识人"和"文如其人"特点的内涵和合理依据。就此意义而言，陈彦剧作的文格也是他内心情怀的一种自然折射。他在阐述《迟开的玫瑰》创作背景时就说：

> 我在创作《迟开的玫瑰》的时候，就是想说，社会都只盯着成功人士，盯着白领，盯着塔尖上的人物，而漠视普通人的存在，甚至嘲弄他们的生存方式，鄙视他们的生命意义与价值，这

是不行的。社会的宝塔尖,是靠坚实而雄厚的塔基撑持起来的,长期漠视甚至消解社会"底座"的价值意义,这个社会是会出问题的。正像一个家庭,如果能出大人物,出优秀人物,那一定是有家庭成员要付出代价的,有的甚至是要做出巨大牺牲的。我们需要发掘这些牺牲的价值,从而让社会的宝塔更加稳固并持之久远。①

谈到《大树西迁》创作动机时,他又"有话要说":

这个戏我想说的话很多,想说爱,说事业,说苦难,说忠诚,说教育,说东西部文化差异,也说到了"文革",可有一种意思似乎不能不表达,那就是民族的脊梁,有十分光鲜明亮濯拔的那种,但有时那些带着毛边、带着蒺藜、带着忧怨、带着盘回形状的普通生长样态,其实也并不缺乏对大厦的实际支撑力。②

对《西京故事》的创作意图,他如是表述:

罗天福始终坚持以诚实劳动安身立命,在生存与精神困境的双重挤压下,顽强持守着做人的底线与生命尊严。他的苦痛,他的隐忍,他的怒斥,他的坚守,虽然是一个小人物的知行,但却触痛了一个时代最敏感的神经。我以为罗天福们的呐喊、撑持、肩负,就是时代的最强音,他们的故事必然振聋发聩。③

在论到《长安第二碗》创作之道时,陈彦又言道:

话剧里的主人公,就是一个卖了四十年葫芦头的佝偻老汉。一个门面并不金碧辉煌的小店,但裹挟进了四十年的社会进程。无论是自己儿孙的生命演进,还是进这个店里来吃葫芦头的五行

---

① 陈彦:《努力对时代发出有价值的声音——戏曲现代戏创作感言》,载《艺术评论》2015年第7期。
② 同上。
③ 同上。

八作，都会把自己的生命精神形态带将进来，让我们在一滴水中，努力去看滴水之外的且走且行，甚或波澜壮阔。①

从他言语的字里行间可以清晰地感受到一种发自内心对时代、对社会、对人生、对生命的炽烈情感和家国情怀，表现出一种强烈的社会责任感和时代使命感，无论对乔雪梅自我牺牲精神的挖掘，对《大树西迁》民族精神的生动展示，还是通过罗天福的艰难寻梦历程去"触痛了一个时代最敏感的神经"，或者对秦存根"一滴水"生命形态"且行且走"的呈现，都体现出他对家国的社会意义和民族脊梁的真知灼见，也都是他心系民生、聚焦生活、关注时代意旨的情怀抒写，使文本品格与主体人格实现了高度统一，彰显出他持守常道、卓尔不群的人格魅力在价值多元社会里的奕奕光彩。

小人物灵魂的展示与作家的人文关怀。"社会就像一座金字塔，站在顶尖的成功者毕竟是少数，而更多的人是塔身和基座，每个人的成功都是由多少块砖铺垫、多少个推力推上去的。我们的社会不能失掉对底层的、塔基的深刻认识，而只认可塔尖上的光鲜与美好。成功者固然应该得到社会的尊敬，让大家都努力去为社会做出更大的贡献。但也一定要认识到托举成功者的磅礴力量，他们的生命价值，同样是非常重要的。我这几年写的很多作品，其实都在肯定这个价值。如果这些东西倒塌了，整个社会也会轰然坍塌。"②这段话是陈彦面对记者采访即兴发表的一番感言。在他看来处于塔尖位置的成功者固然可敬，但是支撑整个社会塔基和塔座的小人物同样值得人们尊敬，他们的价值同样重要。这既是他有感于社会力量结构的理性认知，也是个人"创作上一定要有选择"的出发点。由此可见，陈彦关注小人物命运，书写小人物的悲欢离合，时时为小人物立传，并非一时的兴起偶尔为之，而是一种生命体验过程个人独特发现与理想认

---

① 刘淼：《话剧〈长安第二碗〉：一碗泡馍见时代》，载《中国文化报》2021年4月1日。
② 《陈彦：把生活瓣开了揉碎了，再建构你的作品》，来源：中国作家网，2022年6月24日，网址：http://www.chinawriter.com.cn/n1/2022/0624/c405057-32455698.html。

知，因此包蕴了浓郁的生命情怀在其中，久而久之便形成了自己创作道路和艺术长廊的一道亮丽夺目的风景线。

陈彦所塑造的小人物舞台形象明显受到了小说等其他叙事文学人物内心刻画手法的影响，极力追求对人物灵魂的深度挖掘。剧中，他一般将主人公置于特定情境让其心灵空间遭受来自多方矛盾力量的反复挤压与折磨，把主体精神置于坚守中的挣扎和纠结间的持守的两难境地，个人又不得不直面现实被迫做出自我人性压制的理性抉择，以此凸显个体生命的韧劲和精神脱困方式的品质，从而彰显人物的精神张力与灵魂本色。因此，乔雪梅的自我牺牲精神并非个人要着力展示的一种刻意人设，而是在家遭不幸、三个弟妹的人生选择与自我需求发生矛盾冲突接二连三的现实面前，出于老大的伦理责任感，被迫放弃自我人生的当然选择，以"要苦就苦我一个"的委曲求全心理来成就家庭的圆满和托举弟妹们的如意人生，同时来劝退自己。其中，不无悲情色彩的心理挣扎和痛苦万分的人生选择冲破了恒常的预设阻挠，以强烈的自我压抑精神状态折射出奉献精神之崇高与灵魂之高尚。孟冰茜则是以受困于丈夫苏毅扎根西部之决绝、儿女魂系西部不愿东归的客观因素，由此致使自我"沪上情愫"的接连受阻，正当要求得不到回应的情境中被迫一再延宕，等她和孙子苏哲一起回到故乡上海，却发现自己的第一故乡已物是人非，以至患上了失眠症，更料想不到的是曾经煎熬了自己五十年的东归梦，到头来却是对长安和黄河的魂牵梦绕。《大树西迁》将孟冰茜个人的合理要求没有完全归结于个人与环境间的冲突必然性，巧妙地借助人物内心和情感的被唤醒来实现精神困境的自我突围，顺理成章地把女主人公深埋的家国情怀淋漓尽致地予以展现。

《西京故事》和《长安第二碗》有相似的地方，那就是恒常的传统观念遭遇了时代巨变所带来的空前冲击，痛楚中罗天福和秦存根始终坚守着自己的人格与尊严，一直守望着心中的梦想，岂料缺乏定力的下一代在潜移默化中精神被异化，逐渐偏离了既定的人生航向，造成了他们因代际矛盾而产生的内心挣扎与焦虑。虽然罗天福毅然站立，守梦至圆，而秦存根的苦心却碎成了一地的渣子。这种多维的自我内心矛盾刻画方式无疑是作家追求人物灵魂立体呈现的匠心妙章，它有助于摆脱舞台人物服务于故事情节发展的常规套路，代之以人物灵魂需要统领剧情的新方向，不仅使"以悲向喜"的艺术表达更富张力，而且使创作主体给予小人物的人文关怀蓄势其间，二者相得益彰，显隐互动，共同促成了舞台效果的最大化。

　　作家的人文关怀并未彰显于台面，而是隐身于幕后，以人物的精神向度和生命姿态来代言自己的思想情感。陈彦曾直言不讳地表明自己的"小人物"立场。在他看来，位于社会塔尖的成功者固然可贵，终究他们是这个时代的引领者，但不能因此而忽视甚或漠视、藐视支撑塔身的小人物。正因为整个社会有更多乔雪梅、孟冰茜、罗天福、秦存根式小人物数年如一日的守望和持守，才确保了社会塔基的稳固。故此，他进一步强调说："如果看不到这种对成功者的巨大的推动力，不肯定他们的生命价值和劳动价值，作为一个作家，他的创作是有巨大缺憾的。"①基于这样的思想认识，陈彦一直致力于挖掘小人物的人生意义和生命价值，投身于为小人物立传的不懈努力。他把自己对民族和国家的大爱、对社会责任的担当凝结为乔雪梅、罗天福、孟冰茜、秦存根等等动人可感的舞台形象，借以表达自己的生命情怀，当中既有源自生命意识的悲悯情怀，亦有赓续传统而来的家国情怀，更多的则是来自深层生命体验的人文情怀。与其说陈彦的剧作是对小人物情有独钟"有话要说"的一种刻意表达，不如说他自己理想中的这些小人物契合了他个人袒怀时代话语系统的建构需要，更为妥帖些。

　　民族魂的书写与民族脊梁的礼赞。陈彦是借助小人物的命运和时代巨变相呼应的方式来书写蕴藏于民间的民族魂的。民族魂在他的笔墨世界里，表现出以人物为中心的生命情态、以时代巨变为背景的历史沧桑、以

---

① 《陈彦：把生活掰开了揉碎了，再建构你的作品》，来源：中国作家网，2022年6月24日，网址：http://www.chinawriter.com.cn/n1/2022/0624/c405057-32455698.html。

丰富喻象为载体的魂魄写意，三者既相对独立又彼此映照，特点鲜明。《迟开的玫瑰》中乔雪梅、许师傅、温欣、姨妈、宫小花、弟妹三人不唯是单体形象，而是各有指称的社会蕴含，他们以不同的生命情态合力辅佐整体民族魂的勾勒。乔雪梅的自我奉献和任劳任怨，不仅是中华民族数千年代代相传的精神财富，而且在自尊自立、不甘人后的时代氛围里获得了内涵扩展，使人物的灵魂通过扎根传统绽放时代的意蕴灌注，勾勒出女性小人物的时代风貌。许师傅高考失意后意志消沉，因捅下水道职业产生卑微感，在接受了乔雪梅精神的感染后，重拾人生自信，不仅自修完大学课程，而且绘制了城改排污管道图，成为一名劳模，也赢得了乔雪梅的芳心和社会的尊重。他们二人坚挺站立于逆境，以传统人格书写出自我人生的风流之歌，代表了全天下身处逆境谋求生命涅槃的自信自立人共同的心声。温欣乘风扬帆、勇立潮头、敢于担当的生命活力表现出改革开放年代弄潮人独有的精神内质。姨妈记挂雪梅生日的亲情、对乔家毫无索取的尽心尽力，无不是民间传统的血亲至爱的生动写照。虽然她只是一个普普通通的小市民，却没有任何的功利性，把人间大爱镌刻在厚实的古城墙上，宛若小小的萤火虫，只要在灰暗的时刻，总能发出自己微弱的光亮，带给人以温暖。养尊处优的宫小花，虽然时常抱怨乔雪梅的"傻"，同情许师傅职业的卑微，但庸常中她并没有失去一个女人起码的社会良知和道德底线。三个弟妹在乔雪梅的托举下，追求着各自的人生梦想，表现出与时俱进、励志奋斗的生命情怀。可以说，每一个舞台人物都富含深意，共同描绘出民族魂的轮廓及其原生态。如此的苦心孤诣同样体现在《大树西迁》《西京故事》和《长安第二碗》中。

苏家四代人对西部的执念和孟冰茜西部情怀的被唤醒、周长安宽厚仁善的"粗糙"本色所透露的耿直坚毅品质、杏花不惧政治风险对苏家数年如一日的一往情深，莫不是时代语境下世道人心恒常的形象展现——变化的只有年轮，不变的始终是对生活的信念和对家国"匹夫有义"的生命本色。罗天福肩扛一家人的"西京梦"，充满对未来生活的美好期盼，他的忍辱负重和勤劳善良虽然在城里被人下眼瞧，也遭遇了儿子罗甲成的叛逆，但他不屈服一时的困窘，不认命一时的糟心，毅然坚守着一个普通劳动者诚实善良的立身原则，满怀憧憬地拯救他人也重塑着自己。东方老人如呵护生命一般看护西京城的千年古树，与其说他是一位历史的见证者，不如说他是民魂的守护人。罗甲成一时沉溺在虚荣网罗的花花世界里迷失了自我，但他不认命、不甘人后的倔强遮掩不了生命力量的被激活，历经迷茫后的幡然悔悟自然成就了后来有为的罗甲成。罗甲秀体恤父母艰辛而屈身捡拾破烂的行为固然令人心酸，但她柔软善良的心所构筑的人格灯塔无疑照亮了她高尚的品质。还有房东西门一家人的贪财势利、好逸恶劳和精神空虚，岂不是时代光环下城市改造中既得利益者的典型写照？他们虽然让人看不顺眼，但也没有丧失一个人起码的是非判断标准和道德良心，儿子交通肇事后接回被撞老人赡养的举动，阳娇诬陷罗天福的心虚和最后跪地忏悔的举动也充分地表明了这一点。《长安第二碗》中秦存根对传统的坚守，对儿女们的一片苦心，莫不是民族传统生生不息的内质缩影？他由苦难而辉煌的岁月岂不是民族复兴复壮路途中的一面镜子？由此可见，陈彦以人物为中心对生命情态精心描摹，皴染了时代巨变的历史沧桑感，使人在"变"和"不变"的恒常中深切体味到民族魂的无处不在与生命力的永恒，使人们深切感受到民族魂所沉淀下来的自强不息、奋发有为、与时俱进的强劲精神，又通过对小人物矢志不渝生命情怀的褒扬礼赞了化身民族脊梁的生命的生生不息。

同时，钟情象征手法的陈彦还以丰富的喻象为载体来精雕细刻民族魂。《大树西迁》中因时因地而变之橘树、年轮递增的校园法桐，《西京故事》中东方老人看护的千年古树和隐藏幕后的百年紫薇，《长安第二碗》舞台两侧的参天大树都被赋予了拟人化的功能——既烘托了背景和主人公的心情，又直接参与到剧情发展中，用以交代时空坐标，更重要的是它们所负载的文化寓意，形象地将民族精魂传承的文化涵蕴以写意的方式传达出来。

综上所述，陈彦的戏剧创作不仅验证了剧作"入时入心入境"的切实性，而且他将戏剧传统的"高台教化"功能予以时代化，使之产生出怡情化心、催人奋发、撼人心魄的无穷魅力，无时无处不显示出他的创造性，无时无处不体现着一个作家的社会责任感和使命担当。

2022年3月

选自《文艺观察》，太白文艺出版社，2024年

民族魂的民间世俗演绎

——评陈彦话剧《长安第二碗》

古城长安的一介草民秦存根操持着一个大秦家，守护了一个从爷爷手里传下来的老字号"长安第二碗"，在日新月异的新时代一直憧憬着幸福美好生活，并自强不息、坚忍不屈负重前行，虽历经风霜雪雨却初衷不改，本色不移，从而勾画出一幅充满悲情又不乏亮丽色彩的小人物创业世俗图景，这便是《长安第二碗》的主体内容。秦存根为一家子人"能吃饱有房住"而殚精竭虑，七个孩子也为了自己的人生目标各自奔波、奋争不已，他们奋发作为在人生道路上与既定宿命的苦苦相争、在与个人对理想的不懈追求中、在与挫折迷茫的奋力博弈的坎坷历程中，折射出时代广阔的社会生活画面，透视出长安古城历经沧桑却历久弥新的魂魄之所在，彰显出民族魂中凝聚的民间世俗力量。正如鲁迅先生在《中国人失掉自信力了吗》中所言："我们从古以来，就有埋头苦干的人，有拼命硬干的人，有为民请命的人，有舍身求法的人，……虽是等于为帝王将相作家谱的所谓'正史'，也往往掩不住他们的光耀，这就是中国的脊梁。"

生生不息的民族脊梁

剧作开场于1978年的隆冬时节，自来水管冻住了，人们在严寒中期盼着春天能早日降临古城，化开这历时已久的坚冰。孩子们个个忍冻挨饿，秦存根夫妇极尽节衣缩食之能事，也难以让他们吃饱饭穿好衣，更谈不上何时能把"毡棚"换成宽敞的房子来安居。体恤父母艰辛，长子大宝不得不挺起稚嫩的肩膀到曲江拉坡，以缓解家庭拮据的压力；妻子兰彩阻止好动年纪的孩子剧烈运动，免得吃食经不住消化；还有那路过的无名氏，背上两个婴儿饿得直哭……其时，正值党的十一届三中全会召开之际，但改革的春风尚未吹拂到长安，长安城还处于一片困顿当中，百姓依然生计维艰，苦难岁月的尾巴并未一下割断。街坊邻居们闻到葫芦头的香味，口馋之外难免勾起对关张已久的"长安第二碗"的无限回味与渴盼，这些笼罩在灰暗低沉色调中的款款心曲无疑涌动着民间的世俗力量，蕴积着民魂的生命活力，一切都处在蓄势待发之中。当改革的春风轻拂古城，"长安第二碗"的牌匾重新挂了起来，秦家的葫芦头店重新开张了，秦存根和街坊邻居们都忙活起来，都在为有奔头的日子竭尽所能去奔命。秦存根重开张老字号的最初目的很单纯，那就是作为一家之长的他不忍心再让孩子们忍饥挨饿，"我秦存根生得起娃，养不起。眼看着一天天都长大了，吃的是瓜菜代，穿的是用日本尿素袋子缝的裤子，住的还是牛毛毡棚……不给他们吃上饱饭，垒个窝，我秦存根死不瞑目哇！"就是这个被逼无奈的选择，他重开"长安第二碗"。背景适时唱响秦腔《逼上梁山》，无疑准确地诠释了秦存根当时的悲苦无奈心境。他负重出发了。剧作主要围绕秦存根一大家子和"长安第二碗"苦难而辉煌的奋斗历程以折射时代巨变的经纬蓝图，折射自强不息的民族脊梁和其力量的生生不息。

"长安第二碗"的丰腴史明显呈现三个阶段：重新开张时的简陋狭小和捉襟见肘的精细盘算；丰腴期日渐兴隆的圆桌逐步延展；繁盛期东西南北分店的精心布局。重新开张时，厨房在原先的牛毛毡棚里，夫妻二人栖居在楼梯的拐角；丰腴期厨房已搬至二楼，夫妻依然在楼梯的拐角处；繁盛期分房时一切已今非昔比，而他们夫妻依然住在楼梯的拐角处未曾挪动。这从侧面反映了秦存根店铺虽越开越多，日子越过越好，儿女们也个个长大成人，但他们夫妻脚踩大地的勤俭美德、勤苦劳作的诚实本色未改；教育子女恪守正道、助益一方的社会责任也未曾懈怠；面对无常的世道人心和追逐名利的无处不在，秦存根也备受煎熬，倍感痛楚，但他初心不改，反复叮嘱孩子们做人要实在，要"材真料足"，要脚踏实地往前奔，千万不能投机取巧，更不能昧了良心；三宝五宝的堕落使他备受打击也深感痛心，但他始终不离不弃地扶他们上马；对四宝不堪婚姻破裂的重击而自寻短见的一时糊涂，他晓之以理动之以情给他指明了走出迷茫的方向；面对突如其来的店铺生存危机，他虽痛心不已难堪重负，却毅然坚挺站立，坚韧不屈地一步步走向辉煌。在秦存根不乏悲情色彩的心路历程中，既没有慷慨悲歌，也没有缠绵悱恻，但有的是"埋头苦干"和"拼命硬干"的不认命、不低头、不示弱、不犹豫、不放弃的精神，正是这种不屈不挠的意志力，让秦家走出苦难、蹚过沟沟坎坎，最后迎来了辉煌。这折射出民族魂中自强不息的精神。

奋发作为的民间力量

巴尔扎克曾说："生活的花朵只有付出了劳动才会绽开。"鲁迅也曾有言："巨大的建筑，总是一木一石叠起来，我们何尝做做这一木一石呢？我时常做些零碎事，就是为此。"万事无凭空而来的坐享其成，要让"生活的花朵"绽放，要让"巨大的建筑"矗立大地，必须脚踏实地地奋发作为，即便奋进的路途荆棘满布，充满坎坷，但作为和不作为俨然两种截然不同的人生态度，也会得到截然不同的结局。屠格涅夫笔下的罗亭尽管满怀抱负，志向远大，但他只善于浮想联翩而不付诸行动，到头来也只能在结满蛛网的床上日渐老去。作为必然面临种种艰难险阻，要经历千辛万苦，也可能会遍体鳞伤，但他终会是一位令人可敬的"竞技者"。"我每看运动会时，常常这样想：优胜者固然可敬，但那虽然落后而仍非跑至终点的竞技者，和见了这样的竞技者而肃然不笑的看客，乃正是中国将来之脊梁。"（鲁迅）秦存根的奋斗史本身就是一个小人物的作为史。他对幸福生活的向往并没有像罗亭那样只停留于翩翩幻想，也没有像花朝阳那样一味痴迷暴富梦想而不惜铤而走险、投机取巧，而是像鲁迅所言的"竞技者"那样，始终以诚实本分的劳动义无反顾地奔向理想的终点，即便内心憔悴，重负难堪，但从未言弃，从未懈怠，表现出自强不息的精神，折射出奋发作为的力量。四宝虽一时迷茫消沉，但他不懈追求的精神依然焕发出韧劲十足的生命活力，甘居沙漠十年孜孜以求，始终默默无闻地勤苦奋争来造福一方，终成院士成就了一番辉煌人生。还有那位始终隐藏于舞台背后的无名氏，辛劳一生，没有鲜花和掌声，不仅抚育一双儿女长大成人，而且将他们培养成了祖国的栋梁之材，个中甘苦和辛酸她默默承受。相反，一门心思投机取巧沉醉于暴富梦的花朝阳，虽也曾借改革东风享受过几年风光，但"人间正道是沧桑"的规律注定他不会坐享其成，最后他确实落得个妻离子散的下场。剧作通过对比手法的巧妙运用来充分肯定奋发作为的时代主题，并借助西安城版图光影的背景暗示、街坊邻居精神面貌的变化、泡馍馆的日益兴隆，烘托出奋发作为的人生意义，而且将民间力量诗意地内化为古城的时代精神。

信念的守望与人格的坚守

秦存根人生辞典关键词有两个：守望和坚守。正因为对信念的痴情守望和人格的非凡坚守，才使他渡过了一次次劫难，才使他的人生充满自强不息的生命质地。他的守望既有对本民族传统美德的护持，又有对与时俱进、奋发有为时代主题的内化呵护，更有对古城负载的地方文化精神的赓续，一切都熔铸在他的生活信念和人生执念中。他一心想把葫芦头店做大做强的动力正是来源于自己对"日子一天总比一天好"的生活信念；他激励女儿要唱就要唱成西安城的一个角儿，同样来源于他对一分耕耘一分收获的人生信念；他反复叮嘱儿女要脚踏实地走正道不仅仅是他个人的一种人生体悟，而且也是人生信念的代际承传。秦存根的守望始于生存需要，成于时代不负人生的切身感怀，与其说他守望的是生活的信心和生命的良知，不如说他守护的是民族的脊梁和对民族复兴的信心，体现出一个民间小人物根深蒂固的家国情怀。守望过程虽有万般艰辛，也经历了辛酸和煎熬的精神洗礼，但在栉风沐雨创业道路上他始终坚守着一个父亲的社会责任和道义底线，坚守着一个平民勤劳朴素、仁善宽恕的传统美德，坚守着一个子民坚韧不屈、自强不息的脊梁。正因为有秦存根们在，中华民族才能在一次次的苦难与劫难中始终坚挺地站立，又毫不犹豫地一步步走向复兴的辉煌。

2022年3月

悲悯情怀观照下的人物群像与精神守望

——评陈彦的长篇力作《装台》

从戏剧到小说，陈彦创作的主角始终离不开小人物，无论是着眼于他们的情怀，还是他们的悲剧性命运，总是不厌其烦地为他们描神勾魂，因此，"为小人物立传"的褒扬性标签就贴在他的额头。而事实确也如此，《西京故事》写罗天福一家到大城市打烧饼谋生，租住在一个叫文庙村的城中村，那里有五万多个像他们一样讨生活的底层小人物，他们没有学历和更多的本事与技能，只能依靠下苦力赚钱养家。为了艰难求生，他们即便被鄙视受欺压，也只能委曲求全、忍气吞声，悲愤无奈之时顶多在老槐树下吼几声悲怆而苍凉的秦腔来宣泄心中的郁闷情绪。《装台》又写以刁顺子为首的一群装台工迫于生计，没日没夜地干最累最苦的活，忍受常人难以忍受的悲苦和屈辱，依然看不到命运之神的微笑。《主角》写一个来自偏远贫穷山沟里土里土气的放羊娃、笨拙的烧火丫头忆秦娥，吃尽人间孤独冷漠、被排挤、受陷害、忍侮辱的苦楚，历经坎坷而成为一代名伶的悲情人生。《喜剧》则以贺氏一门父子两代丑角的生活和命运为主线，道尽怨憎会、爱别离、求不得的万般无奈之苦。这些实际论据足以支撑这种评述。但陈彦却不以为然地，并解释说："有人说，我总在为小人物立传，我是觉得，一切强势的东西，还需要你去锦上添花？即使添，对人家的意义又有多大呢？因此，我的写作，就尽量去为那些无助的人，舔一舔伤口，找一点温暖与亮色，尤其是寻找一点奢侈的爱。与其说为他人，不如说为自己，其实生命都需要诉说，都需要舔伤，都需要爱。"[1]这是一种悲悯情怀，更是一种社会责任的自觉担当，已经达到一定的精神高度。他为小人物立传只是表达的基本需要，绝对不是目的，更不是终极目标；小人物的命运也不仅仅是一种生命常态的书写方式，而更多地则是透过人物命运的观照，去深入挖掘和表现他们的人生价值、生命意义、精神蕴涵，将一个作家的社会责任与义务以人物故事的形态表现出来。《装台》中的人物群像从不同维度验证了这一要旨。

立传的描神勾魂与小人物的大境界

《装台》中，陈彦依然借助小人物大境界、小人生大时代、小生活大社会、小生命大情怀的"以小见大"艺术结构方式，来达成记录时代、喻言社会、隐喻大道、言说旨意的创作目标，而这一过程的基础则是以描神勾魂式的方式为小人物立传来完成的。

陈彦通过《装台》为小人物立传体现为四个方面的特点。其一，立足真实，紧贴大地，写实还原小人物的生活困境和生存境遇。艺术生命的法则，首要的是真实。真实是艺术的生命，是艺术创作的永恒法则。创作《装台》的准备期间，陈彦将一个作家的身心下沉到装台人的现实生活里，闻其言、观其行、察其色、通其心、感其情，"生存土壤"和"精神肉体"的感觉也就油然而生。顺子为了别人瞧不上的那几百块钱，整日里猴着背，低三下四地给人赔着笑脸，絮絮叨叨说着好话的窝囊相，形神兼备之余，将人物的心理结构和精神结构描画得十分传神。尤其是对顺子面对寇铁等人，为生计既气愤焦苦异常，又不敢得罪对方，左右为难又无可奈何的备受折磨煎熬的窘态，陈彦刻画得入木三分。这些都是来源于生活

---

[1] 陈彦：《装台》，作家出版社，2015年，第434页。

体验乃至生命体验的真切感受与呈现。实际上，陈彦的作品之所以富有浓厚的烟火气息和强烈的艺术感染力，除扎实可靠的生活积累和追求现实生活基于原汁原味真实的艺术表现而外，也契合着个人创作理念中对"真"的理解和感悟。他鼓励青年作家"一定要到田野去，到生活最真实的场域去，要写出生活毛茸茸的质感"。他旗帜鲜明地反对"虚拟现实"的创作，"写熟悉的东西比什么都重要！写不熟悉的东西，总会挣挣巴巴的，这时难免会用一些'技巧'来弥补生活的不足"。他强调"真"是"善"和"美"的前提条件和基础："作品的'真'是至关重要的。如果把'真'剥离，那'善'也成了'伪善'，'美'也成了'伪美'。艺术之'真'，当是作家努力追求的境界，说我擅长写小人物，也是因为熟悉他们，努力想去追求'真'的层面。"[1]因此，他主张创作的要诀在于"努力让生活去说话"。"文学艺术创作是应该努力让生活去说话，让柴米油盐酱醋茶说，让日子说，让年轮说。作者只不过是用一个箩筐，去尽量把它们原汁原味地装进去而已。"[2]理念及创作全过程对真实性的保证，使读者切身感受到了环境真实所带来的身临其境和浓郁的泥土气息，也让人物活灵活现地行走在厚实的大地之上。

其二，心怀悲悯，摄魂入魄，立体展示人物丰韵的精神蕴含。写作《装台》，陈彦显然疏离了"五四"以降乡土写作和底层叙事的批判之维与同情怜悯的传统，放弃了惯常的自上而下的俯瞰姿态，将平凡人的世俗生活拉回叙述现场，满怀悲悯之心地展现小人物生存两难困境的同时，使共情建立在平等互动、真诚互信的同步勾连之中，参与到装台人的情感世界，与之同喜同悲、风雨同舟，从而产生强烈在场感，也使人物形象更具立体感，使人性深处的五光十色因充分感光而得以显露，主体的精神向度

---

[1] 韩宏、赵征南：《陈彦：以生活之笔，点亮劳动者的光荣与梦想》，载《文汇报》2021年2月20日。

[2] 薛铂等：《茅盾文学奖得主陈彦话剧〈长安第二碗〉——用一滴水表达波澜壮阔》，载《陕西画报》2019年第8期。

也伴随细微处心理隐秘的揭示而活灵活现地呈现于人的近前。

叙写苦难和辛酸的精到固然难度不小,而探寻并展现小人物那种万般无奈又颇为不甘的微妙曲徊非悲悯之心而不能,必得尽心尽力而能为之。顺子在将蔡素芬领进门后,菊花因此而搅得全家鸡犬不宁,其间的是非曲直顺子自然是心知肚明的,谁对谁错也一目了然,但是身为丈夫的顺子、窝囊父亲的顺子、一家之长的顺子、装台队主心骨的顺子有着各个身份角色的苦衷和无奈,也因此被来自四方的力量相互撕扯着近乎窒息。他左右不是又分身乏术、心有余而力不足的悲苦之深之复杂,人们已感同身受了顺子位于被撕裂的临界点,但无法援助只能在局外唏嘘不已。叙述现场陈彦则以款曲萦回的节奏,用富含双关语义指涉的"啥东西"之类口头禅和带有表演性以及个性化的行为方式,不失智慧地让顺子走出了此时此刻的无可奈何情境,其中交融杂糅起来的焦苦、无奈、期待、心磨、忧虑诸元随隐忍而袒露无遗,将顺子的悲苦命运和命运之悲苦的生存境遇叙写得形象生动而真切感人,并使顺子们肉身凡胎所隐含、浸染的责任意识与民族脊梁大美众目昭彰,跃然纸上。人物三魂六魄呼之欲出,既让人生发出感同身受的共情效应,也使人物内在的心理结构得以暴露,聚焦协同的结果不仅使创作意图得以鲜明呈现,同时又将作家的立场态度和悲悯情怀揭示出来。

其三,把握时代,传导温情,倾心展现人物内在的生命情态及意义。顺子一副逢人低头哈腰、卑微软弱,即便面对女儿的刁蛮也屈膝讨饶的窝囊相,并不代表他就是一个彻骨的弱者;同样,他猴着背行走在人生的边缘,也不能说明他挺不直腰背,脊梁是缺钙的。相反,顺子坚守着恒常的道德底线,有着民族亘古相传的纯朴善良、勤苦敬业、利人行义的美德和品质,更有着奋发抗争、坚忍不拔、不屈不挠的精神,点头哈腰只不过是他身为装台人的生存需要,猴着背只不过是面对苦难命运不堪重负的惯常,生命里真正的顺子"活得比他谁都硬朗周正",是"活得干干净净堂堂正正的人不比他谁低贱",是有责任担当"钢梆硬正"顶天立地的顺子。他丝毫没有沾染利欲横流时代的陋习，没有与流俗同流合污，而是保持着难得的清醒，一直脚踩大地，他是低头弯腰咬牙行进的勇士，是代表时代精神的逆行者。同时，陈彦借助瞿养正和朱老师旁观者在场的发声，充分肯定了顺子的生命价值，带给社会底层的温情和温暖，以激励他们的方式表明作者的立场和态度，展现出时代语境下卑微者并不卑贱的崇高美。

其四，守望传统，厚德载物，尽力疗治利欲涌动所带来的时代伤痛。从叙事所指涉文本的角度来审视，《装台》未尝不是一个寓意丰赡的文化性文本。其文化蕴含体现在作为文学文本要素的各个层面，立场、结构、人性的开掘与呈现是建立在传统义利观现代性价值延展基础之上的。因之，不妨将其视为一部以当下世俗生活为载体的《论语》《中庸》的现代阐释文本。在这个文本中，中和的古典传统美学观念贯穿始终，并非表现出类西方价值原典的绝对分化对立，这是一种中庸哲学思想的具体体现。而且，在中和作为审美精神内核作用下，真与假、善与恶、美与丑、小与大、是与非之间的厘清与审视是以儒家思想作为尺度的。顺子的隐忍、窝囊在现代社会来看可能是一种真正的源发于卑微的"丑"，而文本指涉的却是以悲壮托举的"大美"和"大智慧"，因为他是良善的，是仁义的代言人和践履者。同样地，考察刁菊花、刁大军、疤子叔他们这些所谓"恶"的形象，其实并非"恶"，只能是一种"非仁义"正统的"丑"。"丑"是戏曲舞台上一种不可或缺的调和角色，它通常以滑稽的形态出现在舞台的边缘，又常常作为被批判的对象来衬托主角。生活里也是如此。与"善""义"相对的并非只有"恶""利"，更多的常态则是"非善"和"非义"。这些支撑文学文本的哲学正统观念正是中国儒家思想的主体精神，其基点源自守望传统的内在驱动力，并未主观刻意地建构新观念。同时，在"恶"向"非仁非义"的中和调解过程中，包容和忠恕的姿态调动起厚德载物的宇宙观和人生观，使"仁义"和"非仁非义"均得以疗治，只不过一个体现为肯定性的激励，一个体现为事出有因、情有可原的宽恕和自我救赎期待视野的建立。

刁菊花虐杀残疾狗好了是在多番驱赶韩梅和蔡素芬无果的情况下，出于以夺回"爱与安全感"为目的的一次宣示性总爆发，其本质在于人性的动物本能冲破社会属性束缚后的结果，本原是"恶"的绝对残忍性：

  好了的脖子是用一只长筒丝袜勒着的，身上扎着水果刀、剪子，还有铁丝、铁钉子，鼻腔里，深深捅进去了两根竹筷子。连好了的私处也没放过，里面被硬撅撅地别进去了一根生黄瓜。

  好了明显是遭受了比较长的虐杀过程，不仅浑身充满了刀剪、锐器的扎、戳、划、剥，而且那条断腿，也分明是遭受了特别的攻击，白茬茬的骨头，折断在了血糊糊的皮毛之外。[①]

但是，由于有菊花成长过程和自身的生理"丑"的预设，绝对的"恶"在审美效果中呈现向"非义""非善"的嬗变，冲突的效果得以中和，这些都受作家人生价值观念的支配。因此，正统传统文化观念主导下小人物的人性底色非"善恶"的绝对性，而是"非仁非义"中"丑"的相对性，由此也使读者生发一种温情和温暖的接受反应。陈彦言道："一个人的最高生命境界，我以为就是懂得爱。这个爱，不仅是爱情，更多的，是关乎人性的东西。爱到最高境界，其实就是一种责任。"[②]又曾言："无论文学还是戏剧，都不能缺失悲悯与人道情怀，更不能缺失对混沌，甚至幽暗生活的点亮。我始终认为，'大人物'的生命世界里，已经塞满了太多的好东西，我们应该把希望、美好与力量赋予更多的'小人物'。"[③]洞观这两段自述，前者重在表达人性本体上爱是最高生命境界的观点，后者则侧重创作是一个作家生命境界的对象化过程的理性认知，似乎二者毫不搭界，但二者的思想观念根基则是相通且统一的，那就是都是源自对古典正统价值哲学观念的赓续与持守。因此，从陈彦的作品中，

---

① 陈彦：《装台》，作家出版社，2015年，第258页。
② 王锋、舒晋瑜：《陈彦：作家要给人一瓢水自己必须有一桶水》，载《青年报》2017年5月28日。
③ 舒晋瑜：《陈彦：现实主义需要面对日常的残酷》，载《中华读书报》2016年7月13日。

感受不到消极写实的疼痛感和憋屈感，更多的是来自现实主义精神感召下的温情和温暖，也由小人物的生命情怀里见出了作家的大境界和大情怀。

小人物群像的底色及其蕴含

《装台》中活跃着一群形形色色的底层小人物，他们面对时代的进程与发展，以不同的姿态书写着属于自己的精神图像，或随波逐流、自甘堕落；或在困苦中毅然站立、艰难跋涉，身处逆境而不自暴自弃；或矢志不渝、守持理想，始终守望着公道人心的传统和正义……他们都以鲜活的生命共同完成了这幅小人物的精神图谱长卷，意味悠长，耐人深思。

我们姑且按照正剧角色的相对分量和位置，将这些灵动的小人物布局在舞台上：首先处于前台中央的自然是以刁顺子为代表的一干装台人，他们或生或旦，都应当是《装台》绝对的主角；其次是以瞿团和朱老师为代表的老生，他们代表了一种人格与精神的高度与风范，一种民族主流价值观念的守护者与践履者，相对于主角而言，他们只能退居其次，以偶尔穿插的形式来完成角色的使命与责任；最后是以刁菊花、疤子叔、刁大军为代表的媒旦和丑角，所谓"无丑不成戏"，他们是舞台不可或缺的，但只能以插科打诨游走于舞台，发挥他们调节气氛与节奏、陪衬与铺垫的作用，终究《装台》是一出正剧，而非喜剧或闹剧。如此而来，一众人物便各安其分地分布在人生舞台的自在位置，完成自我表演的过程。

装台人是一群"蚂蚁"式卑微的小人物，面对时代巨变所带来的重重焦虑与挤压，面对无法改变命运的生活，悲苦而无奈，备受煎熬和折磨，除了日常生活中借用阿Q式的"精神胜利法"以戏谑的方式通过自嘲和打诨来调整心态和宣泄情绪而外，他们并没有自暴自弃，也没有自怨自艾，更没有怨天尤人，表现出愚公式坚忍不拔的意志力，始终守望着属于自己的人生梦想，坚守着属于自己的道德底线，守望着国族长久赓续的精神灯塔，把卑微生命的生命意义深深镌刻在苍茫大地上。他们是装台人，他们为自己装台，也为他人和整个社会在装台；他们在自己装台的人生舞台上悲情地表演，也亲手给别人搭建舞台以成名成角，自己却自觉地隐身幕后。他们的身上无一例外地洋溢着勤朴善良、任劳任怨、吃苦耐劳、乐观向上、崇尚道义的民族美德，让微弱的荧光带给人间以温情与希望。他们是这个利欲社会的基石和基座，是助力时代前进的奉献者和奋斗者，是民族精神和脊梁的化身，是民族文化传统基因赓续的力量和希望。在装台工群体中，刁顺子无疑是他们的灵魂人物，这不仅仅因为他是小包工头，更重要的在于他是作为这个社会群体的代言人出现在尘世的舞台上，无论对艺术文本本身而言，还是对生活的现实存在来说，都毋庸置疑。

顺子的人生底色是悲苦的。他不仅命运悲苦，生活悲苦，而且心理尤其悲苦。顺子并不祈求什么大富大贵，那对于从淘粪挑粪种菜贩菜走过来的他来说是画饼充饥，是虚幻而不现实的妄想。他心里清楚，生活现实中的命运自己是无力去改变的，在失去土地后，本可以在城中村自家的院子加盖几层，也好日后靠租房过上舒坦顺心的日子，拆迁还可以多些补偿，但当时他觉得不合规就放弃了念想。眼看着疤子叔那些邻居高楼林立，月月房租坐等收账，顺子的心里也懊恼过，但并不后悔。既然错过了时机，日子还得一天一天地过，该吃的苦还得吃，所以顺子的口头禅就两句："下苦的"和"啥东西"。后者是对女儿刁菊花胡搅蛮缠无理取闹时才用，前者则是对自己具体的定位认知和装台工内质的确认，所以常挂在嘴边逢人自答。定位着自己也就确立了人生目标，他只期望家里能和和美美、团团圆圆、平平安安的，如此即便再苦再累也值了。似乎顺子的理想看上去太不具有挑战性，更谈不上目标远大，但这是顺子最切合实际的梦想，是传统家庭共有的祈愿，也是全天下普罗大众对幸福深入生命的认知与理解。但这样的目标在命运面前依然遥遥无期，风里来雨里去的装台生计里顺子蹬着三轮车不知送走了多少沉重的苦楚岁月，到头来还是恓惶得备受熬煎。疲惫不堪的顺子最头疼的并不是在外拼争的艰辛，恰恰是回到家面对菊花无理取闹搅和得鸡犬不宁的痛苦无奈，因此顺子心里尤其悲苦。这些似乎是悲苦命运的刻意安排，但顺子认这个卯却不认这个命，他毅然蹬着三轮尽心尽力地奋斗在装台人的恒常轨迹上，依然憧憬着幸福日子早日来临。

《装台》与《主角》《喜剧》相同的一点就是对人物命名设置了"前文本"，以建立勾连性的期待视野。这显然源于中国古典文学传统技法的启示，深受《红楼梦》的影响[①]，也是民族传统姓名文化在现代叙事中的具体运用与传承。顺子的"顺"顾名思义是祈顺、顺遂；"子"者，君子、男子也。透过这一刻意的预设，可以感知作者的匠心之独到，顺遂是民间普遍的心理期许，是人间一种附着有宗教信仰式的世俗观念，但生活现实中的顺子，不仅不顺难顺，而且颇为艰辛悲苦。第一任妻子田苗跟人跑了，留下顺子和刁菊花父女相依为命；第二任妻子赵兰香貌心如菩萨，无奈进门两年死于子宫癌，又将韩梅托付给他；第三任妻子蔡素芬要人样有人样，要贤惠是贤惠，无奈女儿菊花死活容不下她，也一走杳无音信。三娶让旁人的眼里充满期羡，其实顺子心里是焦苦不堪。蔡素芬出走后，顺子也对婚姻心灰意冷，由此打消了续娶的念头。可是大吊的猝死，将遗孀周桂荣和需要给脸植皮的孤女丽丽托付于他，念在兄弟的情分上，顺子极不情愿又不忍心地让母女二人走进了家门。大女儿在出去转一圈之后又回来了，"菊花气得扬起手，就把一个花盆掀翻在地了"，"好在顺子已经习惯了，什么他也改变不了，但他认卯"。面对这样的苦难和命运，顺子不由自主地哼唱起《人面桃花》中的几句唱词："花树枯荣鬼难挡，命运好坏天裁量。只道人世太吊诡，说无常时偏有常……"日子照旧，生活还得继续，苦难和悲剧的循环顺子还得顶着继续负重前行……

蔡素芬是顺子第三任妻子，是真心想和顺子过踏实安生的日子。她不

[①] 这一点在陈彦自述中亦有迹可循。他在《主角》后记中言及对拉美文学的借鉴态度时有感而发道："拉美的土地，必然生长出拉美的故事，而中国的土地，也应该生长出适合中国人阅读欣赏的文学来。从这个意义上讲，《红楼梦》的创作技巧永远值得中国作家研究借鉴。"

仅美丽端庄,且温柔贤惠、淳朴善良、体贴入微,给顺子悲苦的生活里闪现出一缕久违了的光明和温暖。蔡素芬也有过不幸的婚姻,所以她倍加珍惜,也极为理解刁菊花的心情,以平和隐忍、宽容柔韧的包容姿态来应对菊花的非难、指责和谩骂,还规劝丈夫顺子要体谅无理取闹的菊花,尽力去化解家庭矛盾。蔡素芬是继赵兰香之后顺子最中意而可心,也用情最深的女人,双方情投意合,相亲相爱。对此作者借粘网子景一幕给了夫妻二人特写镜头:

> 在顺子拉起素芬手的那一刻,他突然有点心酸,这双手,在跟自己第一次拉住的时候,是多么的细嫩绵软哪,那是跟城里不做活的女人一样白嫩柔和的手,可跟自己才半年多光景,就糙成这样了,拉起来,甚至有点像粗砂纸。他顺子靠蹬三轮、装台,不是养不起一个女人,可家里这情况,也就只能让她跟装台的男人们一起受委屈了。素芬的手上,不仅磨出了好几个血泡,而且手背上还长满了冻疮,顺子在擦碘伏时,心里难过得眼圈都有些发红。而在顺子给素芬擦碘伏时,素芬也在静静地观察着顺子的手,几个指头短粗短粗的,茧子一层摞一层,冻疮也是一个接一个的,那红彤彤的冻疮皮肤上,结着抓破了的白痂,白痂又连着白痂,就有些像牛皮癣了。她知道顺子是地地道道的城里人,可城里人,把苦下成这样的,恐怕还真不多见。①

从这个相互体恤的暖心场面可以看出,顺子和蔡素芬对彼此的关心是贴心而入情的,从而将一对患难夫妻同舟共济的真诚挚爱袒露无遗。可以说,蔡素芬用无言的奉献、温热的胸怀、吃苦的精神、痴情的真爱深深地打动了顺子,也成了顺子的一个软肋。即便如此,蛮横暴戾的刁菊花还是容不下这个后妈,硬是逼走了蔡素芬。蔡素芬给顺子留下一封告别信后便杳无音信。当晚,她又给在宾馆住宿的菊花发去短信,表示自己不该打扰

---

① 陈彦:《装台》,作家出版社,2015年,第200页。

他们父女二人的生活，除道歉和说明离开原因而外，蔡素芬并没有任何抱怨菊花的意思，反而是苦口婆心地劝解菊花要体谅和理解她父亲的一片苦心和难处，言辞情真意切，至为感人。刁蛮的菊花看完后"说不清是哪个地方不舒服……心里就觉得有点忐忑"。蔡素芬的宽宏大量和以德报怨具有无我的利他性，在她的身上，同样洋溢着深受民族传统美德滋养和浸润的浓郁色彩，是一位内外兼美传统女性的典型代表。

大吊、猴子、墩子、三皮等这些顺子的难兄难弟固然有这样那样的小毛病，但始终难以遮盖他们身上共有的勤劳善良、仁义厚道、吃苦耐劳、坚韧不屈的传统美德。他们从事着繁重而憋屈的体力劳动，也各有各的焦虑和烦恼，也都经受着悲苦命运和人生无常的摧残和折磨，但他们依然本色不改，始终恪守着身为小人物的生命尊严，用辛苦的劳作和非凡的韧性抗争着命运的既定安排，默默承受着周而复始的苦难，表现出生生不息的强劲生命力，折射出人性深处的坚韧性和民族脊梁的非凡力量，促使我们基于生命哲学的多向度思考，也潜在地构成了对利欲世道人心的一种无言反驳。

除可敬的装台人而外，世俗舞台上还在周边穿插着一批持守社会道德理想、调节世道人心、秉持自身人格与人间公义的知识分子，根据情节需要，他们有时会出现在有装台人的现场，适时介入矛盾的演变和推进当中。他们普遍深受传统文化的熏育，闪耀着理性和智慧的光芒，扮演着文化传统和理性有机融合智者的形象，从而在纷繁复杂无序的凡尘里，享有着较高的威望，也备受人们的敬重。他们又普遍对芸芸众生有着悲悯情怀和人文观照，给予了卑微者以基于平等的尊重和无比的同情理解，甚而对一时迷惘困苦中的小人物及时伸出援助之手或适时予以矫正纠偏。

瞿团本名瞿养正，"养"，养护；"正"，公正、正义。瞿养正身为秦腔团团长，是一位作曲家，人们习惯称其为瞿团。俗话说："要怄气，领班戏。""宁领千军万马，不领一帮杂耍。"自古以来，这剧团团长便难当，所以在人看来："剧团领导多数就长了个挨骂的相，活脱脱一个受气包。"但瞿团却是个罕有的例外，心生怨气的人顶多埋怨"他'耳朵根子软'，'爷'多，'奶'多，'姨'多而已。所谓'爷''奶''姨'，就是那些难缠的男女主演，行里叫'角儿'。这些人物，不光是瞿团长缠不直，搁在哪个领戏班的人手上，也不好缠"。在瞿团面前，"不仅在大面上没人敢胡来，就是背后，顺子他们也很少听到有人骂他的"。由此可见，瞿团是一个令人心服口服的好人，也是一位令人敬重的称职好团长。在顺子眼里，瞿团可不仅仅"是难得的大好人"，而且是本事不小的能行人，瞿团"把天大的事都能摆顺了"。显然这些关于瞿团的褒奖与他自身的修行涵养、人格魅力和公道正派的作风密不可分。贵为一团之长，瞿团不仅没有歧视和冷落装台人的习惯，还十分体恤他们下苦人的难处，能帮则帮，颇为和善，不像别人动辄张口即骂。《装台》中瞿团以平易近人、诚恳待人的风格极力消弭着阶层之间存在的隔膜，使顺子他们切身感受到一种来自人间的温暖与温情。瞿团对顺子也是有求必应，充满信任，即便是顺子的家务事，他也是竭力而为，绝不推托。菊花小的时候常跟在顺子屁股后边在剧院和同龄孩子玩，也常常遭受那些孩子家长的排挤、冷落和嫌弃，唯有瞿团主动领她到自己家住宿；当顺子央求瞿团出面化解父女矛盾时，瞿团不仅应允，而且语重心长、循循善诱地劝导菊花化开心结。顺子和他的装台工兄弟认识瞿团是幸运的，每当寇铁欺压、克扣工钱讨要又无果时，瞿团便会要么巧加点拨、要么震慑寇铁，帮他们解困；在大吊意外受伤时瞿团亲自到医院探望，并尽力补偿，而大吊后来猝死，他又首先站出来，勇于担责，并力保给予家属足够多的抚恤金……这些点点滴滴无不展现出瞿团内在的柔肠侠骨和不凡的人格魅力，而且在他的身上洋溢着一种强烈的道德与理性的光芒。

另一位是朱老师，他出场并不多，因为在作品里他单为顺子而存在，类似于《白鹿原》中的朱先生之于白嘉轩。朱老师不仅仅是顺子的小学启蒙老师，更是他步入社会的精神导师。在顺子的生活里，如果说瞿团是他的益友的话，朱老师则是他的良师。朱老师人生阅历丰富，淡泊人生，尊奉仁义礼范，顺子每每遇到人生的困惑和生活的难题时，首先想到他的恩师朱老师，每一次顺子都会从他的教诲和指点迷津中宽慰了胸怀，清晰了方向。在给朱老师拜年时，顺子不由自主地将憋在心里的烦闷与苦楚和盘托出，朱老师毫不介意，也不嫌弃这个卑微的学生，他对顺子宽解道，日子"慢慢往前磨吧，有啥办法，好在你总是没亏过人的"。"你是钢梆硬正地活着。你靠你的脊梁，撑持了一大家子人口，该你养的，不该你养的，你都养了，你活得比他谁都硬朗周正。""我的学生刁顺子，是一个靠自己双手吃饭的活得干干净净堂堂正正的人不比他谁低贱。"这些话，如久旱逢甘霖，如迷雾见阳光，使顺子不再迷茫与悲观，重拾希望和信心，也重新找回了自我。朱老师临离世时将遗产赠予顺子的举动，既是对顺子个人的鼓励和肯定，又何尝不是对顺子们生命价值和坚守恒常的一种褒奖。

一个作家从事写作的目的和态度决定着作品的价值取向、温度和高度。在陈彦看来，作家不仅仅要写出一个时代的困顿和挫折，更要写出这个时代的光亮，应该给人以希望，尤其是要给普通人以温情、温暖与希望。所以他说："我们得给人生煨起一堆向天的火焰。"[1]顺子们从瞿团和朱老师那里看到了这种"向天火焰"的光芒，看到了人生的希望，也切身感受到了来自时代的温暖与温情。

将人物置于更为广阔的社会背景下，人物与社会环境便紧贴互动，道德审视呈现的结果也就不会纯粹，可能千差万别，不一而足；变化的当然不是现实环境，现实环境是确定的，对于同一环境中个体的人来说，影响因素的根源恰在于人内心深层的人性复杂性。而复杂性在左右结果的同时，势必袒露自己，而且是衣不蔽体的赤裸裸，即便身着睡衣或者纱裙，胴体内部整体的立体结构也难以形成遮挡的隔膜。肉身可以遮挡，人性是掩饰不住的，反而欲盖弥彰。利欲社会的人与环境的互动反差效果尤其明

---

[1] 韩宏、赵征南：《陈彦：以生活之笔，点亮劳动者的光荣与梦想》，载《文汇报》2021年2月20日。

显,在生活中如此,艺术上更是如此。利欲这把放大镜将放大道德审视的结果,《装台》无疑切中了人性的任督二脉。

刁菊花生于西京长于西京,幼时即被母亲遗弃,无人照料便整天跟随疲于生计的父亲,在装台现场和剧院中长大。按健康人的正常心理来说,在与父亲相依为命的日子里,不求完全理解,但起码对顺子的苦楚和艰辛有基本的同情和体谅才是,这是人之常情,何况父亲一手把她养大成人,既当爹又当妈的。但事实恰恰相反,及至成人的菊花不仅没有自食其力,没有体恤和帮助父亲,反而到处游逛、住宾馆、好吃懒做,怀着仇恨报复的心理大肆挥霍顺子的血汗钱,而且"看到刁顺子那副倭黑相,心底的那种人生挫败、失望、无助感,便又油然袭上心头了"。她认为自己之所以"可怜,可悲,可叹","总脓根子,就是刁顺子",因此,她"连刁顺子一眼都没正瞧过",不仅不用称谓直呼父亲其名,而且是越来"越是恨着刁顺子"。

"菊花是一个矛盾体,她是一个集显性强悍与隐性迷惘于一身的人物,她对自己的家人蛮横无理,对有钱人却娇羞百媚,在咆哮过后她也常常会撕心裂肺地哭泣。我们无法将菊花归入底层人之列,她虽竭力攀附有钱人,但她却无法摆脱最终回归底层的命运。"[①]确也如此,刁菊花一门心思盘算着过花天酒地的日子,爱慕虚荣,嫌贫爱富,虽出身底层却压根瞧不起底层的下苦人。刁大军答应带侄女去澳门发展,刁菊花很是兴奋了几天,翘首以待等来的却是大伯的不告而别。在家里,菊花性情暴烈、蛮横霸道,毫不顾忌亲情,以至刁顺子也甚是惧怕这个"脾气万怪"的女儿:

> 说实话,这个世界上,现在他最害怕的就是女儿了。从什么时候开始,他已经不记得了,反正是越来越害怕,有时一听到楼上摔东西,他的头发就直往起竖,好在他在家的时候极少,一年

---

① 李明桑:《戏里戏外的人生——关于陈彦长篇小说〈装台〉》,载《文艺评论》2020年第3期。

四季，不分昼夜地跟舞台打了交道，家，反倒成了旅馆。女儿菊花，倒更像是开旅馆的老板娘。①

菊花还一直是顺子家悲剧的制造者：为逼走韩梅残忍地虐杀小狗好了，为逼走蔡素芬不惜去上吊，即便家里只剩下他们父女二人，她也是看不起匍匐大地的下苦人——生身父亲。如此而来，"菊花一味的恶，如素芬一味的善，这两个人在撕扯顺子的人生，善与恶有如正与反"②。这些使本已疲惫不堪、焦苦不已的顺子雪上加霜。刁菊花具有病态心理症候，虐杀残疾小狗好了和肢解焚烧蟑螂的行为便可洞察到这一点。按照马斯洛的观点，"对本能需要的挫折会导致心理疾患"，"基本需要必须得到满足，否则我们就要得病"。③借此，爬梳刁菊花的言行细节，可将症因归纳为"爱和安全感"的缺失、"满足虚荣心的物质需要无法保障"、"本能需要未能如愿"三个方面。母爱和父爱的长期缺失引发了刁菊花"爱和安全感"的危机，她只想自己一个人来占有父亲，拒斥他人的介入，由此产生对韩梅和蔡素芬的仇恨和拒斥心理，进而导演了残杀动物和上吊的极端行为来宣示自己要求的不容侵犯。所谓"当局者迷，旁观者清"，朱老师就叮咛顺子："你还得花时间多陪陪她。"菊花的虚荣心主要来自两个方面，一个是心理痼疾，一个是外貌缺憾。她爱慕虚荣好攀比，好逸恶劳贪享受，但是家庭条件不允许，使虚荣心的需要无法满足。同时，菊花越长越丑，在顺子看来是"随了他的相貌，脸上到处都显得有些扁平，菊花也花钱修理过几次，可到底还是底板弱了些，加之钱少，只能是小修小补，尖额头咋办拉不宽展，短下巴也抻不长，那钱也就越看越花得有些冤枉了"。这对妒忌心强又处在爱美期的菊花来说无异于永恒的心病，这也是她同意和谭道贵相处的根本原因。谭道贵可以领她去韩国整容，但因制

---

① 陈彦：《装台》，作家出版社，2015年，第12页。
② 陈晓明：《"下苦人"的戏里戏外——陈彦〈装台〉读后》，载《中国现代文学研究丛刊》2016年第8期。
③ 亚伯拉罕·马斯洛：《动机与人格》第3版，许金声等译，中国人民大学出版社，2013年，第57页。

贩假酒入狱后她便失去了美容的财力保障，菊花的美容梦也随之破碎。刁菊花还有一个羞于启齿的心理伤疤，那就是年近三十尚无婆家，因此，朱老师告诫顺子说："多跟娃沟通沟通，菊花婚姻不顺，也是她脾气越来越古怪的原因。"如此综合因素相互叠加从而造成了菊花心肠狠毒无以复加，心理变异悲剧的发生。但究其根本，还是刁菊花个人价值观的扭曲和人生坐标的错位。她缺乏理性的人生观和世界观，身处社会底层，不能正视现实，并想方设法竭力去摆脱出身贫贱卑微的阴影，一心梦想衣来伸手饭来张口的生活，因此才无所顾忌地贪图一己之私的满足，拒斥自食其力的劳动获取，沉溺于不劳而获的美梦自醉，也因此甘愿被金钱所俘虏所吞噬，从而滑向了自甘堕落的深渊，引致个人悲剧的发生。陈彦也有意放大刁菊花的欲望和虚荣，以揭示造成她个人悲剧的社会和时代伤疤，将人性的贪欲恶果和金钱的罪恶展示给人看，警醒世人以之为戒，从而彰显出顺子他们装台人面对悲苦命运坚毅不屈奋斗精神的难能可贵。

  陈彦笔下的人物没有绝对的善，也没有绝对的恶，前文已经说过。作家是以文化正统为尺度，以中和为精神内核，以丑和美为外显来表达自己的审美理想。因之，刁菊花之恶是可恶的恶，而非极端绝对的恶。她的礼范违常，行为怪诞，是基于中和美审视与调和的结果。其恶事出有因、情有可原，并非本性使然有意为之的一意孤行。类似特征也出现在刁大军、寇铁、谭道贵、疤子叔、乌格格等小人物身上。他们是一群违背仁义传统正典，义利倒置的糊涂虫，而非与主流价值着意对立和冲突的天生恶人；是歧路误入，而非刻意为之。较之于顺子他们认卯而不认命的悲苦作为，刁大军、疤子叔、谭道贵他们甘为金钱所奴役，选择了投机心理主导下的赌博营生，其结果不仅使人格被异化，而且根本上也难以改变底层小人物的宿命。经过短暂辉煌的刁大军，到头来还是落得个欠债累累、结局凄惨的下场，不仅昔日的风光不复显现，还化作人们茶余饭后的谈资。"活得那么风光的刁大军，说是不行，就彻底不行了。""就像一个硬柿子，突然变得又绵又软了下来。"顺子常给人说"他一辈子没见他哥流过泪"，可如今，"他已不止十几次地看他流泪了"。疤子叔不仅好赌还设赌，不知不觉中被异化为金钱的奴隶，人性被扭曲到不近人情的地步却浑然不觉；谭道贵难以抵御金钱和花天酒地生活的诱惑，制假酒贩假酒，最后也逃不过不义行为的反噬锒铛入狱。而寇铁身为剧务，本有稳定的工作，也有一定的权势，还是受困于利欲熏心，动辄盘剥和克扣下苦人的微薄应得，甚而耍横威胁，"多行不义必自毙"，最终也落了个仓皇出逃躲债的可悲结局。子曰："君子喻于义，小人喻于利。"又曰："富与贵，是人之所欲也，不以其道得之，不处也。贫与贱，是人之所恶也，不以其道得之，不去也。君子去仁，恶乎成名？君子无终食之间违仁，造次必于是，颠沛必于是。"刁大军、疤子叔、谭道贵、寇铁命运之滑稽完全是个人违背传统"义利观"正道的自食其果，是一种基于大美的君子行为的小人行径，属于丑的伦理被批判的范畴。而刁菊花的闺蜜乌格格则是一个迷失于人生半途，幸福坐标错位，价值观错乱，不求进取，贪图享乐，乐于依附他人以满足贪慕虚荣私欲的不劳而获者。她和"啃老"的刁菊花相通之处在于，好逸恶劳成了肉身的标识，灵魂空虚化作了精神的伤痕，虽然她们的所作所为不会对整个社会造成直接的威胁，但自行脱离大地而飘浮空中的寄生虫（并非吸血虫）的生存方式，不仅是不道德的，而且有失尊严，久而久之，道德感与人格的丧失会引发连锁性效应，进而自身会被因果所吞噬，也会对社会风气带来消极的负面影响。

陈彦在《装台》中刻意用正统的价值观念来审视和呈现刁菊花和刁大军他们有违正道的自戕自害行为，"哀其不幸，恨其不争"，在给予深切同情之时，一直饱含着对他们精神自我救赎的心理期待。还应该注意的是，正是由于他们的存在和表演，才反衬出顺子他们装台人精神之崇高、之难能可贵。而且，正与邪、大与小、美与丑的反差辩证，无形中将作品的主旨彰显得深刻而鲜明、宏阔而悠远。

2022年3月

《主角》：双重文本的诗意建构与创制

陈彦的长篇小说《主角》所建构的并非单一的文学文本，从丰厚的传统价值观念系统而言，它又附着了文化寓言文本的特征。在文学层面，《主角》展示了忆秦娥人生的悲情命运史和生命的悲苦心灵史，反映广阔的社会图景；就文化层面来说，其中的传统观念和世俗人生的离合辉映，以及秦腔人度人度己的"布道"言说，又何尝不是一部文化寓言。同时，对现实主义传统的开掘、小说文体传统"外展"的拓荒、戏剧传统元素的扩充植入，无不显示出作者的匠心和多元创制意义。双重文本的建构与三种传统的拓展统合共同成就了《主角》博大宽厚的美学品质，正如茅盾文学奖授奖辞所言："在《主角》中，一个秦腔艺人近半个世纪的际遇映照着广阔的社会现实，众多鲜明生动的人物汇合为声音与命运的戏剧，尽显大时代的鸢飞鱼跃与中华民族自强不息的精神品格。陈彦赓续古典叙事传统和现实主义文学传统，立主干而擅铺陈，于大喜大悲、百转千回中显示了他对民间生活、精神和美学的精湛把握。"

戏里戏外的世俗人生与艺术传统的自我建构

陈彦曾在《主角》后记中提及《主角》"前世"为曾经一度处于停滞状态的《花旦》：

> 其实在好多年前，我就有过一个"角儿"的开头。不过不叫

"角儿"，叫《花旦》。都写好几万字了，却还拉里拉杂，茫然不见头绪。想来实在是距离太近，有点"不识庐山真面目"：提起来一大嘟噜，却总也拎不出主干枝蔓，也厘不清果实腐殖。写得兴味索然，也就搁下了。终于，我走出了"庐山"，并且越走越远，也就突然觉得是可以拎出一点关于"角儿"的头绪了。①

正如王春林所观察到的，以"花旦"为小说题目易使作者陷入单纯针对戏剧人具体生存状态的关注与书写中，难以有更大的生活空间，而"主角"的使用却能将作者的眼光从戏剧领域放大到整个人生与社会领域。当作家以"主角"取代了"花旦"之后，其思想艺术视界与境界自然也就不再仅仅局限于戏剧领域，也就豁然开朗了。②"主角"的切入无疑提供了更为广阔的视角，能够以点带面来辐射现实社会人生的方方面面，足可包罗形形色色的人物以及他们为了争夺主角之名并因此而生的种种事端，以牵连出人物不同的命运和道路选择。与其说"主角"是从艺者的梦想，是戏曲艺术的中心角色，不如说它是勾连戏里戏外的隐喻结合点，从而让为争位"主角"的人生、备受"主角"火烤的人生、意欲沾染"主角"的人生"混沌""裹挟"一起，以现实生活的宏阔背景空前打开了构思与表达的立体空间。虽然可能有繁杂的担忧，但由于"主角"纲举目张不可替代的聚焦功能，也就将繁复的事端汇聚一体，达成井然有序的排列组合。从文学叙事而言，它是增加文本厚度、温度和宽度的大智慧；从内涵指向来说，它又构成传达文化精神寓言的制高点与检视点，合二为一，则成全了双重文本的《主角》。

首先是舞台上的"主角"之争，牵连出诸多人戏里的多彩人生；然后是备受火烤折磨的"主角"人生，折射出不同人生的形形色色；其后是觊觎"主角"的场外世俗人物，形成了光怪陆离的荒诞与反讽意味的人生镜

---

① 陈彦：《主角》，陕西师范大学出版总社，2018年，第1078页。
② 王春林：《借一方舞台凝聚时代风云展示命运变迁——关于陈彦长篇小说〈主角〉》，载《小说评论》2019年第3期。

像。从胡彩香与米兰二人争抢台柱子的纷扰起,到郝大锤一门心思肆意报复、排挤比自己技高一筹的胡三元而屡次加害于对方,中间又夹杂着黄正大为捍卫自己主任颜面而三番五次构陷、整治刺头胡三元的是是非非;再到忆秦娥成名后楚嘉禾的醋意横生、郁闷难遏,不惜一切不齿手段射向对方的种种明枪暗箭,又到"小忆秦娥"宋雨站稳舞台中央便将恩人忆秦娥挤出舞台中心的人生无常,纵向书写出几代人围绕"主角"的明争暗斗与恩怨情仇,应验着"戏如人生,人生如戏"的常理,将各自的秉性、善恶勾画得淋漓尽致、入木三分。横向的社会切面上,从舞台上的角色之争到乐队的司鼓之争,从伙房中为争主厨而是非不断的廖师与宋师,以至演绎到忆秦娥梦境里争当主角的牛头和马面……他们都各自心怀鬼胎、无不神通,明争、暗斗可谓花样百出,直到斗不动了、释怀了、看开了,这一方偃旗息鼓,那一方又号角吹起……正所谓人生小舞台,社会大舞台,嘈嘈切切、熙熙攘攘,热闹非凡且错综复杂,整个"混沌"一片。

显文本层面的《主角》是以这些故事为主要情节来营造一个敲敲打打,你登台罢我上场的世俗热闹景象的,嬉笑怒骂、笑料泪点掺和其间,真实还原了你争我夺的生活大舞台众生相,骨子里却借助主角之争的残酷性、持续性和普遍性,让人物的生活及其命运来隐喻现实生活中人的生存恒常,以揭开一直蒙蔽世人俗眼的名利、主配之虚名的事实真相,从而引发凡尘俗世中人人失心于争夺主角而错失本真的悲剧性思考,同时将一心活在"主角"中人的虚无本质揭示得体无完肤。还应该注意的是,陈彦在表达对普通人生的沉思与悲悯之时,对大众寄予了更多"无心者观情,有心者自省"高台教化的良苦用心,对人物的心理结构和命运审视是建立在道德伦理价值观念基础上的传统视角,不唯人性之欲为,而以"善有善报,恶有恶报"的诗性传统正义原则以度人格之善美与高下。

胡彩香与米兰为台柱子之争而相互较劲,姐妹情谊破裂,又因寻情钻眼而招惹冷眼,身心俱疲之下渐而迷失了自我;郝大锤自不量力,为和胡三元一争高下竟无暇反观自身得失,更无心去练习鼓艺,在怨念与仇恨中虚了此生；楚嘉禾因嫉妒而生恨，竟忘本于日常，最后也与曾经拥有的幸福失之交臂，将生命数十年如一日地消耗于无味无聊的循环报复和舆论制造当中，可谓悲叹至极。因果固然存在，生命的悔悟也会展示其价值的非凡魅力。米兰忍痛选择了退出纷争，紧接着嫁人，离开宁州，出国，以至背井离乡数十年后得以悔悟当初，前嫌冰释，心结自开，与姐妹胡彩香重归于好，是为迷途知返，情胜以往；主厨宋师面对廖师接连射出的明枪暗箭，以隐忍的方式和息事宁人的态度保留着廖师的颜面，是以厚德载物；胡三元历经肆意报复和种种摧折，却始终持守宁折不弯的傲骨，初心如旧，一味痴迷于自己的鼓艺精进，旁若无人，是为痴者风范；周玉枝意外看穿了主角荣光背后的千难万苦，心灵洞开，便选择了争夺虚名，反倒成就了自己幸福美满的生活，是以智者之慧。人生本身就是一个时刻处于选择状态的选择性生命过程，人生时时面临着岔路口的选择，随时也可能误入歧途，但这并不是最坏的结局。如果能悔悟当初的不慎而迷途知返，也定不会有负今生。因此，选择的人生风险始终存在于人的一念之间，唯有坚守人生的恒常之道，恪守善美的人间正道，方能减少选择的频次。

为彰显"主角"光影下不同人格的世俗本色，作者还通过梦境和事端的匠心设计来体现文化寓言自行言说的目的，其中尤以阴曹地府的梦境设计与世俗人生所形成的互文性双向建构为标志性场域。忆秦娥对舞台塌方造成的伤亡一直怀有痛不欲生的负罪感，也由此步入莲花庵以赎罪。深陷此境的忆秦娥是悲苦异常的，其源发于内在的良善本心，从而将偶然突发的意外责任统统归结于自身，尽管自己也受伤不轻，但利他的原则还是导致了她下意识的自咎自责。阴间里的忆秦娥依然本心善良，但呈现出与阳间不同的良知拷问，发出了对贪图浮名、无利不往的现实人生锈迹斑斑的反思与苛责，乃至于剥离。显然作者依然采用的是虚实结合的手法，并非意识流的碎片化无序逻辑的自在呈现。阴曹地府之行帮助忆秦娥完成了对肉身凡胎青睐有加的"主角"光环聚焦的解构过程："虚名莫求""放飘""虚名矫治术分院""'大师'矫治术分院""挂名矫治术分院"等等的场景设置，不仅极具现实讽刺意味，而且借助牛头马面的"上帝"视角揭开了掩盖在"主角"虚名之上的神秘面纱，将人性深处的灵魂勾出并予以剖示给你看。如果说这次牛头马面的出场源于忆秦娥对三个孩子和单团长之死自感罪咎难辞而出现在梦境的话，那么牛头马面的第二次出场却是以直接无辜受害者的身份出现于梦境之中。

那是在黑信事件所引发的流言蜚语欲置忆秦娥于死地而后快的当口，也正是忆秦娥应戏迷之邀全力以赴筹备着"从艺四十年演出季"之时，一夜之间她便成为众矢之的，最终苦焦不堪而栽倒在舞台。牛头马面审查了忆秦娥的脸面后，扬言要对她进行刮脸治疗，看似一个伪命题：忆秦娥此时是无辜蒙冤，备受诋毁和无端受辱，并非因自己一味贪慕虚名，只是一心想把戏演好以度人度己的职分而已。一路走来的四十年间，忆秦娥面对荣誉只会推就，只会傻笑，俨然他人眼里的"瓜女子"，从来没有非分之想和一丝坏心思。但正因为她的痴、傻、善导致了她面对无端的侮辱和诽谤毫无招架之力，处处受伤害。或许，陈彦就是要把单纯到近乎透亮的忆秦娥放在如此难堪的处境中来检视其精神耐力和人格稳定状态，并设法对她内心名誉的牵绊予以拷问深究，在涤荡清澈后还原其赤子之心。故而在忆秦娥经历一番伤痛与挣扎之后，黑信事件已不足对她内心构成直接威胁，于是她将所余精力都投放在学戏、排戏、教戏上，真正为"布道"蓄积着澄澈之气。陈彦就此仍不罢手，誓要把"我的忆秦娥"心灵所沾染的哪怕一丁点杂质和艺术之外的一切因素通通摒弃掉，由此而设置了"小忆秦娥"宋雨以替代忆秦娥曾经的位置来继续拷问她的灵魂。

后起之秀宋雨本是忆秦娥所收养的一位养女，如今宋雨在秦腔舞台上，不仅将忆秦娥长期占据的舞台中央据为己有，而且把忆秦娥挤至舞台边缘，甚至台下，这无疑大大刺激了忆秦娥，她也由此真实地暴露出她潜藏内心最隐蔽处的基于"主角"光环的最后一丝迷恋。在胡三元的点化下，忆秦娥不由回味起当初苟存忠老师告诫她的"唱戏如做人，先把人做好"的教诲，忆起莲花庵住持的"唱戏是一种度人度己的修行"的箴言，想起秦八娃所叮嘱自己的"以演绎秦腔的方式重新担起爱的责任，将自己对爱的理解通过唱戏传达给观众，让更多的人有温度、有人性、有责任"的真心期待，于是她再度找回自己的位置，重新开启了度己度人的恒常人生。小说结尾处，陈彦以忆秦娥自吟自唱的一曲《忆秦娥·主角》："易招弟，十一从舅去学戏。去学戏，洞房夜夜，喜剧悲剧。转眼半百主角易，秦娥成忆舞台寂。舞台寂，方寸行止，正大天地。"重返"布道"舞台，宣示了忆秦娥的涅槃。

正如陈彦所构想的那样，忆秦娥为艺术的四十年"是苦难的，也是幸运的。是柔弱的，也是雄强的"，"我的忆秦娥也许因文化原因，只知其然，不知其所以然地唱了大半辈子戏。但其生命在大起大落的开合浮沉中，却能始终如一地秉持戏之魂魄，并呈现出一种'戏如其人'的生命瑰丽与精进。唱戏是在效仿同类，是在跟观众的灵魂对话；唱戏也是在形塑自己，在跟自己的魔鬼与天使短兵相接、灵肉撕搏"。忆秦娥的舞台人生既属于自己，那是肉身；又不属于自己，因为魂魄为戏所寄。在她的生命历程中，唱戏虽是愉人，但更是布道，更是修行。她用传统人格的大美，深情地诠释着戏曲的精魂——"戏曲曾经是主动脉血管之一。许多公理、道义、人伦、价值，都是经由这根血管，输送进千百万生命之神经末梢的。无论儒家、道家、释家，都或隐或显或多或少地融入了戏曲的精神血脉，既形塑着戏曲人物的人格，也安妥着他们以及观众因现实的逼仄苦焦而躁动不安、无所依傍的灵魂"[①]。从此将文化人格的忆秦娥定格在艺术史上，其本真既属于文学的典型，又属于传统精神的化身。

虽然在忆秦娥的形象塑造上，人物内在的性格和内心起伏变化不够明显，心理刻画的女性特质因未能充分展示，难免使人生发兴犹未尽的遗憾，但于忆秦娥而言，理想主义的传统人格观照足以体现陈彦的大匠之心，并以秦腔艺人的赤子之心和生命大境界的深沉注定了忆秦娥之不朽。

[①] 陈彦：《主角》，陕西师范大学出版总社，2018年，第1086—1087页。

传统的苍凉美与人间的温情善

陈彦对人物的把握是以文化传统人格来确认其美学品质，并将现实主义所要求典型形象的真实性进一步拓展到了人的文化属性来发掘生命的美学内涵。就此而言，忆秦娥的舞台人生较之毕飞宇《青衣》中的筱燕秋存在形象内涵的本质性异构。同样被迫离开舞台，同样是被自己一心栽培的接班人替代，同样是一场大病后的命运斗转，筱燕秋是在雨雪飞舞中沉浸在嫦娥的世界里独舞，那一个个黑色的液滴所化成的"一个又一个黑色窟窿"，如同黑夜里一声一声悲怆的控诉，用此时无声胜有声控诉着命运的不公。显然在利欲社会的冰冷环境中，筱燕秋未能走出被异化扭曲的现实，只能成为一个时代"主角"争夺败下阵又极不情愿面对残酷现实的自我沉沦者。筱燕秋的人生未能完成内心超越的自我拯救，也只能一步步走向堕落和毁灭，其悲剧也未能焕发出崇高美，唯留下凄惨的苍凉美使人不能不为之感慨、怜悯、同情。

与筱燕秋有同样凄苦命运的忆秦娥则完全不同。筱燕秋与忆秦娥同样为艺术的人生，却迥然的人生价值，前者是己欲境界的人生，后者则为布道境界的人生；同样的结局却不同的格调，前者活在无奈的回忆里，后者则以指向未来为度人度己而重返舞台；同样的生存际遇却不一样的生命悲情美，前者体现为己所不能的悲伤凄凉美，后者则表现为顿悟后己所必能的悲壮崇高美；同样的艺术人格却体现为不同的人格范式，前者是基于人性要求而现实不允许的个性化悲剧人格，后者则是浸染传统善美观念的利他性悲剧人格……究其根本，《青衣》是以现代性的人性悲悯情怀来观照筱燕秋的，《主角》则是以传统的文化人格来把握忆秦娥，由此而引致了人物不同的价值取向和精神向度。还需要强调的是，忆秦娥的出世与入世的心理动机并非单单源于儒家和道家的传统思想倾向，实则是儒道合一的你中有我，我中有你，彼此共情共生于一身。忆秦娥的积极奋斗、苦拼作为固然有弘毅的一面，而面对纷争时的善良与宁静，又往往透露出道家"天下莫柔弱于水，而攻坚强者莫之能胜，以其无以易之。弱之胜强，柔之胜刚，天下莫不知，莫能行"的生命定力，这种复合禀赋恰恰吻合了民族传统文化的精神结构。换言之，艺境中的忆秦娥是作为中华传统文化精魂而存在的。

《主角》双重文本所精心呈现的传统苍凉美与人间温情善不仅仅聚光于忆秦娥一身，还精彩体现于胡三元与胡彩香之间的悲欢离合与爱恨情怨当中。很显然，陈彦创作《主角》的过程是紧抓现实主义精神的精髓，极力剥去演员光鲜亮丽的外衣，力求还原其世俗生活人生本真求真求善求美的自我心灵感光过程，由此使人们能够透过舞台形象的柔纱窥探体认到个体生命所直面现实的苍凉悲怆、荣辱无常与人生百味。因之，《主角》中的沧桑、苍凉是命运和生活赋予个人的灵魂拷问和倒逼，即便大红大紫的忆秦娥也概莫能外。虽然九岩沟的父老乡亲异常崇信能把戏唱到中南海绝非凡人的"秦腔金皇后"，然而唯有忆秦娥自个能品味到其中的酸甜苦辣和苦楚悲切。无论在台上如何风光，又是如何受人追捧，一旦走下舞台的她依然摆脱不了生活里丑角的藏哭于笑的尴尬与笨拙，欲哭无泪和悲戚难耐才是自个儿生活的常态，不再是舞台上荣光惊艳的主角。

如忆秦娥一般令人牵肠挂肚的还有牵引她步入艺途的老舅胡三元和倾心于她艺术启蒙的恩师胡彩香。胡三元是个个忄十足的人物，在《主角》中他的光彩唯有忆秦娥能及，甚或要比忆秦娥更能触发人内心的敏感神经。他耿介一世，也潦倒一世，悲怆一世，终了的胡三元依然无法与情人求得人生的圆满，只能托遗响于九岩沟的山谷风涛。

身为敲鼓佬，胡三元将鼓敲成了自个生命里最为惊艳的那抹亮色。他痴情这门手艺，视之为命，并魂铸其中，以至人鼓相济相融。而走下舞台的胡三元却与胡彩香有着扯不断理还乱的情意，情投意合中的爱而不能命中注定是一场悲情的人生戏剧，但依然不乏精彩之处。曾经台柱子的胡彩香却不堪命运的捉弄日渐落寞，以至沦落到不得不站立街头卖凉皮为生。

虽然命运之吊诡无常为无数人的生命涂上了那么一抹苍凉,而对于胡三元和胡彩香来说,这份苍凉却尤为凄美动人。

陈彦在《主角》里是从艺神、艺魂、艺德和艺人四个维度来精心雕刻胡三元这个敲鼓佬的。从文本中人物勾人魂魄效果而言,胡三元是丝毫不逊色于主角的忆秦娥的,甚或更富烟火气息。

首先是作为出神入化的艺神敲鼓佬。胡三元的艺神形塑体现在爱之深、爱之迷、爱之出神入化的三个侧面。屡遭批斗时,作者借助忆秦娥之目光描摹出颇为荒唐又不乏心酸的一幕:"她舅倒像没事人一样,坐在椅子上,用砂纸细细打磨着一对小鼓槌。""舅爱他的鼓槌,是出了名的。可再爱,今天被开了会,还能这样一门心思地侍弄鼓槌,真是像胡彩香老师说的那样:'狗改不了吃屎。你舅就是个臭敲鼓佬的命,其余百事不成。'"胡三元不唯对敲鼓爱之深,且爱入骨髓,视鼓为命,敲鼓俨然是胡三元生命里不可或缺的存在。他为之着迷,即便身逢绝境、身陷囹圄,也未曾丝毫动摇过他对敲鼓的一往情深。劳改场里,他常常借挑选石头以暗中操练鼓艺,歇息时便用筷子和指头敲,床沿、门框、水管子,甚或别人的头上、背上、屁股都成了他无所不爱的鼓。他敲鼓敲得如入无我之境,可谓出神入化:"一手操牙板,一手操鼓尺,手上、嘴上、眼睛上的所有动作,都跟乐队、演员有关。""他敲的激动时,屁股都是要跟着戏的节奏,不停地起伏蹾打的。"这些塑出一个活生生的鼓神胡三元。

其次是炉火纯青的艺魂敲鼓佬。艺魂要处有二:艺精入化与魂魄难离。要说《主角》中的"角"谁最出色,还真一时难分高下,各有千秋;要说哪个鼓师手艺最精,则非胡三元莫属。胡三元的每时每刻似乎都在敲鼓的节拍和响声里度过,俨然置身于尘世之外,物我相融,臻入化境。在他手里,鼓被敲出了神采,被敲出了格调,被敲得炉火纯青;而在心里,他压根容不得别人糟践敲鼓的同行。在看到省秦的司鼓手上"下底槌"肉而无骨、软弱无力,把戏敲成了温吞水,胡三元就浑身难受,恨不能取而代之,只能自个折磨自个;当看到鼓师故意刁难台上的演员,他又是一忍再忍，一憋再憋，坐立难安，以至内心焦灼不得不"回到房里，把一盆冷水，兜头泼了下去，用空塑料脸盆，罩住额头，嘭嘭嘭地使劲拍打了几十下。直到头皮瘀青，渗出血来才作罢。他像一头暴怒的野猪一样，在房里奔来突去。又是拿头撞墙，又是挥拳砸砖"。敲鼓于胡三元而言，早已入魂入魄，与魂魄难离。

再次是秋毫无犯的艺德敲鼓佬。关于胡三元的艺德有两件事不得不提。一是胡彩香一时嫉恨米兰抢了自己的主角位置，要求胡三元将米兰的戏敲烂在戏台上，让米兰下不了台，借以发泄对黄正大的严重不满，胡三元也应承下来，且信誓旦旦，大有不达目的誓不罢休之态。临场他却一反誓约，有板有眼地帮衬米兰站稳了舞台中央，就此圆了米兰一梦，也因此激怒了胡彩香。胡三元并非要刻意去远离纷争，而是骨子里一直坚守有艺德的底线与原则，不容丝毫的侵犯与亵渎。二是胡三元出于对司鼓职业道德和艺术的一往情深，即便面对与自己毫无关系的演出，他也容不得他人对艺术的亵渎。他力求精益求精，精心呵护着内心对艺术的无比崇敬之情。胡三元曾如此教导忆秦娥说："一辈子要靠业务吃饭。别跟着那些没本事的人瞎起哄，胡架秧子。""戏唱不好，鼓敲不好，胡琴拉不好，球不顶！"敲鼓佬的胡三元，貌似人情世故糊涂，实则心里门门清，不带丝毫的含糊。在穷乡僻壤的豹子沟塬，正值演出偏逢大雨如注，加之一路颠簸人困马乏，眼看"夭戏"在所难免，此时的胡三元非但不犹豫，反而一鼓作气硬是将一本大戏在瓢泼雨水中浑浑全全敲完，压根不给"夭戏"留有任何的借口与余地，将"戏比天大"的艺德演绎得铿锵有力，惊天动地。事后他对忆秦娥说："娃呀，唱戏就要这样，不能亏了自己的良心。为啥好多人唱不好戏，就是好投机取巧。看着眼下是得了些便宜，可长远，就攒不下戏缘、戏德。没了戏缘、戏德，你唱给鬼听去。'夭戏'是丧戏德的事。尤其是'夭'了可怜人的戏，就更是丧大德了。"胡三元精进着自己鼓艺，敬奉着自己的艺德，一板一眼，一丝不苟，他胡三元所敲的戏，心里只有一个艺人不容亵渎的至高德行与尊严，根本不分贵贱贫富，是化作面向一切大众的一种生命自我修为。

艺神、艺魂着力的是舞台上忘我之境和人鼓相寄的敲鼓佬，艺德则呈现的是凡胎肉身的艺人胡三元。胡三元似乎命中注定了自个的生命是归于鼓之韵的，但他依然离不开个体肉身的胡三元，亦即性情中的鼓师胡三元，否则，胡三元便成为悬空倒置的虚拟存在。艺人的胡三元有自己的独立人格，他身上所浸淫着生冷倔硬属于陕西冷娃的天性与本心，也就愈加使人难以忘怀。为他迷恋终生的鼓艺，胡三元度人之时也度着己，不仅生而无所畏惧，冷而不顾私情，倔而宁折不弯，硬而不留后路，遇事从不知晓通融屈就，更不开左右逢源之巧。即便米兰好心规劝胡三元以委曲求全来避灾避难之时，他反训斥米兰说：“你现在开窍了，把戏演好了。可你另一个窍门，也开得太大了点，让人瞧不起，你知道吗？"他始终以耿介不二的赤子之心献身属于生命里的艺术，眼里容不得半点沙子，压根活生生的"蒸不烂、煮不熟、捶不匾、炒不爆、响珰珰一粒铜豌豆"，不通人情世故的"犟牛"一个。但他又是一个认理不认人，心怀悲悯通达乐观的敞亮人。胡三元不仅仅是舞台上的鼓神，还是一位匍匐大地的情种。他与胡彩香情投意合，终身无娶，不仅证明着他对胡彩香一往情深的真爱与真情，也散发着人性中至为真诚最为悲切的温暖与光焰，把一个敢爱敢恨、有始有终、大喜大悲的大匠艺人胡三元从此矗立民间。

陈彦曾直言："我的写作，就尽量去为那些无助的人，舔一舔伤口，找一点温暖与亮色，尤其是寻找一点奢侈的爱。"他以"混沌"的"裹挟"呈现着涌流涤荡而包罗万象的生活场景，"毛茸茸"的"原汁原味"也不断丰腴着个体生命幸福与不幸的形形色色，又不失一种悲悯情怀油然而生的温度与亮色，从而将人间之大爱与深情诉诸笔端，倾注于为小人物描神勾魂的度人度己"装台"人生之中。显然，胡三元的平凡而不平淡的人生不仅生长于人间的烟熏火燎之中，而且胡彩香的别具一格同样以匍匐大地的行姿成为胡三元的影子而存在，同样在"原汁原味"中溢满"毛茸茸"的可亲与可敬。

胡彩香之所以能明目张胆地背过丈夫张光荣与胡三元厮守，并非对胡三元另有所图，一穷二白的胡三元卑微寒酸，不善经营人事，即便对于世故之人来说却可谓一无是处，何况一个角儿的胡彩香。胡彩香实是念及胡三元之鼓痴、之莽汉、之敢爱敢恨、之有情有义，才稀罕这个让人爱恨皆有的臭男人。因此，即便人人对犯事收监的胡三元唯恐躲之不及之时，偏偏她胡彩香顶着本已说不清道不明的流言蜚语和政治风险偷偷去北山孤身探监，不是送吃的喝的，就是给送钱，生怕胡三元受罪。在胡三元被释放后，她不仅丝毫不嫌弃不名一文且臭虫虱子满身爬的敲鼓佬，而且给予了胡三元人间最为宝贵的慰藉与温暖。她一点点亲吻着他那被烧煳了的半边脸说："你哪怕烧成黑熊瞎子了，我还心疼你！"此情此景，人又何曾料及这就是那个动辄踢翻布景、开口即骂的泼辣妇人胡彩香。由此可知，胡彩香并非司空见惯了的小鸟依人的小妇人，而是一位敢爱敢恨、泼辣无双又不失温柔体贴的主角之主角。她嫉恨气恼胡三元对米兰手下留情的食言背叛，但心中始终守持着做人的道德伦理底线，一如既往地白天教忆秦娥学戏，晚上依然收留她同住。当胡三元因意外爆炸事件要被判处死刑之时，胡彩香不是前前后后打探消息，就是苦思冥想地想辙搭救对方，甚或不惜屈身乞求于向来的眼中钉肉中刺的死对头米兰。胡三元痴情地就爱着胡彩香就一人，胡彩香心底里也始终放不下他胡三元。有情有义的胡彩香尤疑人间一芬芳玫瑰，浑身弥散出令人着迷的浓郁香气，又不时用她身上的花刺冷不防扎你一下，唯有始终不渝的便是有情有义外加泼辣的本色不改。有情有义是她人生的灵魂砥柱，敢爱敢恨是她人生日常的鲜亮外衣。虽然她与米兰因主角之争而心生嫌隙，甚或嫉恨，但临至分别之日即痛悔不已，更是默默无闻地十余年为米兰亲人扫墓不辍。

而且，胡彩香不同于一般狭隘的偷情女人，她豁亮而通达，把有情有义并不只给了胡三元，对丈夫张光荣也是体贴入微，关怀备至。如果说胡彩香早年对离婚尚有松动余地，可自打怀上孩子，尤其是丈夫失去保密厂的体面工作，做回一名管钳工后，就再也不提离婚之事。胡彩香嘴上虽说是因为张光荣能赚钱养家才不和他离婚，实情则是她为丈夫失去心爱的工作而不由人去怜悯他、心疼他，又因他失去了父亲的实质而愧对于他的复杂心态。最能体现胡彩香个性的一个情节是：在她刚生产不久即听说张光荣与胡三元为孩子来历不明一事而发生争执，甚至大打出手之时，胡彩香毫不顾忌月子不能见风的禁忌，登时抱着初生的孩子找到闹事的两位，以孩子的性命迫使二人结束纷争以言归于好，并釜底抽薪，扬言谁认下这个孩子就是谁的。胡彩香就是如此干练利落，就是如此果敢无畏，她以快刀斩乱麻的泼辣劲及时处置了纠纷，从而化干戈为玉帛，上演了一出摔儿救场的大戏，彻底恢复和保护了孩子一辈子的名声。

胡彩香，一个敢爱敢恨、敢作敢为，一个有着真性情，活得坦荡荡的女人！她的泼辣无忌，她的胆大心细，她的刀子嘴豆腐心无疑成为《主角》最富情韵最为明丽的那一抹亮色。或许每个生命个体的苦难难以避免，但个体生命中的人性与品格当中的温暖与亮色却是再多的苦难也难以消磨的，因为它们根植于人的灵魂至深处，已经成为那个人人性中最为珍贵也最为美丽的部分，是普罗大众所世代繁衍生息、薪火相传的真正人生价值之所在。

民间资源的熔铸与小说体式的新创制

纵观陈彦后两个时期创作的精神向度，传统之所以能成为他深信不疑的一种历史存在，之所以能以毫不松动的善美观念作为统观人世苍生的恒常尺度，无不源于他所体认的传统价值，他认识到恒常之道及其可贵的时代价值。在他的观念里，传统是前人以实践的经验为后人所积淀出的一种生活恒常状态，是久经风雨沧桑而提纯的以愉人化人之人生恒常精神。因之，艺术须表现人生，就当在恒常二字上下足功夫，悟出精魂，磨出光亮。他说："一切好的艺术，其精神实质，都处在恒常诉说状态，不是越新奇、诡异越好的'变脸'艺术。恒常是'道'，在'道'的层面上，平平常常、镇定自若地诉说人类精神生命不可挑战与悖逆的那些价值，艺术才是有生命力的。"①正是基于如此坚定不移的传统观念和生命体认，理想主义者的陈彦不断在传统经验的艺术空间里不遗余力地尽情掘进、创制。

《主角》中对民间乡土资源的文本熔铸，无疑是陈彦创作中一贯秉持的艺道与文道。他的笔墨里始终弥漫着秦风秦韵，也从不缺少都市文明自带的时代最强音，一切也都以温情而不乏温暖的色调与温度，在发现、发掘人物真与善、善与美的进程中，极力传导着传统自当的无穷魅力与精神讯息，使价值取向因根植于三秦热土而焕发出鲜活的艺术生命力和鲜明的文化辨识力。

很显然，作为语言艺术的小说叙事而言，陈彦对源于民间的言语风格的使用可谓信手拈来，乃至达到出神入化的境地，时或以勾魂摄魄的妙语连珠来描神画像，时或以形神兼备的画龙点睛以穷形极神，时或以绘声绘色的八音迭奏去红飞翠舞，把一种活生生、毛茸茸的生活质感描绘得使人如临其境，泥土芬芳甚为清香扑鼻。毛泽东曾在《反对党八股》一文中讽刺语言的无味"像个瘪三"，并语重心长地强调人们要多向生活学习，以汲取丰富的生活语言，"人民的语汇是很丰富的，生动活泼的，表现实际生活的"②。陈彦将生活中最为鲜活个性化的语言，诸如麻达、大哈、谝闲传、受活、克利麻嚓、跟斗跟跄、鸡骨头马撒等等的方言语汇和俗语歇后语，以及有地方风味的色欲香行云流水地嵌入文本，从而使《主角》生发出玲珑剔透之中不失混沌色香的乡土乡情韵致，别有一番香风盈盈扑面而来之感，不仅丰富了叙述表达的生动形象感，而且使人物的音容笑貌和言行举止聚神如勾，使读者的接受过程始终氤氲在特定的文化场域中，得以自行徜徉于三秦大地的风土人情之中。

主厨的廖师在交代伙食时嘱咐："得让每人都能喝上一碗酽酽的面汤。面汤里面要放碱，喝起来香。下午吃大米饭，炒两个菜，烧一个汤。

---

① 陈彦：《陈彦精品剧作选》，太白文艺出版社，2018年，第367页。
② 毛泽东：《毛泽东选集》第3卷，人民出版社，1953年，第838页。

炒一个洋葱红萝卜片回锅肉，多放点新鲜生姜。再炒一个葱花木耳鸡蛋。鸡蛋少兑点水，炒得干干的，要能团成块，不要稀化得筷子都挑不起来。汤，我想了几个来回，还是烧个西红柿汤，上面淋点蛋花，下点虾皮，再漂上'过江龙'。"色香美俱在的地域饮食风味便跃然纸上，不禁令人口舌生津，垂涎三尺。

而民间根深基厚诙谐幽默的歇后语、习用语则使质朴通俗、简洁明快的风格熔铸为文本的文化风味，清新格调自出。有人开玩笑薛桂生的娘娘腔，说他演许仙是拿胡萝卜捣蒜——就不是个正经锤锤。"胡萝卜捣蒜"本与当前语境毫无关联，故能在瞬间使读者跳出当前叙事以构建起另外一个颇富动感和画面感的立体空间，领悟之后不免让人会心一笑，再切回当前叙事场景，反倒一语见出剧团人风趣幽默、轻快活泛的集体个性特征。这些巧用甚而会出现在严肃、悲伤的场景中，使人同时经受着两种完全不同情境的情感对冲，从而生发出笑中带泪、笑而无泪的反差效果。胡三元在"文革"运动中因未写检讨被黄主任发现，本应是危情已现的紧张情绪，却被人一句"胡三元是老运动员了，啥事没经过"的笑语霎时化解了，将"文革运动"和"运动员"的人设混淆，反映了当时民间对"文革风潮"自发的无可奈何的一种苦情，而在对胡三元颇为同情的心理之中又夹杂着打趣的自嘲心态。再如人们开玩笑戏说胡三元游街示众的样子："他头昂着，脸像故意化装成非洲人，白牙龇着，用法律术语讲，'有逗人发笑的故意'。"闲聊之间便自行消解了胡三元案子本身所生发的严峻性和凝重感，产生笑中带泪之效。

正所谓，一方水土养一方人。这些看似生活中的闲来之笔，似乎也是作者的无心之举，但其内里却原汁原味地表现了秦人素来风趣幽默、乐观通达的生活态度。陈彦有言："秦腔，看似粗粝、倔强，甚至有些许的暴戾。可这种来自民间的气血贲张的汩汩流动声，却是任何庙堂文化都不能替代的最深沉的生命呐喊。有时吼一句秦腔，会让你热泪纵流。有时你甚至会觉得，秦腔竟然偏执地将中华文化生生不息的进取精神发挥到了极致。"①又云:"我以为秦腔让西北人百揉千搓而不弃的根本原因是它的阳刚气质对人的血性补充的绝对需要,就如同生命对钙、铁、锌、钾、锰、镁等微量元素需求的不可或缺。若以乾坤而论,秦腔当属乾性,有阳刚之气,饱含冲决之力,而这种力量也正是民族所需之恒常精神。秦腔似大风出关,如长空裂帛,为了一种混沌气象,它甚至死死坚守着粗糙之姿,且千年不变,以有别于过于阴柔的坤性细腻。精致的时断时续,时有时无;粗糙的反倒气血贲张,寿比南山。这便是生命的本质机密。"②而陈彦在作品中,用了如此多的笔墨描画秦腔诞生之地的风土人情和秦人的禀赋性格,某种程度上,既让人感受到秦地人物风情与秦腔彼此之间内在的血肉关联,又无意中将自我的故乡文化记忆拓延得更广,不免使人生发出故土难离的由衷感慨。

  与此同时,还应注意的是陈彦将戏剧元素大量植入,甚至统合融入于小说文体,无形中构成对小说"未完成性"一次积极探索又不乏创新价值的创制之举。陈彦在《主角》中以秦腔文化普及者的姿态不仅仅让秦腔艺术的知识谱系巧妙熔铸于故事情节和环境当中,而且在对戏剧元素的有效吸收与借鉴当中,不唯形式与技巧,更关注当代小说文体的拓展创新问题。对于小说而言,本为一种颇具开放性的叙事文体,在内在的规定范式而外,便具有了种种的可能性。正如巴赫金所言:"研究作为一种体裁的长篇小说,会遇到一些特殊的困难。这是研究对象本身的特点所决定的,因为长篇小说是唯一的处于形成中而还未定型的一种体裁。建构体裁的力量,就在我们的观察之下起着作用,这是因为小说体裁的诞生和形成,完全展现在历史的进程之中。长篇小说的体裁主干,至今还远没有稳定下来,我们尚难预测它的全部可塑潜力。"③巴赫金关于小说"未定

---

① 陈彦:《主角》,陕西师范大学出版总社,2018年,第1087页。
② 陈彦:《天才的背影》,河南文艺出版社,2022年,第61—62页。
③ 钱中文主编:《巴赫金全集》第3卷,白春仁、晓河译,河北教育出版社,1998年,第505页。

型""历史的进程之中"的未完成性论述，不仅指涉着小说理论，也包括小说创作在内。在巴赫金看来，小说的内容与形式与纷繁复杂变化着的现实生活休戚相关，不仅永远不会终止，而且始终洋溢着创新的生机与活力。无形中他告诉我们一个确定无疑的客观现实：当下中国的小说并无既定的模式和套路可循；无论之于理论本身，还是针对创作具体实践而言，小说的文体创新永远在路上。

陈彦在《主角》中富有胆识地将舞台剧本和舞台空间、结构、节奏、人物等几近全方位的技法运用到小说的诗意文本建构之中，并巧妙熔铸一体。两次梦到地府场景的呈现纯粹出自剧本结构范式，恰恰契合了忆秦娥的深层心理挣扎立体空间，不仅将人物内在所交织的心理纠结与纠缠和盘托出，而且富有寓言色彩地在梦境里完成了精神转化，看不出明显的突兀和气脉跌宕，唯有互文性文本空间的诗意耦合。还有诸如人物语言使用修辞，颇具戏剧台词的表现张力，丝丝入扣地贴合着此情此景，生动再现了人物特有的情感与性格。还有叙述忆秦娥当年青葱少年的生活之时，方言的适时运用，不仅贴合着其时刚步出大山易招弟的心理特征和用语习惯，而且使所要表述的话语充满着实的真情实感。借用易招弟视角介绍她舅敲鼓时的神气："四处八下的人，循着热闹，急急呼呼就凑到了台前。易招弟是后来才知道，这叫'打闹台'。其实就是给观众打招呼：戏要开始了，都麻利来看！看的人越多，她舅手上的小鼓槌就抢得越欢实！"无形中将一个满怀欣喜不乏自豪之情的初出大山少女的一片真情袒露无余。

而且，整部小说的叙事结构具有明显的起承转合、抑扬顿挫的舞台剧特点。在《主角》里，陈彦将小说的结构处理成戏曲的矛盾冲突结构，始终牢牢把控着主次人物的内在逻辑关系，不断调节着矛盾的演化节奏，锣鼓点敲得至为恰切精到，既不抢戏，也不拖戏，最后自然将主角的性格与命运走向和盘托出。忆秦娥初到剧团因为胡三元屡次三番被打击、被穿小鞋，以至于蹲牢房、下改造场，其间忆秦娥的心理随矛盾变化而此起彼伏。又如忆秦娥万念俱灰之时，安排了小忆秦娥宋雨的出场，她不由自主回忆起"忠、孝、仁、义"四位老艺人当年对自己的谆谆教诲，潜在地呼应着人物内在的心灵"涅槃"，通过个体的布道选择进而放大到整个艺术人生的生命境界，首尾贯通，伏脉千里，井然有序，自融一体。

戏曲无疑丰富了现实主义小说叙事的叙述和抒情维度，以诗意的文本建构之举于纵横捭阖中开拓出多个具有现实意义和艺术质感的思考空间，从而创制了颇具"中国叙事"做派的创制性文本《主角》，以此达成了一个不失典范意义的"中国故事"经典性文本，并以其浑厚博大的品质矗立于新世纪文坛而生发出熠熠光辉，永恒而久远。

2022年3月

后 记

编选完这个集子，并无如释重负，或欣欣然的感觉，反倒增添了几分忐忑和惶恐的心绪。

据我有限的所知，组织编选评论家的评论文丛，这在陕西作协还是首次，的确是个不凡之举：一方面可检视陕西当代批评队伍的建设成果；另一方面立此存照，可借以鞭策和激励陕西的批评队伍踔厉奋发，持续投身陕西文学的大发展。我不禁要为陕西作协实实在在的事业努力而点赞。

就当代文学史和当代文学的版图而言，陕西的评论队伍不仅有代际传承，而且在精神人格上也富有传统——风骨高古，铁肩担道义。陕西作为中国当代文学重镇的构筑、陕西两代作家的凤凰涅槃都与这支批评队伍诤友般的及时跟进密不可分。他们尤其对以路遥、陈忠实、贾平凹为代表的第二代陕西作家的集体成长和成功，具有普遍性且刻骨铭心的影响。陈忠实曾对笔者回忆起1980年7月他参加"太白会议"的感受时说："他们对我写作状况不回避问题的当面批评，丝毫不给你留一点情面，把我写作中存在的大大小小的问题，有些问题是我意识到的，一时还难以克服；有些是没有意识到的，或者说心里还蛮自在的，都统统指了出来。就是给你挑刺、挑毛病，挑破脓包不说，还一针见血，压根不管你能不能接受，痛不痛。虽然事先我有足够多的充分心理准备，但其时其境，我心里还是难以接受，把人憋屈得实在难过，脸上着实挂不住。"陈忠实也坦陈，如果没有这一刻骨铭心的过程，紧接着他所经历的两次自我剥离过程，就极有可能推迟几年；即使有，或许也难以彻底。

而当时活跃在陕西文坛的批评队伍主要以胡采和王丕祥两位先生倡议成立的以文学评论和文学研究为主要任务的"笔耕"文学研究组（简称"笔耕组"）成员为主体。成立于1981年3月的"笔耕组"主要成员有王愚、肖云儒、蒙万夫、畅广元、刘建军、薛瑞生、李健民、薛迪之、费秉勋、李星、王仲生、孙豹隐、陈孝英等。也正是这支专业批评队伍与青年作家相互砥砺，拥抱成林，志向天空，终成陕西文学新时期以来的辉煌篇章。"笔耕组"成就了陕西当代文学批评的第一代批评家群体，而赓续这一传统的李国平（"笔耕组"当时最年轻的成员）、段建军、杨乐生、仵埂、韩鲁华、邢小利、李震等自然形成了第二代批评家群体。两代批评家都立足三秦大地，紧跟文艺发展前沿和陕西作家的创作实践，以非凡的见识和赤诚的文学情怀，以及无私无畏的时代担当，书写了和书写着陕西当代文学批评的优良传统与风尚。

如今评论文丛的编选，是梳理和正视这一文学现象的重要环节，也是补阙陕西文学史书写缺憾的重要举措。但自己名列其中，深感羞赧汗颜。于是，曾呈书省作协意欲放弃。主因在于受个人知识储备与驾驭能力，以及人生阅历的多重掣肘，加之学养和涵养实在有限，虽然为理想中的文学批评做过不少努力，无奈时文中的价值判断确有不少需再斟酌与推敲之处，唯恐结集后误人误事。后，几位仁兄得悉后苦心相劝：历史即历史，成长本身就是个历史过程，在尊重历史的基础上尽量选近期和自己心里尚过得去的东西，不要愧对和枉费作协组织的一片苦心与善意。借此竟成此稿，以成全作协和诸位同道仁兄之美意。

批评责任之要在我理解并非单纯研究之所能及，姑且不论鉴赏力如何，单就宽阔的视野、厚实的知识储备、感知判断的敏锐性和全面的把握能力即非一般的研究者所能及。不才自明清文学转而入批评现场已历十五载有余，可谓无一日不在惴惴不安之中阅文与行文，生恐有遗珠之憾和误判的错讹发生，误人误己自当极不情愿，而误对文学的良知和批评自身尊严的无意亵渎则永难辞咎。批评工作者应不唯偏好和偏见为佳,最忌有失公允的褊狭私心作祟,最惧被名利的肆意妄为所蒙心;批评首要的在于对良知的尊严呵护,而非庸俗、媚俗、低俗,甚而下作地自我戕害。批评面对的是苦心孤诣的作家、嗷嗷待哺的大众、赫赫巍巍的文学史等对象。对象的特殊性,便决定了批评工作"言比天大"的本质性底线守则。好在自惭无能无知无才的形秽而外,唯有良知与良心尚存,亦不至于让此举竟成一己之噩梦。

唯此惴惴,谨以此记,顺求教于大德大方之家。

冯希哲
癸卯春于长安秦风斋